DER FALSCHE SCHAH

LEONHARD F. SEIDL

DER FALSCHE SCHAH

VOLK VERLAG MÜNCHEN

Dieser Roman entstand im Rahmen des Literaturstipendiums des Mittelalterlichen Kriminalmuseums, Rothenburg o. d. T. 2020. Der Autor dankt der Stiftung mittelalterliches Kriminalmuseum, Rothenburg o. d. T. und der Bildungsstätte Wildbad für die Verleihung des Stipendiums.

Coverabbildung: iStock/Wikimedia Commons

Die Deutsche Bibliothek verzeichnet diese Publikation in der Deutschen Nationalbibliografie; detaillierte bibliografische Daten sind im Internet über http://dnb.ddb.de abrufbar.

Neumarkter Straße 23; 81673 München
Tel. 089 / 420 79 69 80; Fax: 089 / 420 79 69 86

Druck: cpi books, Leck

ISBN 978-3-86222-335-0

www.volkverlag.de

Für meine Klausi-Oma mit der Farah Diba-Frisur

„Er wird euch irreführen und Versprechungen machen, aber lasst euch nicht täuschen."

Ryszard Kapuscinski, *Schah-in-schah*

Auf dem Höhepunkt der Macht

„Der Schah ist eine besonders gefährdete Person“, hast du die letzten Wochen überall in Rothenburg ob der Tauber gehört. Daran muss jetzt auch der Bartholomäus König denken, wie er in seinem feschen Anzug unter den Altanen des mittelalterlichen Rathauses steht, die nicht weniger fesche Farah Diba neben sich. Die Frau, von der sogar seine Mutter träumt, die letztlich der Grund ist, also seine Mutter, warum er jetzt da steht, an der Stelle vom Schah.

Der Schäfertanz auf dem Marktplatz ist vorbei, der Oberschäfer tritt nach vorn. „Den kaiserlichen Majestäten zur Ehre sind wir angetreten und danken für die Huld und Gnad zum Ruhme unserer Vaterstadt. Ein Hoch dem alten Schäferstand. Ein Hoch dem ganzen deutschen Land. Ein Hoch den edlen Gästen. All stimmt ein und ruft mit lautem Schall: Sie leben hoch!“ Tusch.

„Hoch!“, jubeln die Rothenburger. Tusch. „Hoch!“ Tusch. „Hoch!“

Und dann ist der Schah dran. Der Dolmetscher neben ihm ahnt nicht im Geringsten, was ihm blüht. Kann also nicht einmal froh sein, noch einen kurzen Moment verschnaufen zu dürfen. Weil, der König sagt laut und deutlich „Grüß Gott!“, hebt dabei die Hand und winkt. Die Menschenmassen zu seinen Füßen jubeln: sein Vater, seine Mutter, die Rothenburgerinnen und Rothenburger, Alte, Kinder, sogar die Kranken haben sich rausgeschleppt. Manche verlieren die ein oder andere Träne, was im Regen völlig untergeht. Seine Tochter, die Aurelia, ist schon abgeführt worden von der Polizei, sitzt im Bully mit dem Blaulicht auf dem Dach.

Der Schah erhebt erneut seine Stimme: „*Labe eâr chere fotlan mamnunam …*“

Zuerst werden die Backen vom Dolmetscher rosig, dann der ganze Schädel fuchsrot, was auch die Schweißperlen nicht vereiteln können. Stille auf dem Marktplatz, die Rothenburger warten gespannt, was ihnen der Schah zu sagen hat, auf die Worte des rotkopferten Dolmetschers. Der schaut zum Schah, würd ihn am liebsten fragen, was er da eigentlich gesagt hat. Aber dem Schah sein gestrenger Blick, den er nur allzu gut kennt, hindert ihn daran, diesen Blödsinn zu machen, obwohl ja eigentlich der Schah, vulgo König, derjenige ist, der gerade Blödsinn macht.

In der geschlossenen Psychiatrie im Bezirkskrankenhaus (BKH) Ansbach tobt derweil ein Mann, der wie der König ausschaut, im Wechsel Flüche auf Farsi und Englisch ausstößt und behauptet, der Schah von Persien zu sein.

Die Geburt des Kaisers

Später fragte sich Bartholomäus König oft, ab wann seine Eltern wussten, dass er am selben Tag wie der Schah von Persien zur Welt gekommen war: am 26. Oktober 1919. Denn ihre Anspielungen waren auffällig zahlreich gewesen. So wurde davon gesprochen, dass er jetzt dort hingehe, wo selbst der Kaiser zu Fuß hingeht. Das mag eine geläufige Redewendung und eine Ermunterung der Mutter gewesen sein, in Erwartung einer baldigen Zukunft ohne Windel. Und sie wollte dadurch sicherlich auch erklären, warum er zu Fuß aufs Klosett gehen musste und sich nicht von ihr tragen lassen durfte, auch wenn er noch so sehr belferte. Vor allem aber wird es daran gelegen haben, dass sich Mutter König die Kleider nicht dreckig machen wollte. Denn Dreck war für sie gleichbedeutend mit Unordnung. Selbst ein Halbblinder konnte es beobachten, wie sich ihre Gesichtszüge verkrampften, entdeckte sie Unordnung, wie körperlich schmerzhaft so ein Anblick für sie war.

Wenn seine Mutter ihn auf den Thron setzte, wie sie sagte, war er schon ein wenig verwundert darüber, dass er außerhalb des Throns nicht walten durfte wie ein König. Selbst wenn er es so nicht ausdrücken konnte mit seinen zwei Jahren, es war eher ein Verlangen nach mehr, nach Verwirklichung, nach Freiheit. Darum versuchte er, an seiner Wirkung als König zu arbeiten. So, wie er es in den Geschichten gehört hatte, die ihm seine Großmutter von den Königen aus dem Morgenland erzählt hatte. Noch dazu hatte die Oma gesagt, dass derjenige, der auf dem Thron sitze, „gerade regiert". Und dass er regieren würde, hatte sich der König angesichts der Mutter und ihres Regimes von Anfang an gewünscht. Auch wenn er es wieder nicht so formuliert hätte. Also bastelte er sich aus dem Zeitungspapier, das als Klopapier diente und von dem er immer einen schwarzen Hintern bekam, eine Krone. Samt eines Zepters: Dafür rollte er die Zeitung zusammen, denn eine Klobürste gab es damals noch nicht.

Die Mutter beeindruckte er damit nur wenig. Und das, obwohl der Bartholomäus extra aufrecht auf dem Töpfchen saß und mit stolz geschwellter Brust, das Zepter schwingend, eine vollmundige Rede an sein Volk hielt: „Sieliewale, Sieliewewe, Tschagapeng bilabung sufschuwa, lieck!"

Aber anstatt sich an der Phonomonologie des zwei Jahre alten Hosenscheißerherrschers zu erfreuen, warf Mutter König Krone und Zepter in den lodernden Ofen und Bartholomäus in sein Zimmer. Wie gesagt, er spürte die Unterdrückung, so, wie er spürte, dass er auf den Thron musste, weil er es einmal zu lange unterdrückt hatte und dann war die Sauerei und damit die Unordnung und damit die Unruhe bei der Mutter und auch der blaue Popo beim Bartholomäus groß, sodass er sich gar nicht mehr wie ein Bartholomäus fühlte, sondern mehr wie der König. Sofern ich mich richtig erinnere. Denn das liegt mittlerweile knapp hundert Jahre zurück und so ein Gehirn verstaubt ja auch ein wenig über die Jahrzehnte, von den ganzen Dingen, die darin herumstehen, und den Menschen, Tieren und Pflanzen, die sich darin herumtreiben.

So schön wie der Schah von Persien, der Mohammad Reza Pahlavi, hat es der Bartholomäus König also nicht gehabt, wie er auf die Welt gekommen ist. Wobei, um das zu verifizieren, müsste man den Auslandskorrespondenten von Persien fragen, wie der Iran damals noch geheißen hat. Und ob ich den gleich erreiche, kann ich nicht versprechen. Darum erzähle ich jetzt lieber von der

Geburt vom König, der damals noch nicht einmal Bartholomäus genannt wurde.

Wir schreiben das Jahr 1919. Es brodelt in und um München. Der große Krieg ist vorbei, der Kaiser hat Reißaus genommen in die Niederlande und nicht wenige Mannsbilder sind auf dem Schlachtfeld geblieben. Und die Weiberleut waren froh, wenn s' überhaupt einen gekriegt haben, damit sie sich beim Tanzen nicht einen Antänzer kaufen haben müssen. Aber dafür hätte die Mutter vom König eh keine Zeit gehabt, weil sie ja hochgradigst schwanger war, mit einem Bauch, der sie sakrisch genervt hat; weil: Unordnung im Bauch, im Gedärm, in ihrem Kopf sowieso, dieses Mal nicht nur wegen der Unordnung außerhalb, sondern wegen den Hormonen.

Die König ist also gerade in den Schwammerln unterwegs, die nach einem kräftigen Herbstguss am Morgen des 26. Oktobers aus dem saftig-würzigen Waldboden sprießen, zwischen Tannennadeln, Laub und Ameisen. Im Korb liegen Maroni, Eierschwammerl und ein paar Steinpilze, obwohl sie sich mit dem Bücken schon arg schwertut. Das Wasser läuft ihr gerade im Mund zusammen bei dem Gedanken an die Knödl mit Rahmschwammerl, da spürt sie es: Der Bartholomäus macht einen Purzelbaum. Der erste in seinem Leben. Sie schnauft ganz arg und überlegt, was sie machen soll. Sie stellt den Korb mit den Schwammerln auf den Boden und langt sich an den Bauch. Da trifft sie ein Tropfen am Hirn und es zwickt: Der Bartholomäus hat in die Fruchtblase gebissen. Das Wasser, in das er gerade noch hineingepieselt hat, rauscht hinaus wie das Wasser in der nahen Isar Richtung Bad Tölz. Als wollt die Mutter diese Sauerei sofort aus sich heraus haben.

Die König spürt, wie es nass wird in der Unterwäsch und furchtbar laut in ihrem Kopf. Sie weiß, jetzt ist gleich der Moment der Niederkunft gekommen. Sie versucht zu überlegen, was ihr gar nicht so leicht fällt, weil es ja so laut ist zwischen ihren Schläfen. Was noch verstärkt wird durch die harten Tropfen, die jetzt in immer größerer Zahl durch die gelbbraunen Blätter jagen und auf ihrem Kopf einschlagen. *Donk! Donk! Donk!* Sie kommt sich vor wie ein Fassl, das gerade angezapft wurde; nur von innen und nicht von außen. Da fällt ihr das Glashaus ein.

Vor einer halben Stunde ist sie vorbeigelaufen an dem Glashaus, von dem sie schon bei der Kramerin und in der Kirch gehört hat. Ja, die Leut reden eigentlich seit Tagen von nix anderem mehr. Von den drei Staderern, den Brüdern Peter, Franz und Ottmar Ostermayr, die sich da, im Wald, südlich von München, eine Halle aus Glas ins Nirgendwo stellen. „Glashaus", sagen die Leut. Und weiter: „Die Bildl für das Kintopp festzuhalten, das geht nicht ohne Licht." So wie es heut in den Bavaria Filmstudios einen Scheinwerfer braucht, um einen Film zu drehen, so haben die damals das Tageslicht gebraucht.

Der König ihre Unterleibsschmerzen werden immer heftiger, sie schnauft, so wie man es aus den Filmen kennt, die es damals noch gar nicht gegeben hat. Trotzdem schafft sie es, samt Korb und Bartholomäus, bis zum Glashaus. Schon von Weitem hört sie es klopfen, hört Pferdl schnauben, Männer schreien. Dann sieht sie das Stahlgerippe, in dem schon einzelne Fensterscheiben befestigt sind. Darin: riesige Pfannen, Stangen, Tische. Drum herum: Anhänger, Zelte und Rösser, die die in Decken eingepackten Glasscheiben auf dem Anhänger ziehen und denen genauso heiß ist wie dem Fuhrknecht, den immer die Sorge umtreibt, die Gläser könnten zu Bruch gehen. Dieser Fuhrknecht ist dann auch der erste, der ihr zur Hilfe eilt und fragt: „Was hast denn?"

Seine Frau, die Else, die gerade die Brotzeit vorbeigebracht hat, streicht sich über ihre weiße Schürze, sagt: „Pack ma's!" Und dann kümmert sie sich auch schon um ihre Geschlechtsgenossin.

Ich glaub, das kann ich so sagen, auch wenn die König nicht mit den Roten sympathisiert hat. Die Frau vom Fuhrknecht nämlich schon. Die hat das ganz pfundig gefunden, was die im April in München gemacht, wie die die Herrschaft an sich gerissen haben, obwohl manche von denen sagen, dass sie gar keine Herrschaft haben wollen, weil sie ja Anarchisten sind. Wie der langhaarige, bartige Erich Mühsam zum Beispiel. Aber ich schweife ab, was kein Wunder ist, weil auch mein Puls steigt angesichts der Niederkunft von der König.

Die Else hat also noch eine andere Frau gerufen, saubere Handtücher gepackt, die andere instruiert, dass sie heißes Wasser holen soll, kennt man ja alles ... Dann hat sie die König schon auf eine Decke am Boden gelegt.

Und noch bevor das heiße Wasser da war, war der Bartholomäus da. Lange noch, bevor dort, im Glashaus, wo er das Licht der Welt erblickte, der erste Stummfilm *Der Ochsenkrieg* nach dem Roman vom Ludwig Ganghofer gedreht worden ist.

Jetzt aber warten alle darauf, dass der Bartholomäus schreit, wie die Else ihn in den Armen hält. Aber er schreit nicht, sondern schaut die Else an. Die Else schunkelt und schaukelt das runzligrote Menschenkind, aber es will einfach nicht schreien. Irgendwann wird es ihr zu blöd und sie streckt ihm die Zunge raus: „Bähhhhhh!“ Da dauert es keine Sekunde und auch der Bartholomäus streckt die Zunge raus und macht ein, zugegebenermaßen verwaschenes: „Bähhhhhh!“

Die Else zuckt zusammen, lässt ihn fast fallen. Die Dienstmädchenhaube mit den Rüschen fällt ihr vom Kopf. Die Gänsehaut auf ihren kräftigen Unterarmen stoppt das verwunschene Baby wie Schmirgelpapier. Und die Haube landet auf seinem nackerten Schädel, der damals schon schmaler war als der von den meisten anderen Babys. Die Haube sieht auf dem Bartholomäus seinem Kopf aus wie eine Krone. Und für einen Moment huscht ein siegessicheres Grinsen über seine kleine Goschen.

Aber wie die Else die Krone wieder auf ihren Kopf setzt, wird sein Gesicht ganz blau; erst die Lippen, dann das ganze Gfrieß. Die Else schaut ihre Helferin an, die Helferin die Mutter, dann alle drei das Kind: Und das reißt das Maul auf und plärrt. Was die Umstehenden fälschlicherweise als normal interpretieren und jetzt auch erleichtert lächeln.

Die Else gibt das unheimliche Buberl trotzdem lieber seiner Mutter, die immer noch ganz malad im Glashaus auf der Decke liegt. Und der Fuhrknecht sagt: „Ja, so genga die Gang.“

Womit er schon ganz schön viel über die Zukunft vom Bartholomäus vohergesagt hat. Weil, die Geburt hat schon gezeigt, wo es einmal mit ihm hingehen wird, aber das wirst du später sehen.

Der tiefe Fall

Das Klatschen und Jubeln der Rothenburger Bürger war noch nicht verstummt, da hat der König gespürt, dass hinter ihm was vor sich geht. Der Dolmetscher, der seine Aufgabe wirklich bravourös gemeistert und zum Gelingen von Königs Lebenshöhepunkt beigetragen hat, ist mit seinem granatapfelroten Schädel neben ihm gestanden und hat sich mit dem Taschentuch über die Stirn getupft; eigentlich hätt er einen Putzlappen gebraucht. Aber, wie bitte, hätte das ausgeschaut beim Dolmetscher vom Schah Mohammad Reza Pahlavi?

Dann hat der König die Hand von der Farah Diba genommen. Es ist ein Raunen durch die Menge auf dem Marktplatz gegangen. Und ein freudiges, romantisches Seufzen ist herausgestochen: die Stimme seiner Mutter. Sie anzuschauen, dazu ist er nicht mehr gekommen, weil ihn die Farah Diba aus ihren dattelbraunen Augen angeschaut hat. Weil sie natürlich überrascht war, dass der Schah, der sonst immer so darauf bedacht war, Contenance zu bewahren, ihr in aller Öffentlichkeit die Hand gibt, Zuneigung oder sogar Zärtlichkeit zeigt. Das Streicheln vom König seinem Daumen über ihren Handrücken war fraglos zärtlich und hat sie an die letzte Nacht im Hotel Eisenhut erinnert. Und König, als könne er Gedanken lesen, hat durch seine Sonnenbrille zurückgeschaut und das Gefühl gehabt, dass sein Kopf mit seinem Herz mitbumpert. Weil der so voller Bilder war: vom Bett mit dem Engel über dem Kopf. An dem er sich angehauen hat. Von der Anna, die extra nicht auf den Marktplatz gekommen ist, um ihn nicht abzulenken. Dann wieder von Farah Diba im Nachthemd. Dann wieder von Anna, die ein so unglaublicher Mensch ist. Die ihn so liebt, dass sie gesagt hat: „Wenn du das machen musst, dann mach das." Einfach unglaublich. Weil, es ist ja nicht nur die Nacht mit der Farah. Es ist so viel mehr. Nämlich, das, was jetzt noch kommen wird, von dem beide gewusst haben, dass es kommen wird, aber keiner von beiden drüber geredet hat.

Dem König sein Kopf war wie ein Kinoprojektor, auf dem eine Filmrolle durchdreht, weswegen man auf der Leinwand ganz viele Bilder auf einmal sieht und deswegen keines so richtig.

Die Filmvorführung gestoppt haben die zwei Perser im Anzug hinter ihm. Mit Sonnenbrillen, obwohl an dem Tag gar keine Sonne geschienen hat. Jeder von denen hat einen Arm vom König gepackt, und zwar so, dass man es vom Marktplatz aus nicht gesehen hat. *„Let's go"*, haben sie geflüstert, weil sie ja nicht gewusst haben, dass der König auch Farsi kann.

Der König streichelt der Farah Diba noch einmal über ihre Hand, über die Samthandschuhe, flüstert ihr was ins Ohr, was ich dir jetzt nicht verraten werd, ihm aber später noch helfen wird. Und dann geht er mit ihnen.

Wenn du jetzt aber glaubst, die bringen ihn gleich auf die Polizeiwache, dann täuscht du dich gewaltig. Weil, zum einen sind sie sich ja nicht sicher, ob es wirklich der falsche Schah ist, weil er ja genauso ausschaut wie der Reza Pahlawi. Und die Farah Diba so intim mit ihm ist und sie in der Nacht im Eisenhut noch intimer miteinander waren, was die SAVAK-Geheimdienstler sogar mitbekommen haben. Und zum anderen haben die Geheimdienstler schon zuhause im Iran die Leut nicht auf die Polizeiwache gebracht, um dann mit ihnen das zu tun, was sie jetzt mit dem König vorhaben. Weil, obwohl es im Iran alle gewusst haben, hat es keiner wissen dürfen. So ein bisserl wie bei den Nazis.

Die beiden Geheimagenten geleiten den König also, noch wie einen Kaiser, ins Rathausinnere. Durch eine Holztür in das kühle Treppenhaus. Worin der König sich vorgekommen ist wie in einem Schneckenhaus. Als würde er nach oben geschraubt werden und gleichzeitig immer tiefer ins Innere vordringen. Aber eigentlich war es andersrum. Er ist aus dem Inneren der Macht wieder nach außen befördert worden, zurück zum „normalen“ Menschen. Der jetzt dazu gebracht werden sollte, zu sagen, warum er das gemacht hat. Ob er für die Amis arbeitet oder für die Russen. Damals war das ja alles noch ganz brisant; der Kalte Krieg. Da hat der eine Angst gehabt, dass der andere die Atombombe zündet und riesige Schwammerl wachsen, nicht nur im Wald von Grünwald oder im feuchten Taubertal an den Bäumen inmitten vom Moos.

Neben den grauen, steinernen Treppenstufen hat sich ein ebenso steinernes Treppengeländer – abgerundet, ein Handschmeichler – nach oben geschoben. Die Agenten, die den König immer wieder ein bisserl geschubst haben, haben wunderbar in dieses Steinambiente gepasst. Und einmal, wie er fast gestolpert wär, weil ihm einer der beiden Büffel einen zu harten Stoß gegeben hatte, hat der König nach oben geschaut und sternförmige Verflechtungen mit Wappen an den Enden gesehen.

Hinter der wuchtigen Holztür geht der König in den nächsten Raum, die Agenten machen ihm, gewohnheitsmäßig, die Tür auf. Worauf er sich schon wieder besser fühlt. Trotzdem wartet er jeden Moment darauf, dass hinter dieser Tür was auf ihn wartet, aber da wartet nix und keiner. Deswegen versucht er es mit der bewährten kindlichen Geisteshaltung, er ist ein Entdecker, weil er ja noch nie auf dem Rothenburger Rathaus war, weil er weiß, dass er seine ganze Kraft, seinen ganzen Mut noch braucht, zusammennehmen muss, weil ihn die zwei wahrscheinlich noch auseinandernehmen werden und das nicht nur im sprichwörtlichen Sinne.

Die Türen knarzen wie in einem Horrorfilm. Es geht an wuchtigen Deckenbalken vorbei, mit kantigen Nägeln, die in Rothenburg nix Bsonders sind. Das Licht wird immer weniger. Das Schildl „Bitte nicht rauchen!“ kann er gerade noch lesen. *„No Smoking!“* steht direkt drunter, in schöner, geschwungener Schrift, dass es für jeden Lehrer, außer für den König, eine Freude gewesen wäre – aber schon viel unfreundlicher. Vielleicht kriegt der König deswegen auf einmal Lust, eine zu rauchen, obwohl es ihm bis jetzt nie richtig geschmeckt hat. Als wollte er das ungute Gefühl mit einem unguten Geschmack in Rauch aufgehen lassen.

Dann geht's leicht bergab und wieder rauf, ins Gebälk. Der Agent hinter ihm schnauft, hat vielleicht zu viel geraucht. Die Treppe wird enger. Die Steinwand gröber. Die Decke kommt näher. Wird schief. Der König muss an seine widerständische Tochter Aurelia denken. Bei dem Gedanken, dass sie gegen ihn protestiert hat, muss er schmunzeln. Ob sie schon in einer Zelle sitzt? Sein kleines Widerstandsgewächs. Ein stolzes Lächeln vertreibt die ungute Vorahnung.

Die nächste Tür ist mit Eisenstreben beschlagen. Der Putz quillt zwischen den groben Steinen heraus. Lebt. Nein, doch kalt und tot.

Und dann wird es endlich heller. Ein Fenster. Die Dächer. Die Häuser. Die schmalen Gassen. Die er kennt. Grün, mit lachendem Fenstergesicht. Weiß, von Fachwerk durchzogen, mit tausend Augen im roten Dach. Obwohl das Fenster fast blind ist von der Sonne, von Wind und Wetter. Blendung als Strafe, wenn man nicht gespurt hat. Wie im Frühmittelalter, ja, in unsere Breiten, mit einem rotglühenden Stückerl Eisen, das so nah an die Netzhaut gehalten worden ist, dass sie zerstört wurde und die Augenflüssigkeit ausgetrocknet ist. Ein Blick wie eine getrocknete Goji-Beere, die sich manche heut als Superfood ins Essen tun.

Bevor der König weiter drüber nachdenken hätt können – wenn er die Goji-Beeren damals schon gekannt hätt –, wie es sich anfühlt, eine Superbeere im Auge statt im Müsli zu haben, ist es die nächste Holztreppe raufgegangen, die noch enger war. Er hat also stattdessen darüber nachgedacht, dass im Byzantinischen Reich einmal geblendet worden ist, um die Kaisernachfolge zu verhindern, und hat sich gedacht: Passt!

Und hat sich den Schädel angehauen, dass für einen Moment gar nix mehr gepasst hat, weil die Tür, durch die sie ihn geschoben haben, so winzig war, der Schmerz und sein Schädel aber so groß und hoch und voller Bilder. Dann wieder ein Fenster. Nicht ganz so blind. Dahinter: rote Häuserdächer, verwitterte Schindeln. – Die Anna hat mal gesagt „Bunt schauen die alten Dächer aus“ und der König hat geantwortet: „Nein!“

Und dann war's auch wieder gut, weil: Blick ins dunkelgrüne Taubertal. Treppauf, treppauf. Zwischen Latten, Balken und gekalkter Wand, noch ein Fenster, enger, höher, schmaler. Gitter vor dem winzigen Loch ins Freie, voller Taubenschiss. Die Stadtmauer, das Kirchdach, das Kreuz. Ein zweigeteiltes Fenster: das Hotel Eisenhut, Farah Diba, die letzte Nacht, Herrngasse, der Herrnbrunnen, der Burgturm, das Stadttor.

Die nächste Treppe erinnert an eine Speichertreppe, die man zuvor runterlassen muss. Das Letzte, was er sieht, bevor er raufsteigt, ist das gemalte Holzschild, das ausschaut wie eine Todesanzeige und auf dem, natürlich in Frakturschrift, steht: „Für Unfälle wird nicht gehaftet." An zwei kalten Eisengriffen zieht er sich am Ende der Leiter nach oben, saugt die tiefe Luft frisch ein. Er saugt die tiefe Luft frisch ein ...? Aber hoppla! War dein Hirn grad genauso faul und hat das Überlesen? Lassen wir es mal so stehen, im Angesicht der verdrehten und brenzligen Situation.

Auf alle Fälle steht der König jetzt noch höher als er vorhin gestanden hat, bei seiner Rede. Was gar nicht so hoch war, weil er ja aus Sicherheitsgründen nicht auf dem Balkon des Rathauses gestanden hat, sondern unter den Altanen, wir einfachen Leut würden sagen: unter dem Balkon.

Er steht also da oben. Schaut hinunter auf die Leut, die ihm gerade noch zugejubelt haben. 220 Stufen später sehen deren Köpf aus wie Stecknadeln auf einem Stecknadelkissen; nur nicht so bunt. Oder wie Ameisen auf einem Haufen. Immer am Umeinanderwuseln, am Arbeiten und am Ratschen. Wenn's um die Königin geht, um den Nachwuchs, dann kennen sie gar nix. Ein bisserl wie eine kollektive Helikoptermutter.

Ja, die Ameisen: Kurz bevor sie sterben, ziehen sie sich aus ihrem Haufen zurück und verenden jammerseelenallein, um die anderen nicht anzustecken. Das Kollektiv bedeutet alles, der einzelne nur dann etwas, wenn er was zum Kollektiv beiträgt. Da wird dem König bewusst, wie wenig der Einzelne auch da unten im Grunde doch zählt. Außer, er ist von Rang und Namen – wie er gerade, als Schah. Jetzt, wo ihn nicht mehr tausend Augen ehrerbietig anschauen, erlaubt er sich sogar ein kurzes Lächeln. Mal schauen, was ihm blüht, weil er gegen dieses ungeschriebene Gesetz verstoßen hat.

„Ganz schön hoch“, sagt der kleinere der zwei iranischen Geheimagenten wie nebenbei. Und schaut dabei durch seine Sonnenbrille nach oben, zum größeren. Wie ein Kind, das um Aufmerksamkeit heischt, zu seinem Vater. Vielleicht will er ja aufsteigen und Ober-Geheimdienstrat werden. Natürlich meint er mit „Ganz schön hoch“ den König. Oder? Obwohl der Kollege mit dem spitzen Kinn jetzt nickt. Und „Allerdings“ sagt. In welcher Sprache, das überlasse ich gerne deiner Fantasie, weil der König, der kann ja Deutsch, Englisch und Farsi, und ich weiß jetzt nicht, was du alles kannst. Und wenn ich dir jetzt da hinschreibe, was der SAVAK-Agent auf Farsi sagt, dann verstehst du das vielleicht nicht. Also bleiben wir mal beim Deutsch und beim Du, weil: persönlicher. Was wir jetzt schon alles zusammen erlebt haben und noch erleben werden, da kann man sich eigentlich gar nicht mehr siezen, oder?

„Eure Majestät befinden es vermutlich ebenfalls als hoch?“, sagt der Größere.

Der König antwortet darauf „Die Höhe ist eine Frage der Größe“ und versucht, nicht mehr nach unten zu schauen, auf das sechzig Meter entfernte, steinharte Kopfsteinpflaster.

Der Einmarsch des Kaisers

Der Schah und König lebten sozusagen nebeneinander her, auf zwei Kontinenten. Der eine in Asien, in einem Land, das damals noch Persien hieß und vor allem wegen des Öls interessant war für die Politiker im Westen. Der andere in Deutschland mit einem Vater, vulgo Hieronimus König, den sein Kübelwagen im Ersten Weltkrieg sogar bis nach Riga zur Antra kutschiert hatte. Ein fesches lettisches Mädel, die Haare so braun wie der Boden im Wald von Grünwald. Sachen hat der König mit ihr erlebt – aber auch mit ihrem Bruder, weshalb er zwei Wochen später noch nicht richtig hatschen hat können. Aber das ist eine ganz andere Geschichte.

Der Vater war also genau da gewesen, wo der Lügenbaron Münchhausen einige Jahre gelebt hat, was wir als wegweisendes Indiz für die Lebensgeschichte vom Bartholomäus König werten könnten, aber derselbe würde uns da vehement widersprechen, wenn er könnte, weil er sich nie als Lügner empfunden hat. Außer vielleicht, wenn man Lügen als eine Kunst begreifen tät.

Würde man hier schon zum zweiten großen Weltkrieg oder in dessen nähere Umgebung vorspulen, dann bekämen wir nochmal eine höchst interessante Lage, weil der Vater vom Schah den Hitler ganz pfundig gefunden hat, was die Engländer und Russen weniger pfundig gefunden haben. Da sind wir, bis auf leider wieder mehr werdende, unverbesserliche Ausnahmen, heute schon auf der Seite der Engländer und Russen. Ganz im Gegensatz zum Vater vom König. Aber dazu später mehr, bevor ich euch zu sehr verwirre. Weil, so eine Geschichte ist ja wie ein Vier-Gänge-Menü: Aperitif, Vorspeise, Hauptspeise, die auch der Höhepunkt ist, und die Nachspeise, auf die manchmal noch der Schnaps folgt. Und der Höhepunkt wird sich in der Nacht im Schlafzimmer von der dritten Frau vom Schah abspielen, der berühmten Farah Diba, im Hotel Eisenhut in Rothenburg ob der Tauber, an die sie übrigens heute noch zurückdenkt. Obwohl oder gerade weil der König und nicht der Schah bei ihr genächtigt hat.

Auf alle Fälle ist der Vater vom Schah 1921 mit seiner Kosakenhorde in Teheran einmarschiert. Und wie durch Zufall, aber an Zufälle glaubte der Bartholomäus auch damals, als zweijähriger Bub, nicht, hat er sich genau am selben Tag Vaters Stahlhelm aus dem Ersten Weltkrieg aufgesetzt. Und kaum hat er ihn aufgehabt, hat er die Hendlbrust rausgestreckt – er war nämlich unterwegs, wie ihn Mutter Natur geschaffen hat – und hat die spindeldürren Haxen in die Luft gestochen, wie es sich gehört. Wo er das wieder hergehabt hat, frag mich nicht, vielleicht aus seinen deutschen Genen.

Er marschiert also wie eine Eins durch das Wohnzimmer – gut, bis auf dass der Helm ihn eher zu einem Deserteur als zu einem Soldaten gemacht hat, weil der immer verrutscht ist und ihm die Sicht auf die Frontlinie, also die imaginierte, verdeckt hat. Und da hat er gespürt, der Klein-König, dass ihm was fehlt. Und zwar die Waffe. Weil: Ein Soldat braucht eine Waffe, sonst ist er ja kein Soldat. Also hat er sich den Holzschemel vor den Schrank geschoben und sich die Luger vom Vati, die der immer noch geölt hat – vielleicht hat er geahnt, dass wieder ein Krieg kommen wird –, geschnappt und schon hat das Marschieren noch besser hingehauen, dass sogar der Kaiser in seinem niederländischen Exil gesagt hätte: Servus! Bloß hat das damals keinen mehr interessiert, ob der Wilhelm Servus sagt oder nicht, weil der davor schon so viel Schmarrn erzählt hatte.

Der König-Stempf marschiert so durchs Wohnzimmer mit der Luger in der Hand. Schwungvoll, zackig. Da löst sich ein Schuss und trifft den Kaiser zwischen die Augen.

Ihr fragt euch jetzt sicher, wie das gehen kann, wenn der Kaiser doch in den Niederlanden im Exil saß. Es war nämlich so: Der Vater vom König war immer noch ein Kaisertreuer, weswegen er auch so gegen die Roten gehetzt hat, weil die nach seiner Meinung ja Schuld waren am verlorenen Krieg. Außerdem hat er sich nie wieder so gut gefühlt wie damals im Krieg. So kurz vor dem Sterben, da fühlt man sich eben so richtig lebendig. Nicht einmal im Bett mit der Mutti hat er sich so vital gefühlt, obwohl der Orgasmus ja im Französischen auch „der kleine Tod" genannt wird. Daran hat die Mutti wiederum nicht einmal denken wollen und weil der Vati sowieso einen Brass auf die Franzosen gehabt hat seit dem Krieg, hätt sie es schon dreimal nicht aussprechen dürfen, weil: sonst hätt es Krieg gegeben im Schlafzimmer. Tja. Wie es der Exil-Kaiser mit französischen Lehnwörtern gehalten hat, ist mir nicht bekannt, auf jeden Fall hat der König-Vater immer noch ein Bild von seinem vergötterten Wilhelm in der Stube hängen gehabt.

Der Bartholomäus ist vom Schuss dermaßen erschrocken, dass er es auf einmal ganz pressant – auch so ein sprachliches Überbleibsel der Franzosen auf bayerischem Hoheitsgebiet – gehabt und sich gedacht hat, wenn er jetzt nicht gleich aufs Töpfchen geht, dann gibt's eine Sturzflut. Und nachdem die Mutter den Boden gewohnheitsmäßig zweimal wöchentlich gebohnert hat, wär diese Flut nicht ganz so schnell aufgesaugt worden – was der Bartholomäus natürlich nicht gedacht hat, weil er zwar schon ein gescheites Bürscherl war, aber so gescheit auch wieder nicht. Es war wieder einmal mehr so ein Gefühl, wie wenn er eben dringend ... Also hat er sich den Stahlhelm vom Vati geschnappt, vor sich hingestellt und hineingepieselt und schon ist es ihm wieder besser gegangen, auch wenn das komische Gefühl dadurch nicht ganz weggegangen ist.

Der letzte Tropfen ist gerade so in den Stahlhelm hineingetröpfelt, da hört er die Schritte vom Vati, draußen vor der Tür. Er rennt davon, in sein Kinderzimmer, hört: „Ja, was is denn da los!" Und ein Platschen.

Das war das erste und das letzte Mal, dass der König Senior den Boden gewichst hat, sofern man das in dem Fall überhaupt sagen kann, weil so emanzipiert waren die Mannsbilder damals noch nicht und der Vati vom Bartholomäus schon dreimal nicht. Der hat seinen Spross lieber angeplärrt: „Du Esel! Was hast du dir dabei gedacht?"

Auf zur Folterkammer

Der Regen drischt am Feuerkessel hinter dem Marktplatz auf den König ein. Trotzdem zeigt er Haltung und stolpert nicht über das Kopfsteinpflaster. Schreitet bergab durch das enge Rosmaringässchen, in dem er auf einmal einen unbändigen Hunger auf Kartoffeln kriegt; mit Rosmarin. Wie sie seine Mutter kocht, wie keine andere – wo ihn seine Mutter beim Essen schimpft und straft wie keine andere. Wenn auch nur der kleinste Rosmarinzweig neben dem Teller oder gar auf dem Boden landet ... Wär er ohne sie jetzt da?

Vorwärtsgetrieben von zwei iranischen SAVAK-Geheimagenten, die nicht wissen, ob sie ihn wie einen Betrüger oder ihren verehrten Schah von Persien behandeln sollen. Berüchtigt wegen ihrer Foltermethoden. Die selbst ihr royaler Dienstherr offiziell nicht kennt, damit er nicht dafür belangt werden kann.

Und das ist jetzt der gravierende Unterschied zwischen dem Schah und dem König. Der König kennt die Foltermethoden, wissentlich, und das würde er auch jederzeit zugeben. Ob das in der Situation, in der er steckt, einen Unterschied macht, weiß ich nicht, aber du vielleicht.

Stumm stolpern sie hinter ihm her, die Agenten, über das bucklige Kopfsteinpflaster, weil sie es eben nicht so gut kennen wie der König. Was ihm sehr zupasskommt, weil ein Schah nicht zu stolpern hat. Er bleibt sogar einmal kurz stehen, während sie die Mauer aus grauem Stein passieren, aus der sich nur manchmal ein grünes Pflanzerl den Weg in die Freiheit bahnt, dreht sich um, nimmt die Sonnenbrille ab und sagt mit tiefer Stimme: „Bewahren Sie Contenance, meine Herren, wir sind hier zu Gast."

Die Steinfassaden der Häuser verengen das Gässchen, als würden sich weitere Wolken vor die Sonne schieben. Die Tropfen schlagen trotzdem noch auf den König ein, dem der Regen das Genick entlang unter Anzug, Hemd und Unterhemd läuft. Seine Schultern werden nass und schwer. Er hat das Gefühl, von den Fassaden erdrückt zu werden. Nur der Rundbogen der Tür des roten Fachwerkhauses und die steinern umrahmten Fenster lassen ihn stellenweise aufatmen. An diesem Nachmittag mit abnehmendem Licht weisen die iranischen Agenten dem König den Weg nach rechts in die Kirchgasse, schon ein bisserl vorsichtiger nach der Rüge vom Chef. Genau in dem Moment biegt auch ein junger Schutzmann ums Eck. Und zwar exakt der, der ihn gestern Abend vorm Hotel Eisenhut abgeklopft und durchsucht hat, bevor er zur Farah Diba rein ist. Der Schandi ist einen Kopf kürzer, also ungefähr so groß wie der kleinere der zwei Agenten, schießt ums Eck und rennt mit seinem kantigen Schädel genau in dem König seinen Krawattenknoten. Und zuckt dermaßen zusammen, dass der

König meint: Jetzt fällt er gleich um. Der Schutzmann sagt aber dann nur mechanisch: „Grüß Gott." Und lässt den König stehen.

In der Kirchgasse weitet sich die Straße. Die Jakobskirche vor ihnen. Der Blick durch das Tor stadtauswärts: der graue Himmel. Vögel. Freiheit! Eine letzte Möglichkeit zur Flucht. Um des Überlebens willen.

Als hätt der Größere dem König seine Gedanken geahnt, packt er ihn unauffällig am Arm, schiebt ihn weiter. Über die Straße. Sein Griff: eisern. Der Applaus der Rothenburger: vergangen. Gestern, beschirmt vom Bürgermeister Ledertheil. Farah Diba neben ihm. In der weltbekannten Kirche hat Dekan Kirchenrat Kelber den berühmten Riemenschneider Heilig-Blut-Altar erklärt. Ja, Blut wird fließen. Auch heute: Königs Blut. Ob die Abendmahlszene aus einem Holz geschnitzt sei, hat Farah Diba wissen wollen. Oh, Farah.

In der abschüssigen Klostergasse legen die Agenten einen Zahn zu. Der Große vor dem König, der Stempf hinter ihm. Auf dem rechten Gehweg, wie es sich gehört, nur nicht auffallen. Die wenigen Passanten, die ihnen im Regenwetter entgegenkommen, verstecken sich unter ihrem Schirm.

Wenn der König nach dem winzigen Birnbaum, der dort drüben am Haus sprießt, jetzt rechts abbiegen würde, wäre er in wenigen Minuten zuhause, bei seiner Anna. Tät erfahren, ob Aurelia wieder frei oder ob ein Anwalt informiert worden ist. Es geht bergab, das Regenwasser fließt mit. Die riesige, hohe Mauer vom Klostergarten neben ihnen.

Eine schwarze Katze huscht über der Straße, der Große kickt nach ihr wie nach einem Ball, dass sie laut „Zzzzzzzscccccht", zwei Meter vor ihm im Dreck landet, sich aufrappelt und davonrennt.

König muss daran denken, wie sich heute Morgen die Farah Diba an ihn geschmiegt hat, während sie auf das windschiefe Fachwerkhäuserl in der Burggasse zugehen; weil es sich mit dem Rücken an den Sandsteinbau nebenan lehnt und mit der anderen Seite an die Burgmauer. Eingewuchert von giftigem Efeu. Mit einem nackerten Stein-Jesus an der Fassade, der auf einem Sockel, frierend, die Hände vor der Brust verschränkt. Immerhin geschützt von einem Dacherl mit einem kleinen Kreuz darauf. Ob irgendwer den König vor den zwei SAVAK-Geheimagenten schützen wird?

Kurz vor der Burgmauer überholt ihn der Kleine, der Lehrling. Sie schauen alle zwei ja eigentlich gleich aus; schwarzer Anzug, schwarze Krawatte, schwarze Schuhe, schwarze Haare, schwarze Sonnenbrille. Nur das Hemd ist jeweils weiß, wie beim König auch. Noch. Blutspritzer würde man darauf sofort erkennen. Unterscheiden kann der König die beiden bis jetzt nur anhand ihrer Körpergröße. Aber auch das wird sich ändern. Weil, die Brutalität eines Menschen – zu was wer fähig ist – zeigt sich erst, wenn er das tun soll, was ihm befohlen wird und mit dem er meint, einer Sache zu dienen.

Der Kleine hält unter einer Lampe, die aus der Mauer des Burghotels hervorsticht und in der früher eine Kerze gelodert hat. Er schlägt dreimal mit dem eisernen Klopfer gegen die massive, schnörkelvoll verzierte Tür. Über dem Klopfer eine Burg. Die Tür öffnet sich: Die Folterkammer erwartet ihn.

Ausrufung des Kaisers

Der Bartholomäus kann von Glück sagen, dass er kein Esel war und vor allem kein Esel in Persien. Weil, der Vater von seinem Bruder im Geburtstage, der hat nämlich ganz schön aufgedreht da drüben in seinem Teil des asiatischen Kontinents. Viel mehr als sein Vater daheim, der nach dem großen Krieg erst einmal wieder Land gewinnen hat müssen unter den Füßen. Aber wie es halt so ist, wenn einem schon ganz viel gehört, Land, Gold und Geld, dann möchte man immer mehr haben. Der Vati hätte in diesem Zusammenhang den Bertold Auerbach zitiert: „Wer nicht zufrieden ist mit dem, was er hat, der wäre auch nicht zufrieden mit dem, was er haben möchte.“ Und die Mutter hätte genickt, weil die gar nicht genug Ordnung hat haben können, auch in Zufriedenheitsdingen.

So oder so hat der Bartholomäus froh sein können, dass er kein Esel in Persien war, vor allem nicht zu jener Zeit und vor allem nicht *der* Esel. Es war nämlich so, dass der Vati vom Schah ganz schön zintig geworden ist, wenn irgendwer auch nur einen Zeh auf seinen Grund gesetzt hat. Selbst wenn es nur ein Eselzeh war. Also, wenn wir jetzt mal davon ausgehen, dass Esel auch Zehen haben.

Auf alle Fälle ist der Esel, weil er eben ein Esel war, einfach auf den Grund und Boden vom Schah gelaufen, der früher mal einem Bauern gehört hat. Genauer gesagt dem Bauern, dem auch der Esel gehört hat; es war ganz einfach, auf den Grund vom Schah zu laufen, weil der damals so viel davon gehabt hat. Sein Besitzer, der lumpige Bauer, hat sogar noch versucht, ihn davon abzuhalten, aber störrisch, wie Esel nun mal sind – und das hat die Spezies mit dem Schah und dem Bartholomäus gemein –, ist er einfach weitergelaufen. Der Bauer hat gezogen und geschnauft wie eine asthmatische Bergziege, aber vergebens. Der Esel hat in die erste Distel gebissen, die ihm vor sein Maul gekommen ist, und hat sie genüsslich verschlungen. Wobei man sich da schon fragt, wie die Esel das machen, weil, wenn der Bartholomäus in eine Distel gebissen hätte, da mag man gar nicht dran denken, so weh tut der Gedanke schon. Es wäre sicherlich das erste und letzte Mal gewesen, dass er in diese Ausformung der Flora gebissen hätte. So, wie es auch für den Esel seine letzte Distel war.

Denn der Schah war dermaßen stinkig, dass er die ganzen Bauern der Region, nicht nur den Besitzer von dem Esel, die übrigens eine Eselin war – namens Maneli, was „Bleib bei mir“ heißt –, zusammengetrommelt hat, als Publikum. Und wer nicht gekommen ist, musste ihm hinterher zur Strafe einen Esel abliefern. Dazu musst du wissen, dass die meisten noch nicht einmal einen einzigen Esel hatten und schon damals bitterarm waren, eingeweichtes Stroh und Dattelkerne gegessen haben, die vorher noch einmal vom Schah abgelutscht worden waren; was man als Ehre bezeichnen hätte können, auch wenn sich von Ehre niemand was kaufen kann und vom Schladderadatz vom Schah, der eh schon wieder eingetrocknet war, bis die Kerne bei den Bauern ankamen, schon gleich dreimal nicht.

Und dann stehen da also die ganzen Bauern um die Maneli herum. Daneben der Besitzer, der eine ganz besondere Beziehung zu ihr gehabt hat, weil er schon über sechzig Jahre alt und Zeit seines Lebens Junggeselle gewesen war. Auf alle Fälle fieberte er mit, ob jetzt tatsächlich das passieren würde, was der Schah angekündigt hat. Und es passiert: Ein Schuss fällt, die Maneli kurz darauf, die Distel vom Schah noch in ihrem Enddarm. Beißt sie ins Gras.

1925, der kleine Schah und der Bartholomäus sind noch immer richtige Rotzlöffel, zieht die Familie König nach Rothenburg ob der Tauber. Die Eltern sind froh, der Bartholomäus ist traurig. Ich glaube sogar, mit dem Umzug, mit dem Abschied vom Glashaus, ist so was wie eine Grundmelancholie im König angelegt worden. Weil er jeden Tag im Glashaus, in den Filmstudios gewesen ist. Und die Else war so etwas wie seine Ersatzmutter geworden, bei der er sich wohler gefühlt hat als bei seiner leiblichen Mutter. Die hat ihn ein Kind sein lassen, im Dreck spielen, auf Bäume klettern, von wo aus er dann die Filmaufnahmen beobachten hat können. Und einmal hat er sogar mitspielen dürfen, im Stummfilm *Der Brunnen des Wahnsinns*. Vielleicht ist er dir aufgefallen, neben der Beari, der Oberpriesterin, wenn du den Film gesehen hast.

Der Schwermut im König ist geblieben, obwohl er sich in Rothenburg sofort daheim gefühlt hat. Nicht wegen der Menschen oder seiner Eltern – bei denen hat er sich eh nie daheim gefühlt, weil, was ist das für ein Zuhause, wo du als Kind keinen Saustall machen darfst, wo in deinem Hirn doch ein ständiger Saustall herrscht, weil du erst einmal die Welt ordnen musst. Und dann sollst du auch noch dein eigenes Zimmer mit den Spielsachen ordnen – das der König doch tatsächlich gehabt hat, was zu der Zeit überhaupt nicht selbstverständlich war. Aber das Glashaus hat ihm gefehlt, das er immer noch so genannt hat, obwohl es der Hagel zerdeppert hatte wie der Vater die Vase, das Erbstück, der

Mutter. Damals war nicht nur eine Unordnung im Haus, sondern auch eine Wut in der Mutter, dass der Vater sofort zum Wirt und nach drei Tagen erst wieder zurückgekommen ist mit einem Blick, als hätte er den Jesus eigenhändig ans Kreuz genagelt. Zum Glück hat er das nicht gemacht; weil, zwei linke Hände. Und es hat schon gereicht, dass er ein blaues Auge gehabt hat und die Mutter eine wehe rechte Hand. Nein, zuhause hat sich der König in Rothenburg ob der Tauber gefühlt, weil die ganze Stadt eine mittelalterliche Filmkulisse war.

Durch den Umzug hat die Mutter die ersten Wochen ganz vergessen, dem König die Haare zu schneiden, weshalb der Vater gesagt hat: „Schaust ja aus wie ein Sandler." Er hätte auch sagen können, dass er ausschaut wie der Jesus, aber dann wäre es ja keine Beleidigung mehr gewesen. Also für den Vater, für die Mutter schon.

Der König hat sich eigentlich ganz gut gefallen mit den Haaren, die noch nicht einmal *richtig* lang waren. Weil er damit ein bisschen ausgeschaut hat wie der Oskar Marion in seiner Ritterrüstung. Als Burgli, der Hauptmann in florentinischen Diensten in dem Film *Monna Vanna*, der auch im Glashaus in Grünwald gedreht worden ist. Aber an diesem Tag hat die Mutter keinen Radi gekannt. Die Schere erschien dem Bartholomäus riesengroß, als bekäme sie sonst die Hecke im Garten vor die Klingen, und der Kamm, der rupfte wie der Pfarrer, als er den Bartholomäus in der Schule beim Mädl-Ärgern erwischt und geschopft hatte. Der König kam sich vor wie das Unkraut, das aus dem Gemüsebeet hinter dem neuen Haus in Rothenburg gezogen wurde – was die Mutter jeden Tag gemacht hat, weil auch in einem Beet natürlich Ordnung herrschen musste. Wenn sie damit fertig war, hat sie sich die erdigen Hände in der hölzernen Regentonne gewaschen, an der Gartenschürze abgetrocknet und gesagt: „So!"

Auch jetzt wartete der Bartholomäus darauf, dass die Mutter endlich „So!" sagen würde, wie die Haare in seine Augen flogen, faserig an seinem Mund pappten und ihn im Genick juckten.

Aber da konnte er lange darauf warten. Weil für die Mutter die Haare *vieeeel* zu lang waren, schnippelte sie eine Ewigkeit daran herum. Nahm immer wieder mit dem Kamm die Haare auf, um die korrekte Länge abzumessen.

Die Tränen drückten sich aus seinem Bauch, über seinen Hals und die Nase bis in die Augen. Bis, ja, bis der Mutter auf einmal die Haare ausfielen, sie ebenso Haare ließ, mit jedem Schnitt um seinen Kopf herum ein wenig mehr, und sie irgendwann nur noch mit einer Glatze vor dem Spiegel stand. Das Erstaunen drückte die Tränen dorthin zurück, wo sie hergekommen waren, und sein Bauch entkrampfte sich wieder. Und während seine Haare weiter fielen, wuchsen ihr Haare auf dem Kinn, um die Lippen herum, auf den Zähnen, den Backen, bis sie irgendwann wie ein alter Barbier aussah. Der Mutter schien es nicht aufzufallen, sie schnippelte munter weiter an Bartholomäus' Haaren herum. Und diese Veränderung der Realität, seiner Realität, schenkte seinem Geist eine derartige Freiheit, dass der kleine, über die Maßen gescheite Bub auf einmal darüber nachdachte, ob die Mutter sich die Haare auch selber schnitt. Nicht zuletzt, weil er mitbekommen hatte, dass der Geldsäckel der Familie dieser Tage nicht gerade prall gefüllt war. Und dann dachte er darüber nach, ob sie dazu all jenen, und nur jenen, die Haare schnitt, die sich nicht selbst die Haare kürzten, wie ihm. Und da merkte er, dass sich ein Widerspruch auftat, wobei er es natürlich nicht Widerspruch nannte, sondern wieder einmal viel mehr fühlte, dass da irgendwas nicht stimmig war – wie damals, als er in den Soldaten-Stahlhelm des Vaters gepieselt hatte. Weil, wenn sie sich die Haare selbst schnitt, dann gehörte sie doch zu denen, denen sie die Haare mit der Schere bearbeiten musste ... Falls ich mich jetzt nicht verhauen habe, wisst ihr vielleicht, was ich meine.

„So!", sagte die Mutter. Womit der Bartholomäus auch den Knoten in seinem Kopf über das Friseusen-Paradoxon stehen ließ. Sie kämmte seine nahezu nicht mehr vorhandenen Haare, schüttelte das Handtuch aus, ja, tatsächlich, sie schüttelte es aus und verteilte die Haare dadurch kreuz und quer im Bad, um den

Bartholomäus herum. Ihn steckte sie mit dem Kopf unter den Wasserhahn, noch bevor sie die Temperatur geprüft hatte, weshalb ihm wegen des eisernen Griffes der Mutter nichts anderes übrigblieb, als die Zähne zusammenzubeißen, weil sich das Wasser erst eiskalt und dann brühend heiß über seinen kahlen Schädel ergoss. Die Aula-Seife aus Rothenburg schmirgelte, wieder heiß, dann kalt, dann auch noch brennender Schaum in seinen Augen. Nur kurz rubbelte die Mutter den immer noch wehen Kinderkopf, dann überließ sie ihn sich selbst und seinem Schmerz. Denn die Haare mussten zusammengekehrt, das Waschbecken gereinigt und zuletzt noch der Spiegel abgewischt werden. Der Besen schlug gegen das Schäufelchen, die Haare türmten sich darauf und die Mutter trug sie nach draußen zur Tonne im Hof.

Da erst sah Bartholomäus, was sie ihm angetan hatte. Er erkannte sich nicht wieder! Er war ein anderer Mensch geworden! Jetzt schossen die Tränen aus seinen Augen. Flossen über sein Gesicht. *Das bin ja gar nicht mehr ich!*

Vor dem Fenster war der Himmel gerade noch wolkenverhangen gewesen. Doch jetzt schob sich ein Sonnenstrahl durch, fiel auf den sauber geputzten Badezimmerspiegel und von dort aus in Bartholomäus' Gesicht. Wäre er nicht geblendet gewesen, hätte er sich noch weiter in sein Elend versenken können. Aber er war eben geblendet, was ihm wiederum ermöglichte, Abstand von seinem Schrecken und damit dem Schmerz der Entfremdung zu gewinnen. Und Raum für all die Bilder aus seiner Realität, die sich nun zu einem Ganzen fügten: seine glatzköpfige, bärtige Mutter und er, der nicht mehr er war.

Was für ein Kraft entstand aus dieser Kombination, aus dieser Erkenntnis: eine Mutter, deren zwanghafte Ordnung durch einen Bart und eine Schere zunichte gemacht worden war und damit auch ihre Macht über ihn. Die ihre Herrschaft nicht nur durch Schere und Kamm ausgeübt hatte, sondern durch den alltäglichen Zwang, penible, preußische Ordnung zu halten, obwohl sie doch aus Oberbayern stammten und jetzt in Franken lebten. Ja, es steckte eine enorme Kraft in dieser Erkenntnis, eine Art Freiheit, die durch die Veränderung des Äußeren, ja, des Menschen Bartholomäus König entstanden war.

Ab jenem Tag trug der Barholomäus diese Kraft in sich und ich traue mich zu behaupten, dass er an diesem Tag zum König wurde, der im Laufe seines Lebens danach strebte, dieses Sein zu perfektionieren.

Der gleichaltrige Schah-Sohn, zu dem der König zu Fuß mindestens 800 Stunden und wahrscheinlich noch viel länger unterwegs gewesen wäre, bereitete sich indes auf die Feierlichkeiten zur Ausrufung seines Vaters zum Schah von Persien vor. Auch er saß vor einem Spiegel, seine Augenbrauen wurden mit einem Faden gezupft, was ihm ebenfalls die Tränen in die Augen trieb, aber er wusste: Würde auch nur eine davon aus seinen Augen rollen, durfte er sich der scharfen Rüge seiner Kinderpflegerin gewiss sein.

Während sich der König nach seinem Initiationsritus noch in seiner Erleuchtung sonnte, ging die Tür zum Bad auf. „Mutti, i hob die Stell! Direktor werd i!“, rief König Senior in urwüchsigem Altbairisch, das er vor seinen Mitmenschen zukünftig, als der Herr Direktor, tunlichst zu verbergen suchte. Genau wie König Junior seine Fähigkeit zur Mimikry.

„Der junge Herr wird uns noch vor manches Rätsel stellen“, fällt mir da spontan ein. Also genau das, was Generalfeldmarschall Moltke auch über Kaiser Wilhelm II. gesagt hat.

Im Folterkeller

Die schwere Holztür öffnet sich und der König glaubt erst gar nicht, was er sieht. Weil, es schaut so gemütlich aus. Ein gefliester Boden, umgeben von einer Steinwand, gar nicht kühl, kunstvoll. Und pfeilgrad: Licht! Er versucht, sich zu freuen und dann aber auch gleich wieder gleichmütig zu bleiben, weil: Licht war ja auch auf dem Rathausturm. Und wie sagte die Mutter so oft so bös: „Wer hoch steigt, fällt tief." Schaun wir mal.

Der Kleine geht voran, hält ihm die Tür auf und der König reißt sich zusammen. Nicht bedanken, weil er ja der Schah von Persien ist und so einer bedankt sich nicht.

Dann geht's durch die nächste Tür nach draußen. Ein kühler Wind empfängt ihn auf der Terrasse des Burghotels, neben der Stadtmauer. Der Burgturm trotzig wie der König vor ihm, mit einem Brunnen, der früher die Durstigen mit Wasser versorgt hat oder auch nicht, weil er vielleicht noch gar nicht da war. Die Stadtmauer rechts, wieder Efeu. Links sein Taubertal, das kennst du ja schon und wirst du noch besser kennenlernen. In den Blumenrabatten Friedhofsflora: blutrote Gerbera. Der König macht den Mund auf und hört, wie trocken er ist. Hofft, dass nur er es gehört hat. Sieht das Fernrohr, das schlaff nach unten hängt, gen Tal. War er weitsichtig genug?

Zwei Schritte die Treppen runter. Und es geht schon wieder durch die nächste Tür; wird noch kühler, immer weiter runter. Und vor allem wird es duster, enger, steil geht es die Stiege bergab. Vor und hinter ihm je ein iranischer Agent. Dicke, feuchte Mauern, durch die kein Schrei nach außen dringt. Kerzenflammen bringen das Treppenhaus zum Zittern. Und dann weiß er, warum sie ihn hierher gebracht haben, hat es vorhin schon gewusst.

Was ihm als erstes ins Auge sticht in dem Gewölbe, ist das Rad, von einem alten Fuhrwerk, nicht größer als das Rad am Wagen des Scharfrichters. Unscheinbar steht es in der Ecke, unschuldig ausgestellt. Nur unterscheidet es sich von einem gewöhnlichen Rad, das vielleicht auch Blut an seinen Beschlägen haben könnte, von Viechern, die überfahren worden sind, von Igeln, Schnecken, Gewürm; es unterscheidet sich durch die messerscharfe, spitze Schneide, die an ihm angebracht ist, ausschaut wie fesches Beiwerk und dem Folterwerkzeug seinen nüchternen Namen nicht gegeben hat.

Jetzt könnte ich einen schlechten Wortwitz machen und schreiben, der König fühlt sich wie gerädert. Aber nein, er ist grantig und sagt: „Meine Herren, verraten Sie mir, warum Sie mich, den Schah von Persien, an diesen unwirtlichen Ort bringen?"

Der Kleine, noch ganz bubenhafter Lehrling, schaut den Großen an, schluckt, dass sein Kehlkopf wie eine Wasseramsel in der Schandtauber von Stein zu Stein hüpft. Jetzt nimmt der Große seine Sonnenbrille ab, was er schon längst hätte tun sollen. Der König schluckt, schluckt und schluckt, obwohl es nix zum Schlucken gibt, und versucht, sich das Schlucken nicht anmerken zu lassen. Aber: schwierig. Weil, das eine Auge ist blind, kein Glasauge, eher eine Weintraube, angeschrumpelt. Der Agent macht den Mund auf. Ein Goldzahn blitzt. Wirklich! Und sagt: *„Yek as barat mi pazam, do wagab roqan daste base."*

Der Kleine pfeift durch die Zähne, weil er, genau wie der König, verstanden hat: „Ich werde dir eine Suppe kochen, auf der sich zwei Handspannen Öl befinden." Und weiß, dass das eine Drohung ist.

„Wo befindet sich Ihre Majestät, Farah Diba?", fragt der König, nicht zu schnell und nicht zu langsam.

„Die Schahbanu ist in Sicherheit", sagt der Kleine, ein bisserl zu schnell.

„Oder ist sie etwa hier drin verborgen?" Der König zeigt auf eine wuchtige Figur, die in der Ecke steht. Mit einem zerklüfteten, von Streifen durchzogenen Holzgesicht und einer Art Krone, dem Messer des Rades nicht unähnlich. Auf einem massigen Korpus aus Stahl, vernietet, zusammengeschweißt, zwei Griffe zum Öffnen: die eiserne Jungfrau.

„Öffnen Sie! Sofort!", befiehlt der König.

Der Lehrling springt, macht auf. Quietschend kommen Eisenstacheln zum Vorschein. Als hätte man einen Seeigel in der Mitte auseinandergerissen und sein Inneres nach außen gekehrt. Was man eben auf gar keinen Fall machen soll, das hat der König im Laufe seines Lebens gelernt: sein Inneres nach außen zu kehren.

„Wenn Sie mir jetzt nicht unverzüglich mitteilen, wo sich Ihre königliche Majestät, die Kaiserin von Persien, befindet, dann werden Sie da drin …" Er macht eine kunstvolle Pause, schwingt mit Finger und Arm wie ein Dirigent des Todes und zeigt wieder auf die Eiserne Jungfrau. „... da drin Platz nehmen!" Dann geht er zu einem riesigen Kürbis, der auf einem Schemel abgelegt wurde, in einer Ausbuchtung der steinernen Wand, unter einem gemauerten Rundbogen. Wahrscheinlich liegt der Kürbis noch vom letzten Herbst da, Halloween hat's ja damals noch nicht gegeben. König deutet darauf und sagt: „Wissen Sie, was das ist?"

Der Kleine kriegt auf einmal so einen verträumten Blick, einen Glotzer, dass sich der König fragt, ob er was Falsches gesagt hat. Dann fällt ihm ein, warum. Er brüllt: *„Kaka Kadu* vielleicht?"

Der Kleine zuckt zusammen, seine Mundwinkel beben. Bei dem Großen bewegt sich lediglich ein Haar an der Augenbraue, unter seiner kahlrasierten Glatze.

Du musst wissen, dass *Kaka Kadu* persische Pfannkuchen sind, die mit Feigen und Zucker gegessen werden. Aus Kürbispüree und einem Hauch von Rosenwasser und Kardamom. Gebrutzelt werden die, ähnlich wie die Reiberdatschi, Baggers, Kartoffelpuffer, zu denen wir in einem der nächsten Kapitel noch kommen werden, wenn ein anderer arischer Führer Rothenburg besucht. *Kaka Kadu* kommen aus dem Norden des Iran, aus Gilan, wo der Kleinere herstammt und in den Reisfeldern umhergestreift ist wie der König unter den Apfelbäumen. Nur, dass man aus Äpfeln kein Mehl, wie aus Reis, machen kann – und daraus wiederum *Kaka Kadu,* die dem Kleinen seine Großmutter immer gemacht hat –, sondern Apfelmus, zum Kaiserschmarrn.

„Nehmen Sie den Stuhl", sagt der König zu ihm.

Der Kleine rennt zum angewiesenen Barhocker, nimmt ihn.

„Und stellen ihn in die Eiserne Jungfrau!"

Er schaut ihn fragend an. Versteht nur Bahnhof, weil er noch so jung ist und bei Jungfrau natürlich an ganz was anderes denkt.

„Da rein!"

Er tut, wie ihm befohlen.

Der Größere schaut wie versteinert zu.

„Und jetzt den Kürbis."

Er nimmt ihn mit einer fahrigen Bewegung, lässt ihn fast wieder fallen.

„Vorsicht!"

Umfasst ihn fester.

„Auf den Stuhl."

Er kraxelt auf den Hocker. Rutscht ab. Der Kürbis fällt runter. Er schaut zum König. Zu seinem Kollegen. Hebt den Kürbis auf. Schafft es irgendwie, samt Kürbis auf den Barhocker zu klettern. Schnauft rasant, sein Brustkorb hüpft auf und nieder.

„Neeeiiiin", sagt der König langsam, souverän, fast flüsternd, zeigt majestätisch auf den Kleinen.

Dem seine Füße schlackern und man sieht, wie er versucht, seinen Hintern anzuspannen, damit man nicht sieht, wie sie schlackern.

Der König sagt: „Runter!"

Der Kleine macht eine Kniebeuge, bis zu den Fersen. War da soeben ein Grinsen auf dem gehässigen Mund des Großen?

„Treten Sie herunter!", befiehlt der König.

Zackig hüpft der Kleine runter auf die Fliesen. Die Haxen knicken ein. Schmerzverzerrter Gesichtsausdruck. Der Kürbis hüpft davon. Unterdrücktes Stöhnen. Versuch, stramm zu stehen.

„Den Kürbis!"

Dem Kleinen seine Augen folgen dem König seiner Hand. Der malt mit seinem Zeigefinger Kreise, vom Boden bis zur Decke, weil es gar so schön ist; und der Kleine folgt mit seinem Blick. Als hätt der König einen glühenden Stecken in der Hand und würd damit in der Dunkelheit bunte Bilder malen. Der Kleine schwankt und der König weiß, dass der Kleine gelernt hat zu gehorchen, und sagt, wieder ganz langsam: „Guuuut."

Was dem Kleinen ein entspanntes Lächeln auf die Lippen zaubert.

Ernennung zum Oberst

Wie so oft in den Rothenburger Gassen, hat an einem heißen Sommertag ein Krieg zwischen den Christen- und Judenkindern getobt. Ganz in der Nähe der Judengasse 10, wo im Mittelalter die Juden in der Mikwe, einem Tauchbad, die Treppen runtergestiegen sind, um sich im Wasser zu reinigen. Jetzt sind sich da zwei Banden auf dem Schulhof der Jakobsschule, wo der Vater vom König Direktor gewesen ist, gegenübergestanden. Aufgehetzt vom Kirchenvater Augustinus und der schiefen Auslegung der Bibel. Die Tauben auf dem Dachfirst und auf den kleinen Fenstern mit Dacherl waren die einzigen Zeugen, faul von der Hitzen haben sie nicht einmal gegurrt, sondern nur hin und wieder auf die Schule geschissen.

Das Peterle, seines Zeichens Sohn des Stadtbauers Adalhard Mohrenstecher und der Stadtbäuerin Hannahle, hat den Angriff wie ein Feldhauptmann gestartet und die jüdischen Nachbarskinder aus seinem großen Maul angebrüllt als würd er sich jetzt schon auf das abgemagerte Tausendjährige Reich einstimmen: „Ihr Jude, ihr hebt den Heiland ans Kreiz gschlooche!"

Die heiße Luft hat über dem Kopfsteinpflaster gezittert.

Der König steht, wie immer, zwischen den Fronten, weil er in beiden Schützengräben Spielkameraden gehabt und die Bibel genau studiert hat. Und da drin ist eindeutig gestanden, dass dem Jesus sein Tod und seine Auferstehung passiert sind, um die Schuld aller Menschen auf sich zu nehmen. Die große, allumfassende Versöhnung. Auch wenn der König nicht wirklich daran geglaubt hat, weil er jeden Tag das Gegenteil gesehen hat; wie jetzt eben auch wieder.

„Mir?", hat der Isaak zurückgebrüllt, dass seine schwarzen Locken nur so gewackelt haben. „Mir? Naa, do weiß i nix! Des misse die draußen von der Adam-Hörber-Straße gwese sei!"

Das Peterle ist auf den Isaak zugegangen, seine Kreuzritter sind nachgerückt wie ein kampfeshungriges römisches Heer. Weil der König nicht gewusst hat, was er tun soll, hat er sich angesichts der drohenden Blutsuppe innerlich gewunden wie der Turm der Schule vor ihm. Zu seinem Glück ist aus der Jakobsschule eine eindringliche, befehlende Stimme gedrungen.

Der Bladdntoni, der Bauer von der Frankenhöhe, aus Dombühl, hat genau in dem Moment auf der Herrngasse nebendran seinen Hut abgesetzt, um sich mit einem Taschentuch die glänzende Glatze zu polieren. Und auch dem seine Ohrwascheln haben die Befehle aus der Schule deutlich vernommen. Er hat den König ein paar Meter weiter stehen gesehen und ihn gefragt: „Wos is denn do drinne los? Worum werd denn do so plägt?"

Der König hat die zwei Armeen beäugt, die kurz davor waren, übereinander herzufallen. Freilich hat er gewusst, dass der Lehrer Bücklibock da drin die älteren Pennäler herumkommandiert. Trotzdem hat er gesagt: „Da drin werden Affen dressiert. Wenn S' a Zehnerle zahlen, können Sie's sehen." Dabei hat er das Wort „Zehnerle" genau so betont, dass die Betonung dem Bladdntoni nicht aufgefallen ist, die Gotteskrieger es aber gehört haben. Und schon haben die daran gedacht, dass man das Zehnerle in zuckersüß-salzigen Bärendreck umsetzen könnt.

„Des guck i mir ou", hat der Kuhbauer begeistert gesagt und mit seinen Wurstfingern ein Zehnerle aus seinem Geldsack gefischt. Und es dem König in die Hand gedrückt. Dann ist er ins Schulhaus gestürzt, wo es nach feuchtem Schwamm, Kreide und dem Schweiß der Schüler gerochen hat. Schwer keuchend ist er die Wendeltreppe rauf und hat an die Tür vom Klassenzimmer geklopft. Aufgemacht hat ihm der Lehrer Bücklibock, der dem Lehrer Lämpel aus „Max und Moritz" wie aus dem Bilderbuch geschnitten war, haarscharf, bis zur Meerschaumpfeife am Feierabend.

„I mechet ...", hat der Bauer gestottert. „Ja ... Wo sind etz do die Affe, die wo dressiert werde? Die will ich sehe!"

Der Bücklibock ist sich vorgekommen wie der Tierpfleger vom Tiergarten in Nürnberg, was, unter uns gesagt, schon öfter vorgekommen ist. Trotzdem hat er versucht, die Haltung zu bewahren und nicht zu sehr wie ein Blasebalg in der Schmiede zu schnaufen. Auch weil der Bauer vom Treppenrennen schon so exaltiert inhaliert und gepustet hat und der Bücklibock darum gemeint hat, da steht ihm sein asthmatisches Spiegelbild gegenüber. „Ja, was glauben Sie denn ... Sie!", hat der Bücklibock gepoltert.

Das hat der Glatzentoni kapiert und ist wieder nach unten gestürmt, um sich den „Schmalzrussen" zu schnappen. Dem Bücklibock sein „Bauraseggl!" hat er nicht mehr gehört.

Der König ist derweil feierlich von der christlich-jüdischen Armee zum „Oberst" ernannt worden. Und die ist jetzt vereint vorgerückt, um in der Georgenapotheke am Markt die Gläser mit Bärendreck zu erobern.

Weil der Bauer noch einmal umgedreht ist und dem Bücklibock den König mit seiner markanten Erscheinung beschrieben hat – tiefschwarze Haar, buschige Augenbrauen, ein schmales, kantiges Gesicht und eine große Nase; weshalb ihn manche auch für einen Juden gehalten haben –, war klar, dass der König früher oder später bestraft werden wird, ob der Lehrer Bücklibock nun gewusst hat, dass er der Oberst war, oder nicht. Womit der König extra gerechnet hat, war, dass der König Senior, der Herr Direktor, den Lehrer Bücklibock, der aus Ulm stammte, extra angewiesen hatte, mit dem Bartholomäus besonders hart ins Gericht zu gehen. Weil: Sohn vom Direktor. Und alle sollten sehen, dass er daraus keinen Vorteil ziehen konnte.

Der Bartholomäus König hat geahnt, dass ihm der Herr Lehrer eine Abreibung mit dem spanischen Röhrle verabreichen würde. Und da traf es sich sehr gut, dass am Vortag Schlachttag gewesen war.

Am Schlachttag hat die Stadtbäuerin Hannah Mohrenstecher aus der Wenggasse, wo es damals noch viele Stadtbauern gegeben hat, mit dem großen Fleischermesser einer massigen Sau den Hals aufgeschnitten. Das dunkelrot-schwarze, dampfende Blut rann aus dem Schnitt und in den Kiebel, wo das Hannahle sofort damit begann, den riesigen Kochlöffel zu rühren. So blieb der „Blutbapp", wie sie es den Kindern erklärte, am Kochlöffel hängen und klumpte nicht. Die Kinder hatten die Sau übrigens irgendwann, als sie noch kleiner, aber schon eine Sau war, „Hieronimus" getauft, nach dem Herrn Direktor, der damals noch der „Herr Lehrer" gewesen ist

In einem aufwendigen Prozedere, in das die ganze Familie involviert war, produzierte die Stadtbäuerin dann aus dem Schweinefleisch, dem Blut und dem Darm der armen Hieronimus Würst. Was die arme Hieronimus nicht wusste, war, dass dem Herrn Lehrer auch beizeiten zum Sterben zumute war, vor allem, wenn er zu viel Würst verspeist und zu viel Landwehr-Bier aus dem eine Stunde Fußmarsch entfernten Steinsfeld getrunken hatte. Weil, dann tobte in seinem Gedärm ein Stellungskrieg, der auf dem Scheißhaus seinen Niederschlag fand, dass es im Plumpsklo nur so donnerte. Der König Junior wusste in so einem Fall, dass er seine Ruhe vor dem Tyrannen hatte, und der König Senior versuchte sich in der dunklen Ahnung, dass ihn der Tyrann Morbus Crohn, wie er ein paar Jahre später erfahren würd, in seiner Gewalt hatte.

Auf alle Fälle schickte das Hannahle, wie es Brauch war, ihre Kinder mit den Würsten zum Herrn Pfarrer und eben zum Herrn Direktor am Eck vom Pfäffleinsgässchen. (Das mag jetzt ein bisserl verwirrend für dich sein, dass der Schuldirektor im Pfäffleinsgässchen gewohnt hat und nicht umgekehrt, aber in meiner Geschichte wird dich noch mehr verwirren, also fast wie im richtigen Leben.)

Die Familie vom Herrn Direktor hat aber dazu noch eine Kanne voll Schweineblut gekriegt, das über Nacht im Holz-Eisschrank im Keller gelagert worden war. Das Hannahle hat nämlich gewusst, dass die Maria König gerne einmal einen Thüringer Blutkuchen backt, wie ihn ihre Thüringer Großmutter schon gemacht hat; mit Salzkartoffeln und Salzgurken natürlich. Was wiederum für dem Hieronimus seinen Darm, also dem vom Direktor – für den von der gleichnamigen Sau sowieso – einem gesalzenen Dolchstoß gleichkam. Für die Kinder in der Schule dagegen einem Friedensvertrag, weil der Herr Direktor, der ja auch unterrichten musste, dann extrem viel Zeit auf dem Häusl verbracht hat.

Jetzt aber zurück zum König Junior, auf den das „Stäggele" gewartet hat. Da die ganze Klasse schon gewusst hat, was ihm blüht – und ihm so manche Landeier nicht gerade wohlgesonnen waren –, war die Vorfreude nicht nur beim Lehrer Bücklibock groß, der prinzipiell eine rechte Zwiderwurzen war und ein strenges Regiment geführt hat. (Du siehst, die Zeichen sind in Rothenburg auch nach dem großen Krieg auf Krieg gestanden, als hätten die Leut daraus nix gelernt. Aber vielleicht ist das die bleibendste Eigenschaft der Menschen, dass sie aus der Vergangenheit nix lernen. Und vielleicht sind gerade die Deutschen da besonders erinnerungsresistent.) Beim König war es mehr seine Suche nach Freiheit, die ihn ein bisserl beratungsresistent ausschauen hat lassen, zumindest in den Augen vom Lehrer Bücklibock. Es war nämlich nicht das erste Mal, dass der beim König zum Stock gegriffen hat.

Die Klasse hat also schon auf dieses Schauspiel gewartet wie die Leut heute auf den Tatort am Sonntagabend. Der Bücklibock hat seine Bücher, Kreide, Stifte und Hefte noch akkurater als sonst auf seinem Pult geordnet, was fast nicht ging, und den Rohrstock aus dem Schrank geholt. Absurderweise hat er ihn noch einmal demonstrativ mit seinem Stofftaschentuch geputzt.

Dann sagt der Bücklibock genüsslich: „Bartholomäus König." Und die, bei denen die Freude groß ist, versuchen sie zu verbergen, damit ihr Name nicht als nächster ausgerufen wird.

Der König dagegen spielt seine Rolle vorzüglich, angesichts der drohenden zwanzig Hiebe mit dem Stock. Hat er die letzten Jahre doch ordentlich Erfahrung in der Schauspielerei sammeln können: den Blick schuldbewusst zu Boden gewandt, die damals noch schmalen Schultern hängen lassen, wer es sehen wollte, hätte die Knie – beim Laufen! – schlottern sehen können. König selbst war das eigentlich zu dick aufgetragen, aber überzeugend war's allemal. Schon ist er am Lehrerpult angelangt.

„Bück dich", sagt Bücklibock betont ruhig, „Schindluder lass ich keines mit mir treiben." Trotzdem errötet sein Schädel, als wäre er der gezüchtigte Hintern vom König. Und das, obwohl der Bücklibock ein hageres Mannsbild ist, ein Strich in der mittelfränkischen Landschaft, also weit entfernt vom Bluthochdruck aufgrund von Schäufele – für Nichtfranken: martialisch ausschauende Schweineschulter und Bier.

König bückt sich wie befohlen, stützt sich mit den Ellbogen auf dem Pult ab. Bücklibock holt aus. Da schaut der König der Anna Krohn kurz in die Augen und sagt „Herr Lehrer!", worauf dessen Kopf noch mehr errötet und alle gespannt die Luft anhalten.

Bücklibock lässt den Stock wieder sinken: „Ja, König?"

Das Holz knistert im Ofen, der Anna Kohn ihre türkisbraunen Augen funkeln.

„Guten Morgen, Herr Lehrer."

Worauf die Klasse in ein derart deppertes Gelächter ausbricht, dass dem Bücklibock angesichts dieser anarchischen Gemütsäußerung der Schweiß auf der Stirn ausbricht. „Ruhe!", brüllt er und es ist Ruhe.

Alle wissen, dass König einen riesigen Fehler begangen hat. Denn Bücklibock holt aus, wie er noch nie ausgeholt hat. Der Stock zischt surrend auf Königs kleinen Hintern nieder, der Schmerz lässt ihn zusammenzucken und das Gesicht verziehen wie seine Mutter, wenn sie irgendwo Unordnung entdeckt hat.

Der Bücklibock holt wieder aus, wieder ein Zuckerer. Auf einmal hält der Lehrer zum Erstaunen der Schüler inne. Schaut am König hinunter und hält sich die Hand vor den Mund. Und dann sehen es alle: Ein Blutstrom rinnt aus Königs Hose und zeichnet eine immer länger werdende rote Spur der Gewalt durch das Klassenzimmer.

Es ist jetzt so leise, dass man den Bücklibock schnaufen hört, sein Stridor pfeift durch das ganze Zimmer und entlarvt ihn als Asthmatiker. Seine Hand zittert immer stärker. Der Stock fällt zu Boden. Und der Bücklibock sagt leise, ja schon fast andächtig: „Geh heim, Bub."

König schnappt sich Jacke, Tornister und Schiefertafel, rast aus dem Zimmer und denkt sich: Pfiffkas!

Die Anna Kohn schaut ihm verwundert hintennach.

Der König prescht die Straße hinunter. Dass der Dreck hinter ihm nur so staubt in der Hitzen. Die Schweinsblasen, in der das Blut von der Stadtbäuerin gewesen ist, das jetzt der Wilpert Heinz vom Fußboden des Klassenzimmers schrubben muss, holt er aus der Hosentasche seiner kurzen Lederhosen und schmeißt sie in den Graben. Neben einen toten Hund.

Schreckung der Eisernen Jungfrau

Der Kleine schaut den König aus seinen großen gebräunten Augen an wie ein Bub, der das erste Mal in seinem Leben von seinem Papa gelobt worden ist. Sein Schnurrbart vibriert wie der von einer schnurrenden Katze. Und der König muss an Farah Diba denken. Freilich wegen der Augen und nicht wegen dem Schnurrbart. Aber er muss sich jetzt zusammenreißen. Also brüllt er: „Den Kürbis!"

Und den Bubi reißt's. Sein Schnurrbart wackelt. Der Große, Einaugige, oder besser gesagt, der mit dem verrunzelten Einauge, zündet sich eine Zigarette an. Rauch steigt auf als wär er Luzifer.

„Sofort!", legt der König nach.

Der Kleine nimmt den Kürbis in seine feingliedrigen Finger, ohne den Blick vom König zu wenden.

„Auf den Stuhl!"

Wie ein rohes Straußenei setzt er den Kürbis auf den Barhocker. Der Kürbis schwingt hin und her. Das Schwingen schwingt durch die Stille des feuchten Kellergewölbes. Der Kleine hebt die Hand. Hält die Luft an. Geht erst wieder weg, wie der Kürbis ganz ruhig dasteht.

„Was ist nun zu tun?", fragt der König den Großen, setzt sich auf einen anderen Schemel und wartet.

Der Große nimmt einen Zug von seiner Zigarette, bläst sie dem Kleinen ins Gesicht, der zu husten anfängt. Kraftvoll wirft er den glimmenden Stumpen auf den Boden und zermalmt ihn mit der Sohle seiner glänzend schwarzen Halbschuhe. Dann tritt er vor die Eiserne Jungfrau. Betrachtet sie. Fast unmerklich holt er mit der Hand aus, schlägt die Tür zu. *Ratsch!* – fahren die Stacheln ins Fleisch. Markdurchdringend. Sogar der König muss sich zusammenreißen, nicht zusammenzufahren.

Bis Einauge sagt: „*Har ki ke sebil dare, pedar-e man nist.*"

Was der König insgeheim übersetzt: „Nicht jeder, der einen Bart hat, ist mein Vater." Er weiß, dass der Spruch an den Kleinen gerichtet ist und dass nicht alle, die Hörner führen, Jäger sind.

Und dann passiert erst einmal gar nix. Obwohl der König den Großen anschaut. Seine Glatze, seine Sonnenbrille, die Narbe auf der Backe, aus der die Spitze des Wangenknochens drückt. Mit ihm hat er einen ganz schön zähen Hund erwischt. Aber was will er von einem Agenten des iranischen Geheimdienstes SAVAK auch anderes erwarten? Nicht umsonst hat seine Tochter Aurelia gegen ihn demonstriert. Das Hannahle, das ihr daraufhin den Schirm drübergezogen hat, hätte lieber ihm eine drüberziehen sollen. Also dem Schah oder eben dem großen Agenten. Da hätt's die Richtigen getroffen.

Das Pikante bei der ganzen Geschichte ist, dass der Geheimdienst bei den Leuten daheim im Iran fast genauso vorgegangen ist wie beim König. Gut, die Augen haben sie ihm nicht verbunden und auch sonst waren sie ein wenig vorsichtiger, weil sie zum einen ja noch rätseln, ob sie da wirklich den Schah vor sich haben, und zum anderen wären die Rothenburger ja misstrauisch geworden, wenn seine eigenen Agenten den Schah, den Ehrengast, gepackt, ihm die Augen verbunden und vor sich her gestoßen hätten. In der heimischen Folterkammer, also nicht da, wo der König jetzt dem unsympathischen Agenten gegenübergestanden hat, haben die dann gern damit angefangen, Fingernägel auszureißen, haben Händ in glühende Kohlen gesteckt oder Löcher in Schädel gesägt.

Jetzt hat zwar der König keine glühenden Kohlen gesehen oder gerochen, aber so was lässt sich organisieren. Auch eine Säge oder einen Bohrer hat er während des unauffälligen Rundumblicks nicht entdecken können, wenn er dem Agenten mal kurz nicht in das gesunde Auge geschaut und das verschrumpelte vermieden hat. Dafür war einiges an Material vorhanden, auf das der König bei seiner Recherche gestoßen war: Polnischer Bock, Daumenschrauben, Schandmaske mit Schweinegesicht, gespickter Hase, trockener Zug. Der feuchte Traum eines jeden Sadisten.

Jetzt öffnet der Große den hartleibigen Mantel der Eisernen Jungfrau. Quietschend. Der Kürbis steckt in den Stacheln wie ein aufgespießter Kopf. Von den Spitzen gegenüber hängen orangene Fleischfetzen herunter.

„Sehe ich es richtig, dass keiner von meinen Mitarbeitern sich darin wiederfinden möchte?", sagt der König, um die Schraube ein wenig anzuziehen. Weil er weiß, dass der grantige Agent auch gleich die Daumenschrauben anziehen wird. Und das nicht nur im sprichwörtlichen Sinne.

Der Kleine schluckt und nickt umgehend. Der Große stöhnt ein bisserl zu laut, setzt sich seine Sonnenbrille wieder auf und sagt: *„Har ke az man ist bar mast."* Mit einer Stimme, die für einen Bösewicht doch ein bisserl zu hoch und quietschig ist.

Der König überlegt, was er auf dieses triviale „Wer nicht für uns ist, ist gegen uns" antworten soll. Dann fragt er scharf: „Sind Sie gegen unsere kaiserliche Majestät?"

Der Große stutzt.

Das bringt den König auf eine Idee: „Wie ist Ihr Name?", fragt er den Kleinen.

„Kenan", sagt der. Mit tiefer Stimme.

Ah, der Lanzenwächter des Paradiestores, denkt König, spricht es aber nicht aus. Sagt stattdessen: *„Dast bala-ye dast besyar ast."*

Und Kenan antwortet auf das Sprichwort, das besagt, dass es viele Hände über deiner Hand gäbe: „Wir schützen den Schah-in-Schah und den iranischen Staat vor seinen Feinden." Das „Feinden" betont er. Presst seine Zunge dabei fest an seinen Gaumen.

„Ah, Sie haben mich hierher gebracht, weil die Befürchtungen, es könne einen Anschlag auf meine Person geben, eingetreten sind."

„So könnte man es sagen“, meint Kenan und wedelt entschuldigend mit seinen schönen Händen vor der Brust herum.

„Aber wie soll ein Anschlag auf meine Person eingetreten sein, wenn ich kerngesund vor Ihnen stehe?“, fragt der König und hofft, dass dies auch noch länger der Fall sein wird.

„Beweisen Sie uns doch erst einmal, dass sie der Schah von Persien sind“, sagt Einauge und die goldene Zahnkrone blitzt im flackernden Kerzenlicht.

„Was wollen Sie wissen?“ Der König geht auf Einauge zu. „Wie mein Kindermädchen hieß? Was meine Leibspeise ist? Wie Sie Wurm es wagen können, an meiner Person zu zweifeln?“

„Zum Beispiel“, sagt Kenan, ein bisschen zu erfreut.

Der König geht zu ihm hinüber, legt ihm langsam den Arm auf die Schulter, der Agent folgt Königs Hand mit den Augen. Seine linke Augenbraue fängt zu zucken an. „Ihr Leibgericht ist ja wohl *Kaka Kadu*.“

Kenan schaut König aus weit aufgerissenen Rehaugen an wie ein kleiner Bub, der am Mittagstisch auf die Kürbispfannkuchen von der Großmutter wartet. Der König sieht förmlich, wie ihm das Wasser im Mund zusammenläuft. „Mit Granatapfel, Feige?“, fragt er nach.

Kenan nickt unmerklich. Seine Augenbraue flattert als würde sie dem König stumm Beifall klatschen.

„Mit Honig?“

Dem Kleinen entfährt ein leises, lüsternes „Ja“. Im nächsten Moment fährt er sich blitzschnell über den Mund, schaut mit Mundwinkeln, schwer vom schlechten Gewissen, zu seinem Chef.

König dreht sich mit Kenans Blick, lässt aber die Hand auf der Schulter liegen. „Und wie lautet Ihr Name?“

„Reza“, sagt der Einäugige leise.

Und der König tiriliert innerlich.

„Wie ist Ihr Name?“, fragt Reza. Schnell und eiskalt.

„Reza Schah Pahlavi, Schah-in-Schah“, schießt der König zurück und merkt sofort, dass das ein Fehler war. Ein Kaiser sagt seinen Namen nicht so brav auf.

„Beweisen Sie es“, sagt Reza und zündet sich eine frische Zigarette an.

„Sie erlauben sich tatsächlich, vom Schah-in-Schah zu fordern, dass er die Wahrheit seiner Existenz beweise?“

„Ja“, sagt Reza und zieht an seiner Kippe. „Kein Geschwätz.“

„Gehen wir davon aus, dass ich Reza Pahlavi bin. Was wird Ihnen blühen, wenn Sie so weitermachen?“

„Kein Geschwätz!“

„Gut, kein Geschwätz. Damit dieses Missverständnis hier baldmöglichst aufgeklärt ist. Aber bedenken Sie, dass das alles hier drin“, der König tippt sich auf die Stirn, „dort, wo Sie keine Haare mehr besitzen, vermerkt ist.“ Er macht eine theatralische Pause. „Und Sie es bitter bereuen werden.“

Wieder ein Zug an der Kippe. Rauch. Angespanntes Schweigen von Kenan.

„Was werfen Sie mir eigentlich vor?“, fragt der König.

Reza steckt sich die qualmende Zigarette in den Mundwinkel. Schlurft in die Ecke des Gewölbekellers, wo die anderen Folterinstrumente liegen: Richtschwert, Mecklenburgisches Instrument – für Daumen und große Zehen, die darin zusammengequetscht werden wie in einem Schraubstock. Dem König juckt es in den Schuhen. Er wackelt kurz und unauffällig mit den großen Zehen, wie um zu spüren, dass sie noch da sind. Die Schnürl am Mecklenburgischen Instrument ziehen die Hände zu den Füßen, langsam. Immer mehr. Es reißt. Es brennt.

Agent Reza, der Große, nimmt den Polnischen Bock in die knochigen Hände. Betrachtet ihn von allen Seiten. Rot von der Zeit, rostig. Oder ist es Blut? In die zwei Ringe gehören die Füße, darüber werden die Hände eingespannt; und zugeschraubt. Der Große geht zum König und sagt: *„Dar kar xeyr hagat hic estexare nist.“*

Nun versucht der König wiederum, sich nicht anmerken zu lassen, wie erstaunt er ist, dass der Große Goethe zitiert: „Für eine gute Tat braucht es keine Gottesbefragung.“

Erdbeben

Genau wie dem König sein Vater, der Herr Direktor, zum Lehrer Bücklibock gesagt hat, er solle seinen Sohn besonders hart rannehmen, so war es auch beim Schah. Natürlich hat der alte Schah seinen Reza nicht selbst hart rangenommen, das wäre eines Kaisers nicht würdig gewesen. Der Herr Direktor dagegen hat keine Skrupel gehabt. Und so ist an einem Tag im Frühjahr der König schon mit einem komischen Gefühl aus der Schule heimgekommen. Freilich nicht ohne Grund. Weil er mal wieder schauspielern hat müssen. Das hat er auch ganz gut hingekriegt, nur hat ihn die Margot verraten.

Es war nämlich so: In dem alten Schulhaus in Rothenburg war das Klosett auf dem Hof. Ein Plumpsklo in einem Bretterverhau, ohne Herzerl an der Tür, weil, da hätt man ja reinspitzen können. Und in dem Klo waren nicht nur die Schulkinder unterwegs, sondern auch die Weberknechte und anderes Getier. Und weil der König der Anna Kohn imponieren wollt, hat er einfach einen Weberknecht vom Plumpsklo mitgenommen. Er hat also, wie die Kinder auf dem Pausenhof waren, den Weberknecht in seiner hohlen Hand versteckt und ihn ins Klassenzimmer getragen. Dabei hat er sich immer wieder umgeschaut, weil erstens hat man in der Pause nicht im Klassenzimmer sein dürfen und zweitens hat niemand sehen sollen, wie er da was in seiner Hand umeinanderträgt. Er hat den Weberknecht in der Anna ihrem Tornister versteckt und ist zu den anderen auf den Hof zurück. Dann sind alle mit roten Backen zurück ins Klassenzimmer, bevor die Deutschstunde beim Bücklibock weitergegangen ist.

Und gerade wo es um die Hauptwörter geht, du magst es glauben oder nicht, und der Bücklibock „Spinne“ an die Tafel schreibt, dass die Kreide nur so quietscht, quietscht auch die Paula Pirner los: „Spinne!“ Als hätt sie das Wort von der Tafel abgelesen und wär dabei furchtbar aufgeregt gewesen.

Sogar der König ist zusammengefahren, weil er ja damit gerechnet hat, dass die Anna erschrickt. Doch die hat vor Spinnen keine Angst gehabt, weil sie es weder von ihrer Mutter noch von jemand anderem gelernt hatte, vor Spinnen Angst zu haben.

Eigentlich war die Paula Pirner eine Stille. Aber jetzt war sie alles andere als ruhig, ist aufgesprungen. Andere Mädel wie die Margot hat's auch aufgeschreckt. Sogar der Bücklibock und ein paar Buben sind von ihren Stühlen hoch. Die haben sich aber zusammengerissen, weil sie wissen, dass es sich für Buben nicht gehört, vor Spinnen Angst zu haben.

Dann ist der König aufgestanden, wie der Ritter Löwenherz, mit stolz geschwellter Hühnerbrust, und hat gesagt: „Der hat doch mehr Angst vor euch, als ihr vor ihm." Und hat den Weberknecht in seine hohle Hand genommen. Die andere Hand hat er drübergelegt und ist mit ihm zum Fenster gegangen.

Die Mädel und Buben haben ihm mit offenem Mund dabei zugeschaut. Der Bücklibock hat ihm das Fenster aufgemacht und der König den Weberknecht nach draußen geschmissen. Daraufhin waren alle so erleichtert, dass sie geklatscht haben. Sogar der Bücklibock hat gelächelt. Und die Backe mit dem Schmiss von der Studentenverbindung hat sich gestrafft, dass man die Narbe fast nicht mehr gesehen hat. Für einen Moment, aber wirklich nur ganz kurz, hat er fast schon sympathisch ausgeschaut.

Jetzt wirst du dich wundern, warum der König so ein komisches Gefühl gehabt hat, wie er heimgekommen ist, wo er doch der Retter in der Not, der Ritter Löwenherz mit der Hühnerbrust war. Er hat aber auch seinen Vater gekannt. Und der Herr Direktor hat auf dem Ohrenbackensessel gesessen wie der Schah Vati auf seinem Thron und auf ihn gewartet. Mit der Auguste, seiner schwarzen Lieblingskatze, auf dem Schoß. Er hat nur gesagt: „Hose runter." Ganz leise, als würde er sagen: „Griaß di." Aber es war eben kein Gruß, sondern ein: „Jetzt kriegst du deine gerechte Strafe."

Was dann passiert ist, kennts ihr schon vom Bücklibock, nur dass dieses Mal die Schweinsblasen gefehlt hat. Richtig sitzen hat der König ein paar Tag nicht können. Und das alles nur, weil die Margot verraten hat, dass sie ganz heimlich beobachtet hat, wie er den Weberknecht vom Scheißhaus geholt und in den Tornister von der Anna gesteckt hat. Das wird der Margot nochmal sehr leidtun.

Der König war auf alle Fälle total stinkert. Er ist rausgestürmt aus dem Haus im Pfäffleinsgässchen, an der Burgmauer entlang geprescht, durch den Burggarten, am heutigen Panoramaweg Taubertal entlang, ohne ins Tal zu schauen, und bis in den Wald ins einige Kilometer entfernte Steinbachtal gerannt. Und wie er da so sitzt, auf dem weichen Moos, das seinen wehen Popo gekühlt hat, in seiner brodelnden Wut, sieht er eine schwarze Schlange vorbei-nattern. Auf der Suche nach einem sonnigen Platzerl, wo sie sich platt machen und Wärme tanken kann. Zunge rein, Zunge raus. Wie sie's halt so machen – wie sie's schon im Paradies gemacht haben, wenn man der Genesis Glauben schenken mag. Aber einen Glauben brauchst ja eh, wenn du es mit Gott aufnimmst, sonst glaubst du ja nicht. Sonst würde es auch nicht Glauben, sondern Wissen heißen. Und: Ich bin vom richtigen Wissen abgefallen und nicht vom richtigen Glauben. Übrigens hat der König gewusst, obwohl er noch so ein Hosenscheißer war: Wenn Gott alles kann, warum macht er dann nicht, dass ich an ihn glaube?

Aber zurück zur Kreuzotter, die vielleicht direkt aus dem Paradies zum König geschlängelt ist. Weil, in dieser Geschichte passiert ja so einiges Unglaubliches. Vielleicht sogar wissentlich. Ja, und bevor du jetzt fragst: Damals gab's die Kreuzottern noch in Mittelfranken, gibt's sogar heutzutage noch, im Steinbachtal bei Rothenburg. Das kannst du mir jetzt glauben oder nicht. Auf alle Fälle hat der König sie mit seinen Handschuhen unterm Hals gepackt, dass sie ihn nicht beißen kann. Dann ist er aus einem Ärmel seiner Joppen rausgeschlupft und hat sie vorsichtig eingewickelt. Und pfeilgrad ist er wieder zurück und hat sie daheim in einen groben Sack gesteckt. Da drin hat er sie so lange gelassen, wie ihm sein Hintern vom Stock des Vaters weh getan hat; ganze vier Tage. Am vierten Tage hat er sich die Katz geschnappt. Mit ihr auf dem Arm und den Sack mit der vom Winterschlaf noch ausgehungerten

Höhlenotter über der Schulter ist er wieder an den Waldrand gegangen. Und hat die Katz in den Sack gesteckt.

Die Saukälte, die ist am frühen Abend gekommen. Und so, wie das schwarze Licht der Nacht alles umfließt, ist die Saukälten in dem König seinen Körper gekrochen. Von den Zehen- und Fingerspitzen aus, ist sie bis in die Knochen geschlichen.

Schön stad friert er ein. Wie ein See. Allerdings bis ins tiefste Innere und nicht nur an der Oberfläche. Die Knochen klappern, die Muskeln schlackern, es beutelt ihn ganz erbärmlich. Die ganze Welt ist in Bewegung, scheppert ihn umeinander. Und das spürt Mutter König, auch wenn man ihr das gar nicht zutrauen würd. Sie kommt also in sein Zimmer, wie der Mond schon feist am Himmel steht. Sie sieht, dass der König die Decke von sich und sein Leib vom Schüttelfrost hin- und her geworfen wird, als tät die Erde beben.

Sie überlegt nicht lange angesichts dieser Unordnung. Zieht ihre Schuh und ihre Schafffellweste aus und legt sich zu ihm. Legt sich neben den Körper ihres Buben, wie sie es nicht mehr getan hat, seitdem er im Glashaus aus ihr herausgeschlüpft ist. Dann zieht sie die Decke über sie beide, schmiegt sich an ihn als wären sie eins und legt den Arm um ihn. Und sie werden eins.

„Huh, huh, huh“, tönt es aus dem Körper des Kindes als wär es ein Gespenst. Ein Körper, der schmerzt und eisig ist wie ein Stein im Winter in Persien.

Die Mutter umklammert ihn und fängt, wieder ohne groß darüber nachzudenken, an zu singen. Die gleichmäßigen Schübe, die seinen Körper erfüllen, werden immer stärker, dass sie das Gefühl hat, ihr Körper bebt mit dem seinen im Takt. Sie fängt ebenfalls an zu schwitzen. Singt weiter. Geht in den Schmerz hinein, der sich in ihr auftut, ob des Leidens ihres Buben, kämpft mit ihm. Aber die Tränen kommen trotzdem. Es taut etwas in ihr auf und tröpfelt nach draußen, weil's drinnen zu eng wird. Aus den Augen heraus. Auf ihre Wangen, über den strengen Mund.

Am Anfang hört der König die Mutter noch singen. Aber wenn es so kalt ist in deinem Körper, dann willst du da nicht drinbleiben, dann willst du einfach nur raus und dahin, wo es warm ist. So, wie wenn der Winter in das Land eingezogen ist – dann sind die Menschen auch lieber in der Hütte, vor dem lodernden, knisternden Holzofen. Bloß, wenn dann die Erde unter dir bebt, weil sich die Erdplatten ineinander schieben, wie bei dem großen Beben im Iran 2003, wo es so stark geschubbert hat, dass die steinalte Stadt Bam komplett vernichtet wurde, was dann? 26.000 Menschen sind damals verreckt. Da willst du nur noch raus aus deiner Holzhütten, aus dem Haus. Und genau so ist es dem König gegangen, wie ihn der Schüttelfrost gebeutelt hat. Aber er wusste einfach nicht wohin: drinnen saukalt und Erdbeben, draußen saukalt und Erdbeben. Wenn du jetzt ein bisserl verwirrt bist, brauchst du dich nicht zu wundern, mir geht's genauso.

Und dann war da auch noch die ungewohnte Nähe zu der Mutter, die eigentlich nur zu ihm gekommen ist, weil so eine offensichtliche Unordnung in seinem Körper geherrscht hat und sie das, wie schon mehrfach erwähnt, einfach nicht ertragen konnte. Aber wie sie die Nähe, seine kleinen Finger, seine schmalen Schultern und die dürren Haxen, dann spürt, bricht ihr Panzer auf – den sich die meisten Frauen damals zulegen mussten, damit sie überhaupt überleben haben können; weil, nicht nur die Männer haben damals buckeln müssen wie die Stiere, wenngleich das nicht auf den Herrn Direktor, den König Senior, zugetroffen hat. Aber trotzdem hat er sich verhalten wie ein Stier. Schon im Wochenbett ist er damals wieder über sein Weiberts hergefallen, obwohl ihr, untenrum, noch alles wehgetan hat. Was im Übrigen der Grund war, dass es zu jener Zeit auf den Bauernhöfen ein Zimmer gegeben hat, wo die Weiberleut nach der schwierigen Stund ihre Ruhe und die Mannsbilder keinen Zutritt gehabt haben. Weil sonst aus der schwierigen Stund schwierige Tage, Wochen, Monate haben werden können. Vielleicht haben die Bauersleut das so genau gewusst, weil sie die Viecher den ganzen Tag vor Augen gehabt haben. Wäre der König Vater kein Kaiserlicher und später keiner von den Nazen gewesen, sondern einer von den Roten, dann hätt er da vielleicht mehr drauf geachtet.

Aber nur vielleicht, weil bei denen war das auch nicht selbstverständlich. Trotzdem haben die Roten in der Räterepublik das Frauenwahlrecht eingeführt, interessanterweise genauso, wie der Schah ein paar Jahre drauf.

Lasst uns wieder weggehen vom König seinem Vater: Dem König sein Geist ist also rausgeschüttelt worden aus seinem Körper und auf einmal hat er sich von oben gesehen. Er hat gar keine Zeit gehabt, sich zu freuen, dass da auf einmal seine Mutter bei ihm gelegen ist, sich um ihn gekümmert und Sorgen gemacht hat. Weil, wenn deine Mutter nur immer schaut, ob alles ordentlich ist, also nur das Äußere, und sie deswegen ungut drauf ist, dann freust du dich normalerweise, wenn sie zur Abwechslung ungut drauf ist, weil in deinem Körper eine Unordnung ist. Mutter hat man ja damals (üblicherweise) nur eine gehabt. Heute ist das schon wieder anders. Und ich trau mich fast zu behaupten, dass die Mutter für ein Kind das Wichtigste in seinem Leben ist. Und eben nicht die Ordnung.

Vielleicht denkst du dir jetzt: Was erzählt der mir da für einen Spiri-Schmarrn. Aber es ist nun mal ein Teil von Königs Geschichte. Und nur, wenn man diesen Teil seiner Geschichte kennt, versteht man auch, warum es für ihn so wichtig war, seine Schauspielkunst als Schah von Persien zu vervollkommnen. Und da ist es gar nicht so sehr darum gegangen in das Schlafzimmer von der Farah Diba zu kommen und mit ihr das zu machen, was die Stier mit den Kühen machen. Das denkt man nur immer gleich, weil viele Männer so ticken. Vielleicht auch, weil sie als Kinder oder auch später nicht gelernt haben, was es für eine Wohltat ist, die Nähe eines anderen Menschen zu spüren. Nur die Nähe. Wie der König jetzt die von seiner Mutter. Zumindest unbewusst.

Der König sieht sich also von oben, ist das erste Mal aus sich rausgegangen. Und in dieser Situation hat sich sein Geist – und man kann sagen, er war jetzt nur noch Geist, weil er seinen Körper unter sich liegen hat sehen, neben seiner Mutter – daran erinnert, wie das für seinen Körper war, als ihm die Haare geschnitten worden sind und er nicht mehr er selbst war, genauso wie seine bartige, haarige Mutter nicht mehr sie selbst und deshalb äußerst kommod gewesen ist. Jetzt zieht sich der Himmel zu, schwere Wolken drängen herein, die Schnee mit sich bringen. Sie spucken Flocken, dass du meinst, die Frau Holle hat Liebeskummer gehabt, zwei Tafeln Panzerkeks mit Wehrmachts-Koks auf einmal gegessen und geschüttelt und geschüttelt und geschüttelt ... Sie wirbeln um den König seinen Geist herum und ihn verwirbelt's noch mehr. Auf einmal schlägt der Blitz neben ihm ein, so hell, dass es ihn wieder blendet, wie ihn damals der Sonnenstrahl im Bad geblendet hat. Und in dem Moment verschmelzen die unbändige Freiheit, die sein Körper damals verspürt hat, und die Freiheit, die jetzt sein Geist verspürt.

Nach dem Aufriss ist der König wieder heim in seinen Körper und hat so friedlich geschlafen wie schon lange nicht mehr.

Irgendwann ist er dann aufgewacht aus seinem traumlosen Schlaf, von einem komischen Geräusch. Er hört die Mutter. Sie singt, aber nicht melodisch, sondern sie hört sich ein bisserl so an wie der König vor ein paar Stunden noch, in diesem Stoßen und Stöhnen, als wär sie jetzt auch ein Gespenst. „Huh, huh, huh", tönt es aus ihrem Körper, aus dem Schlafzimmer der Eltern, bis hinüber zum König.

Weil er meint, dass er sie angesteckt hat, geht er barfuß über den kalten Holzboden hinüber zu seiner Mutter, um sich zu ihr zu legen. Das „Huh, huh, huh" wird immer lauter – oder dem König kommt es nur so vor, weil er immer näher kommt. Und weil es jetzt nimmer schneit und der Mond durch den Vorhang spitzt, sieht er die Mutter und den Vater. Oder besser gesagt, die Mutter auf dem Vater. „Huh, huh, huh." Sie biegt ihren muskulösen Oberkörper nach hinten, als würd ihr was wehtun, nackert, wie Gott der Vater sie geschaffen hat – wenn man an ihn glaubt –, der Vater vom König unter ihr.

So große Augen wie der König. Weil, wenn ein so großer Busen, wie die Mutter ihn gehabt hat, da so auf und ab hopst, dann kriegst du schon große Augen. Der König hat aber nicht nur große Augen bekommen angesichts der mütterlichen Fülle und der harten Nippel, von denen er als Buberl getrunken hat, sondern auch sein Kleiner hat zu ihm gesprochen. Ein bisserl verwirrt hat es ihn. Und auch noch sein ganzes späteres Leben lang begleitet.

Territio verbalis – das Erschrecken

„Was werfen Sie mir vor?", wiederholt der König und versucht, dem Großen durch die Sonnenbrille ins Auge zu schauen.

Und der tut sie doch tatsächlich runter. Den rostigen Polnischen Bock, das Foltergerät, in der anderen Hand. Er schaut König mit seinem verstümmelten Loch an, von dem der sich diesmal nicht losreißen kann.

Der König überlegt: getrocknete Zwetschgen? Weinberl? Dann fragt er: „Hochverrat? Zauberei? Ehebruch?"

„Ich denke, zwei der genannten Delikte könnten durchaus zutreffen."

„Zauberei? Habe ich vielleicht einem meiner Geheimdienstmitarbeiter ein Gehirn eingezaubert?"

Reza glotzt ihn stumm an.

„Das waren dann allerdings nicht Sie, sondern Ihr Kollege."

Kenan richtet sich auf. Streckt seine Hendlbrust heraus.

„Wissen Sie, was man früher getan hat, bevor man Hexen gefoltert hat?", fragt der König. „Man hat ihnen die Schamhaare wegrasiert und nachgesehen, ob sie vielleicht einen Talisman in ihrer Vagina versteckt halten."

Kenan wird rot wie eine Brustwarze.

„Was wollen Sie mir jetzt rasieren?" Er schaut Reza an und versucht, nicht zu grinsen. „Die Achseln?"

Der sagt nix, was den König ganz wutig macht: „Aha, Sie haben keinen Rasierer dabei. Sagen Sie es doch gleich." Am liebsten würde er jetzt pfeifen oder sogar singen, weil er plötzlich in so ausgelassener Stimmung ist. *Fuchs du hast die Gans gestohlen, gib sie wieder her.* Oder: *Meine Oma fährt im Hühnerstall Motorrad.* Auf Letzteres verzichtet er dann doch lieber. Nicht, dass der kleine Agent seine Oma mag, das irgendwie in den falschen Haus bekommt und er es sich mit ihm vergällt, er braucht ihn nämlich noch. Und er hat das Gefühl, dass der Kleine eigentlich ein ganz ein pfundiger Kerl ist.

„Gut, dann versuchen wir herauszufinden, was ich begangen habe", sagt er stattdessen. Es hört sich ein bisserl an wie: Ihr habt's ja recht, dann spielen wir halt.

Der Monokelist ohne Monokel nickt unmerklich. Mustert den Polnischen Bock.

„Wissen Sie, was zu jener Zeit, als diese Geräte Verwendung fanden, zu den Regeln des Verfahrens gehörte?" Der König spart das Wort „Folter" bewusst aus. Auch sich selbst zuliebe. Er schaut zu Kenan. Der stiert ihn mit schiefem, für einen Geheimdienstler ein bisserl zu freundlichem, offenem Mund an. Einauge streift er nur mit seinem Blick. „Wir bräuchten einen Geistlichen."

„Pfff", entfährt es Rezas Mund wie einem Hintern und er sagt: *„Xod ra be ab a atas zadan."*

„Natürlich würde ich mich zu Wasser und Feuer begeben", sagt der König, weil er weiß, dass die Folterer keine Mühen scheuen werden.

Reza versucht, unbeeindruckt zu wirken, fummelt eine frische Zigarette aus seiner Schachtel und fragt: „Hatten Sie dabei an Ajatollah Chomeini gedacht?"

„Wie Sie wissen, stehen der Genannte und ich uns nicht sonderlich nahe."

„Ja, genau", sagt Kenan schnell.

„Also lassen wir das", sagt der König. „An dieser Stelle werde ich Ihnen entgegenkommen."

Einauge zieht an der Kippe und geht auf den König zu. „Was, wenn wir Ihnen aber nicht entgegenkommen?"

Der König verzwickt sich, weil Einauge ja gerade tut, was er verneint zu tun. Aber er ist sich sicher, dass der Mensch genauso viel Humor wie der Adi hat, der aber erst im nächsten Kapitel im

Hotel Eisenhut speisen wird. Also sagt er: „Nun denn. Auf den Geistlichen mögen wir verzichten. Aber was ist mit dem Schriftführer?"

„Das kann ich übernehmen", sagt Kenan aufgeregt und klopft seinen Anzug nach Stift und Papier ab. „Hast du?", fragt er Einauge leise. Macht einen Schritt auf den Chef zu.

Dessen Hand fährt nach vorne. Es macht *Batsch!* von der Watschn. Wie beim König als Bub, wenn er daheim eine Unordnung verursacht hat.

So ein Kind „verursacht" natürlich keine „Unordnung". Er spielt halt. Und gerade so ein fantasievolles Kind wie der König spielt mit allem, was ihm so in die Hände kommt. Wie wir wissen, auch mit einem Soldatenhelm, der für den völkisch-kaiserlichen Vater ein Relikt war wie seinerzeit die Reichskriegsflagge. (Ja, genau eine der Reichskriegsflaggen, die dem Schreiber dieser Zeilen so aufgestoßen sind, wie er sein Stipendium gehabt hat, um für dieses Buch in Rothenburg zu recherchieren. Und dann haben die daheim sogar auf den Bildschirmen in den U-Bahnen davon lesen können: „Wirbel um Reichskriegsflaggen", hat die Schlagzeile gelautet. „Mindestens zwei Souvenirläden in Rothenburg ob der Tauber verkaufen Reichskriegsflaggen. Verboten ist das nicht.") Verboten war damals auch noch nicht, dass die Mutter dem König eine gelangt hat, weil er ihrem kaiserlichen Verständnis von preußischer Zucht und Ordnung nicht nachgekommen ist. Was der spätere bayerische Kultusminister, der Hundhammer, 1947 wieder in den Schulen eingeführt hat. Und die Watschn, die Einauge dem Kleinen gegeben hat, geht dem König deswegen auch durch und durch. Böse Erinnerungen. Er muss sich zusammenreißen, dass ihm nicht die Tränen kommen. Die sich schon vom Bauch nach oben drücken, über die Luftröhre, die sie ihm dicht machen, über die Nase, durch die Augen. Weil, er ist ja der Schah und so ein Schah, der trenzt doch nicht rum, nur, weil ein anderer eine Watschn gekriegt hat.

„Hochinteressant zu sehen, wie mein Geheimdienst agiert. Fänden sie es nicht angebracht, Einigkeit zu zeigen? Und sich nicht wie Amateure bei der kleinsten Meinungsverschiedenheit auseinanderdividieren zu lassen!"

Kenan steht stramm, seine Backe blinkt rot im Licht der flackernden Kerzen. Er schaut zum König, zu Reza, zum König, zu Reza. Sagt: „Wir sind Profis."

„Das habe ich mir bei Ihnen sofort gedacht, als ich Sie das erste Mal gesehen habe."

Jetzt flackert was in Rezas einem Auge auf.

„Ihr Kollege dagegen ..."

„Sein Kollege dagegen", unterbricht ihn Einauge, „wird Ihnen jetzt erst einmal zeigen, was es hier alles für nette Spielzeuge ..."

„Was erlauben Sie sich!", stößt der König aus. „Mich zu unterbrechen!"

„Was ich mir noch alles erlaube ...", wiederholt Einauge, *„xao ra gom."*

Wenn Sie eine falsche Identität vortäuschen, übersetzt der König.

Reza geht wieder in die Ecke mit den Daumenschrauben. Legt den Polnischen Bock zurück auf die kalten Steine. Ein Weberknecht seilt sich aus den Schatten ab, stolziert langsam darüber. Der König atmet innerlich auf.

In Rezas Hand brennt die Zigarette. Glüht rot.

„Kommt jetzt das Becken mit den glühenden Kohlen?" Der König schaut sich um. „Wohl keines vorhanden."

Rauch kräuselt über das Gesicht von Einauge.

„Oder wollen Sie mir androhen, ein Loch in meinen Schädel zu sägen?"

Rezas Backen bekommen einen roten Schimmer. Er wirft die Kippe in eine Ecke, wo sie verraucht.

Der König schaut sich weiter um. „Allerdings kann ich auch keine Säge erblicken." Das mit dem Fingernägelausreißen erspart er sich. Es auszusprechen täte ihn schon schmerzen. Wo er doch so lange gebraucht hat, sich das Fingernägelbeißen abzugewöhnen.

Reza glotzt. Zündet sich eine neue Kippe an – jetzt sind nur noch zwei in der Schachtel, König ist unsicher, ob Reza das überhaupt realisiert hat – und geht hinüber zu den Daumen- und Fußschrauben. Wieder der Polnische Bock. Lässt ihn links liegen. Nimmt die Größte der Daumenschrauben. Dann geht er zur Eisernen Jungfrau. Kickt den aufgespießten Kürbis von den Stacheln. Der knallt auf den Boden und rollt dem König vor die Füße. Zerlöchert wie ein von Handgranatensplittern durchsiebter Körper auf dem Schlachtfeld von Verdun, auf dem auch das Mitgefühl von Königs Vater gefallen ist.

„Setz ihn auf den Stuhl", sagt Reza zu Kenan. Der kaut auf seiner Lippe.

Reza schlurft zum König. Eine Ratte quietscht am anderen Ende des feuchten Gewölbes. „Kommen Sie."

Der König bewegt sich nicht.

„Los", befiehlt Reza.

Der König bewegt sich wieder nicht.

„Ich bitte Sie, Eure Majestät", sagt Einauge zynisch.

„Na gut, weil Sie es sind, mein treuer Diener und Namensgefährte, Reza."

Der hebt schon den Arm, traut sich dann aber doch nicht, den König anzulangen. Öffnet stattdessen das Kleid, die Türen der Eisernen Jungfrau, weit. Mit einem Taschentuch wischt er ein paar Kürbisfetzen vom Hocker. Zeigt auf ihn, mit einem leichten Knicks, und sagt: „Bitte schön, Eure Majestät."

König steht stocksteif da.

Reza wirft seine vorvorletzte Kippe in die Ecke. Die Ratte quietscht wieder. Rauch. Reza geht zum König. „Setzen!"

„Aber …", sagt Kenan.

„Ist schon gut, Kenan, mein treuer Diener", sagt der König. „Ihre Loyalität wird Ihnen nach diesem Ereignis zugutekommen. Ihr Kollege dagegen …"

Der tut so, als würde er nichts hören. Legt dem König die Daumenschrauben auf die Knie. So kalt, dass er sie durch seine Seidenhose auf den Oberschenkeln spürt. Reza greift nach dem König seinen Händen, zögert auch nur den Bruchteil einer Sekunde, bevor er zulangt, selektiert beide Daumen und fixiert sie im Foltergerät. Erst den linken, dann den rechten. Legt seine Hände an die großen Schrauben der Daumenpresse, die aussehen wie Flügel, mit denen der König jetzt am liebsten fliehen möchte.

Und Reza dreht die Schrauben …

Am deutschen Busen der Natur

Lasst uns ein bisserl springen von der Zeit, wo der Bartholomäus König als Bub beim Schüttelfrost das erste Mal aus sich raus gegangen ist. Weil, wir sitzen heutzutag eh viel zu viel. Ganz anders war das beim Schah. Der ist mit seinen zwölf Jahren dem König immer näher gekommen. Weil, dem Schah sein Vater war nämlich auf eine gewisse Art und Weise schon ein weltoffener Mensch, was man, wenn man heute an den Iran denkt, nicht unbedingt glauben mag. Oder an was denkst du spontan, wenn du an den Iran denkst? Verschleierte Frauen, bartige Mullahs und die Todesstrafe für Schwule. Ganz genau. Da mag man eigentlich gar nicht dran denken. Der Vater vom Schah hat aber beispielsweise den Tschador abgeschafft. Also diese stoffliche Verhüllung von Frauen, bei der du eher an den vom Künstlerpaar Christo verhüllten Reichstag denkst. Das ist sogar so weit gegangen – für manche Iraner zu weit und für die Mullahs sowieso –, dass Polizisten den alten Weiberln in Teheran ihren Tschador vom Leib gerissen und die sich dann ganz nackert gefühlt haben, weil sie's ihr Leben lang gewohnt waren. Trotzdem möchte ich jetzt nicht sagen, dass der Vater vom Schah ein freiheitsliebender, lupenreiner Demokrat war. Was sich schon allein darin offenbart, dass er 1935 den Namen „Persien“ verbieten hat lassen und die Leut auch international „Land der Arier“ sagen haben müssen. Warum? Um sich beim Adi einzuschleimen.

Seinen Sohn hat der Schah in ein Internat in die Schweiz geschickt. Dort hat er Französisch, Skifahren und wahrscheinlich auch das Trinken gelernt. Auf alle Fälle ist der Schah dem König also immer näher gekommen. Zufall? Das kannst du halten, wie du willst. Zumindest ging die Annäherung über das Räumliche hinaus. Weil die beiden gar nicht genug von Bewegung und Sport kriegen haben können. Damals hätten die Leut gesagt, dass es daran liegt, dass sie beide Arier sind. Und schon haben wir nochmal was gefunden, was die beiden, der Reza und der König, gemeinsam hatten: Arier sein. Allerdings nix blond und blaue Augen. Sondern schwarz und braune Augen. Was beim König wahrscheinlich von der Ururgroßmutter väterlicherseits, der Nandl, kam, einer Zigeunerin. Oder wie man heute sagt, einer Romani. Die hat die Zukunft vorausgesehen und die besten gebratenen Igel gemacht. Ein Schweinsbraten in Oberbayern oder ein Schäufele in Franken, nix dagegen! (Was die Leut alles für einen Schmarrn glauben ...) Die Nandl hat zu ihrer Glanzzeit schon vorausgesehen, was der König einmal für ein Talent haben wird, wie so viele aus ihrer Sippe, die als Schauspieler und Gaukler durch die Welt gezogen sind. Und sie hat auch vorausgesehen, es aber nie gesagt, dass der Senior, der Vater vom König, die Zeichnung von ihr – denn fotografiert worden ist die Nandl nie – schon 1933 zum Anschüren verwenden wird, weil er gewusst hat, was kommt. 1945 bei der Entnazifizierung hätte er natürlich nie zugegeben, dass er das gemacht hat. Aber zwölf Jahre zuvor konnte er ja noch nicht ahnen, dass seine Urgroßmutter die Nandl, nicht die einzige Romani gewesen sein wird, die .... Und danach hat er eigentlich auch nichts davon gewusst, wie so viele andere, die davor alles ganz genau gewusst haben. Aber der Reihe nach, ich verflus mich schon wieder.

Sowohl der König als auch der Schah waren 1935 zwei junge Burschen, denen die Kraft nur so aus allen Poren getropft ist. Der Schah ist in der Schweiz, im Eliteinternat, geritten. Und der König hat sich zwei Jahre zuvor vom Vater breitschlagen lassen – dieses Mal nur im übertragenen Sinne, weil: Schlagen hat sich der Vater nimmer getraut –, in die Hitlerjugend zu gehen. Eigentlich war dem König das absolut zuwider: Uniform, Gleichmacherei, Führerkult und im Einheitsschritt marschieren. Und vor allem die ewige Hetze gegen die Juden. Wo sich doch der König in eine Jüdin verschaut hat. Allerdings hat die seine Liebe erst einmal nicht erwidert.

Es war also ungefähr im Jahr 1935. Ganz genau kann ich's euch leider auch nicht mehr sagen, weil, so ein altes Gehirn ist ja keine Festplatte nicht. Der König war wieder einmal mit der HJ auf Zeltlager. Ihm hat es gefallen, beim Geländespiel wie ein Windhund durch den Wald zu jagen und den Gegnern ihr Lager aufzuspüren und den Schatz zu rauben. Weil, ein Hund war er scho. Und vor allem hat er da seinen Körper, jeden Muskel gespürt, jede Faser, wenn man übertreiben würd, aber das würd ich ja gar nie nicht tun. Zumal er, wie gesagt, die Uniformierung, die faserige, gar nicht gemocht hat, was auch der Grund war, warum er im Wald, wenn der Rottenführer nicht da war, ganz gern sein kotiges Braunhemd ausgezogen hat.

Also, der König rennt wie ein Windhund durch den Wald. Oberkörperfrei. Man sieht seine Muskeln, sein Sixpack, das sich bei jedem Schritt zusammenzieht, weil, zach war er auch. Die Sonne brennt runter und glänzt auf seiner verschwitzten Haut.

Jetzt magst du sagen: „Pfui deife!“ Aber der Margot hat das gefallen. Die Margot war ein deutsches Mädel wie aus dem Volkskunde-Bilderbuch für Ameisen. Strahlend blaue Augen, blonde Zöpfe, fruchtbar und gebärfähig – was sich später erst zeigen wird, also nach dem König – wie eine Feldhäsin mit Mutterkreuz. Die Margot war eigentlich von der gegnerischen Mannschaft und hat sich hinter einer deutschen Eiche versteckt. (Lach nicht so blöd, es war wirklich eine deutsche Eiche.)

Wie sie den König vorbeirennen sieht, macht sie: „Kssst!“ Der König bleibt stehn, duckt sich, dass seine Muskeln am Rücken Wagner spielen, weil er meint, das ist ein Hinterhalt. Dann macht die Margot noch einmal: „Kssst!“ Der König sieht sie. Die Margot winkt ihn zu sich. Und er schleicht sich vorsichtig an. Rechnet jeden Moment damit, dass gleich die von der Margot ihrer Gruppe auf ihn zustürmen und das Bandl an seinem Arm rauben. Aber nix.

„Bartholomäus, hast was zum Trinken?“, fragt sie und leckt sich die Lippen. (Du kommst dir jetzt vielleicht vor wie in einem billigen Nazi-Porno, aber genau so war's. Und du darfst nicht vergessen, dass damals ein nicht unwesentlicher Teil von Deutschland ein billiger Nazi-Porno war.)

Der König gibt ihr also seine Feldflasche, sie trinkt, verschüttet die Hälfte über ihr Braunhemd. Sie gibt ihm die Feldflasche zurück und schiebt sich den nassen Fetzen hoch. Ein Busen kommt zum Vorschein, da sagst du: Servus! Aber natürlich hat der König nicht „Servus!" zu der Margot ihren weißen Brüsten gesagt, sondern sie nur interessiert angeschaut, wie sie da so strahlend und unberührt vor ihm prangten.

Du glaubst jetzt sicher, dass der König gleich an den Busen seiner Mutter denken hat müssen, aber so war's nicht. Weil, dann hätt er vielleicht sofort angefangen, seinen Vater zu spielen. Aber genau danach hat ihm interessanterweise der Sinn nicht gestanden. Auch nicht, als die Margot seine große Hand gefasst und sich zur Brust genommen hat. Auch nicht, als sie die andere Sache in die Hand genommen hat, die schon größer war als zu Kinderzeiten, aber angesichts der Berührung von der Margot nicht so groß geworden ist wie man hätte meinen können. Erst einmal. Und das, wo doch vor allem die Margot nicht nur gemeint hat, sondern sicher war, dass er sich regt und sprießt wie ein Schwammerl nach einem herbstlichen Regenguss im Teutoburger Wald.

Und auf einmal rührt er sich dann doch noch zum deutschen Gruß. Bis die Paula Pirner vorbeigewetzt kommt, kurz stehen bleibt, schaut wie ein Schweiberl wenn's blitzt und mit roten Backen und dem Bild von dem König seiner Hand an der Margot ihrem Busen weiterrennt. Dabei hat sie geschnauft wie die Margot an der Eiche, der deutschen: immer schneller. Und dem König seine Hand hat sie immer schneller über ihre Brust gestrichen – wie die Kinder den Schwamm über die Tafel in der Schule.

Und wie sie dann angefangen hat, wie dem König seine Mutter „Huh, huh, huh" zu machen, ist es dem König zu blöd geworden und er ist weiter wie ein Windhund durch den deutschen Wald gestreift.

Ziemliche Tortur

Reza dreht an der Daumenschraube. Dem König seine Daumen drin. Kalt, rau, ungemütlich. Er riecht, dass irgendjemand schwitzt. Fröstelt. Aber nix passiert. Der König weiß nicht, ob er seinen eigenen Schweiß oder den vom Reza in der Nase hat. Kenan steht mit dem Rücken zur Wand, von ihm kann's also nicht sein.

Reza dreht wieder. Jetzt wird sein Kopf noch röter als vorher, wie der König von den iranischen Foltermethoden erzählt hat. Schweiß perlt auf seiner Stirn.

Und der König sagt: „Kann ich Ihnen behilflich sein, Reza?“

Weil er nämlich weiß, dass es für die Iraner nix Schlimmeres gibt, wie das Gesicht zu verlieren, wenn man was nicht weiß. Jetzt kannst du sagen: Vorurteil. Aber das eine Auge starrt den König an. Blitze schießen auf ihn. Das Feuer des Zarathustra lodert.

Reza dreht, schnauft, aber nix. Dann steht er auf, wischt sich den Rost mit einem Stofftaschentuch, wie es auch der Lehrer Bücklibock hatte, von den Fingern und steckt sich seine vorletzte Kippe in den Mund. Zerknüllt die Schachtel. Schmeißt sie ganz knapp an dem König seinem Kopf vorbei in die Eiserne Jungfrau.

„Na, na! Warum denn so ungehalten? Die ehrenwerte Eiserne Jungfrau kann ja nun wirklich nichts dafür, dass Sie Ihr Handwerk nicht beherrschen.“

„Was!“, brüllt Reza. Packt den König an den Ohrläppchen. In dem König seinem Kopf wieder eine Filmspule, kein Daumen- sondern ein Fingerkino, die ganzen Finger, die im Laufe seines Lebens an seinen Ohren gezogen haben: Mutter, Vater, Lehrer, Pfarrer. Ein Wunder, dass sie noch nicht so lang sind, wie bei den Dayak, den Ureinwohnern von Borneo, oder manchem Jungspund, der's heutzutag ein bisserl übertreibt mit den Schallplatten in den Ohren.

„Nicht jeder Esel hat lange Ohren. Es gibt auch welche mit kurzem Verstand“, sagt der König und er sieht, wie es hinter dem verschrumpelten Einauge zu rattern beginnt.

„Was der Esel sagt, das glaubt ...“

„Chef", unterbricht Kenan aus seinem Eck den Chef.

Und kommt näher.

„Chef!", sagt er lauter, als Reza nicht reagiert. Und dann: „Eure Majestät …"

„Wie bitte?", stößt Reza aus.

„Soll ich Öl holen gehen, Chef?"

„Öl?"

Kenan zeigt auf die Daumenschraube.

„Ja, es läuft nicht gerade wie geschmiert, meine Herren", sagt der König. „Ehrlich gesagt, wundert es mich nicht, dass die Kommunisten und Islamisten unser Land unterwandert haben. Ihre Fähigkeiten lassen ja doch ein wenig zu wünschen übrig, Reza."

Dem Angesprochenen schwillt der Hals.

„Ohne fähige Mitarbeiter wie Sie, Kenan, wäre das persische Reich längst von subversiven Kräften zersetzt worden."

Kenan richtet sich auf.

Rezas Halsschlagader pumpt wie eine Tiefpumpe im Ölfeld Gachsaran im südwestlichen Iran.

„Dann könnte ich Ihnen gleich noch Zigaretten mitbringen, Chef."

Fast wäre dem König rausgerutscht, dass er sie am besten bei der Kramerin kaufen soll. Aber der Schah kann das ja nicht wissen. Was die Folter nicht alles mit einem anstellt. Dass Kenan raus will, wertet König als gutes Zeichen. Es wird ihm zu viel.

Reza nimmt seine vorletzte Zigarette aus dem Mund. Sieht sie ehrfürchtig an. Dieser Mann hat keinen Respekt vor gar nichts, denkt der König. Nur vor einer Zigarette. Der Blick des Süchtigen. Reza steckt sie wieder in den Mund. Zündet sie an. Und sagt: „In Ordnung. Aber spute dich."

Kenan stürmt aus dem Verließ. Die Tür schlägt hinter ihm zu. Der König weiß, dass das jetzt Chance und Gefahr in einem ist.

Reza holt sich einen Stuhl und stellt ihn ganz nah vor den König. Zieht an der Kippe. Bläst den Rauch dem König ins Gesicht. Der in den Augen brennt. Der König versucht, nicht zu blinzeln.

„Puh, jetzt haben wir endlich unsere Ruhe, verehrter Reza."

Einauge zieht an der Kippe. Bläst den Rauch wieder mitten in dem König sein Gesicht. Sagt: „Stimmt.“

Er nimmt die glühende Zigarette zwiſchen Daumen und Zeigefinger. Hält ſie ganz nah vor dem König ſein Geſicht. Der ſpürt die Hitze. Riecht verbrannte Haare. Augenbrauen. Verſucht, nicht zu zwinkern.

Reza saugt am Glimmstängel, bringt ihn zum Glühen.

„Mit so einem Untergebenen hat man es nicht immer leicht, oder?“, sagt der König.

Die Zigarette wandert wieder zwischen Daumen und Zeigefinger. Vor sein Gesicht. Vor seine Wange. Die Hitze brennt auf dem König seiner Haut.

Reza zieht daran. Die Glut strahlt wie die Freude am Schmerz vom König. Unerträglich heiß. Gleißend. *„Harf-e bi amal mesl-e deraxt-e bi samare“*, flüstert Einauge.

Und ehe der König noch einmal und dann wahrscheinlich mit bleibenden Spuren erfahren muss, dass ein Wort ohne Tat wie ein Baum ohne Früchte ist, schnappt er sich die Zigarette aus den spitzen Fingern, zieht daran. Noch bevor sie ihm der verwirrte Reza wieder entreißen kann, sagt er: „Man kann sich seine Mitarbeiter eben nicht aussuchen.“

Reza ist so verblüfft, dass er seinem Impuls, mit den Schultern zu zucken, freien Lauf lässt. Scheint es aber im selben Moment zu bereuen. Und hat sich sofort wieder unter Kontrolle.

„Sie, Reza“, sagt der König ernst und schaut ihm dabei bewusst tief in das eine, kaputte Auge. Wirft die Zigarette hinter sich, bevor er husten muss. Reza schaut ihr sehnsüchtig hinterher. Der König deutet auf sich. „Und ich. Wir beide. Wir beide haben ja letztlich unter einem derart dilettantischen Mitarbeiter zu leiden. Unser ganzer Staat. Das ganze persische Reich. Unser“ Er zeigt erneut auf Reza. Dann auf sich. „Land der Arier.“

Der König richtet sich auf. Durch den Hocker ist er ein wenig größer als Reza, obwohl er, wie der Schah eben auch, kleiner als er ist. „Wie kommt es eigentlich, dass derart unfähige Menschen wie Kenan in unserem Geheimdienst tätig sind?“

„Vater hochrangiger General. Sie sind es doch, der ...“ Reza stoppt.

„Was bin ich ...?“

Jetzt musst du wissen, dass der Schah die Armee ganz besonders *gepimpt* hat. Weil die nämlich so was wie das Bollwerk gegen Chomeini und die anderen Bartigen waren. Wenn du die nämlich gut bezahlst, dann sind sie auch loyal, und der Schah braucht keine Angst zu haben, dass es einen Militärputsch gibt.

„Wahrscheinlich liegt es daran, dass er aus Gilan kommt“, sagt der König.

„Das ist naheliegend“, antwortet Reza spontan.

Und bevor er sich wundern kann, woher der König das gewusst hat, legt der nach: „Und noch dazu aus Rascht.“

Jetzt bleibt sogar Reza der Mund offenstehen. Er schließt ihn ganz schnell.

„Wahrscheinlich war sein Vater ein Kommunist und seine Frau hat sich ihre fünf Männer selbst ausgesucht“, sagt der König.

„Mhh“, macht Reza.

„Und Sie? Warum haben Sie ihren Dienst in die Sache unseres Reiches, dem Land der Arier, gestellt?“

Reza greift in sein Sakko. Nach der Zigarettenschachtel. Öffnet sie. Und zündet sich die letzte Zigarette an. „Mhhh“, schmaucht er genussvoll. Die Rauchschwade hüllt ihn ein. Steht zwischen ihm und dem König.

„Tun Sie es für die Menschen? Weil Sie mein Volk lieben?“

„Hah!“ Rauch steigt gleichzeitig aus Mund und Nase. Fließt zurück vom Mund in die Nase. Ein Geben und Nehmen, denkt König.

„Die Menschen liebe ich nicht. Der Mensch ist mir eine zu unvollkommene Sache“, antwortet Reza. Und verstummt. Schaut hinüber zur Eisernen Jungfrau. Dann zum König. Und sagt: „Liebe zum Menschen würde mich umbringen.“

Der König ist ganz verblüfft von so viel Redseligkeit, Tiefe und Poesie. „Sehen Sie es als eine Art Geschenk an, für mein Volk zu arbeiten?“

„Nein. Ich nehme den Menschen lieber etwas ab und trage es mit ihnen …" Reza saugt inbrünstig an seiner letzten Zigarette. Die Glut verbrennt leise knisternd den Tabak, arbeitet sich bis zum Filter vor. Der König weiß nicht, was Einauge meint. Versucht, es sich aber nicht anmerken zu lassen.

Reza schmeißt die Kippe auf den Boden. Drückt sie mit der Ferse aus. Der König weiß, dass der Entzug mit der letzten Kippe einsetzt. „Nun gut", sagt Reza. Dann steht er auf und geht zu der Ausbuchtung, in der das Gerät mit dem klangvollen Namen Brustknacker an der Wand hängt. Nimmt ihn, begutachtet die zwei geöffneten Zangen, mit denen früher den Frauen die Brüste herausgerissen worden sind; erzählen manch alte Bücher. Mit glühenden Zangen, bevor sie mit dem Schwert vom Leben zum Tod geführt wurden. *„Cizi ke àwaz dare, gele nadare."*

Wenn du etwas Schlimmes tust, klage nicht, wenn dich auch etwas Schlimmes ereilt.

Dem Adi sein Apfel

Am 16. April 1935 traf – gänzlich unerwartet, gegen Mittag, kurz vor 12 Uhr – der Führer und Reichskanzler Adolf Hitler in Rothenburg ein. Die Wagenkolonne des Führers donnerte durch die im Alltagskleid liegenden Straßen der Stadt zum Hotel Eisenhut. Und man merkte gleich, dass der windige Bart von bsondrer Art war. Und man hätt sich denken können: „Kinder, da ist etwas faul: Ein so kleiner Bart und ein so großes Maul."

Also, der Führer war jetzt in der Stadt, die im Nu ihr schönstes Festkleid anlegte. Vater und Mutter König holten sofort die Hakenkreuzfahne aus dem Speicher. Und so trug das Haus im Pfäffleinsgässchen wie die meisten Häuser Flaggenschmuck, dass die Brillanten von der Farah Diba nix dagegen waren.

Alsbald nach der Ankunft des Führers sammelte sich eine stattliche Menschenmenge vor dem Hotel Eisenhut. Wenn du jetzt sagst, eine Menschenmenge ist immer stattlich, dann hast du natürlich recht, aber unterbrich mich bitte nicht immer in meinem Pathos für den verhinderten Maler aus Wien. Die Herrngasse und der anschließende Marktplatz waren voll von wartenden Menschen. Die große Menge hielt eine bewundernswerte Disziplin. Im Laufe der nächsten Stunde schwoll sie derart an, dass SA, SS und Arbeitsdienst zu Absperrungsmaßnahmen gerufen werden mussten. Als auch noch die Arbeiter zu den Wartenden stießen, wuchs die Menschenmenge ins Unübersehbare. Auf alle Fälle war die ganze Herrngasse voller Herrenrasse.

Der Führer und seine Begleitung nahmen inzwischen im Hotel Eisenhut das Mittagessen ein. Und über was der *Fränkische Anzeiger* da so *ruppieduh* schreibt, war eine Nervenprobe für das Personal vom Eisenhut – wie erst wieder drei Jahrzehnte später, als der Schah und die Farah Diba Gäste waren. Weil, erste Frage: Was kocht man dem Adi, was schmeckt ihm? Man hat schon gehört, dass er Vegetarier ist. Das hätten die Leut bei jedem anderen ziemlich schräg gefunden, aber: nicht beim Adi. Bei dem war das in Ordnung, da nimmt man das so mit, wie ein KZ, von dem man nix gewusst hat. Obwohl es damals eh nicht so war, dass die Leut, wie heut, sobald sie hören, dass man Vegetarier ist, gesagt haben: 1) Ich esse auch nicht viel Fleisch. 2) Das ist aber nicht gesund, da fehlen dir doch die Proteine. 3) Das ist aber ganz schön extrem. Wobei Letzteres wahrscheinlich am besten zum Adi gepasst hätt – aber wer traut sich schon zu so einem gefährlichen Giftbolzen zu sagen, dass er extrem sei.

Also hat die damalige Wirtin, die Mama von der Paula Pirner, die Paula Pirner – weil Tradition: Mutter gleicher Name wie Tochter –, ihm stattdessen einen Nelkenstrauß überreicht. Freilich nicht zum Fressen. Und dann hat sie den Mausdreck, der ihr nicht weiter als bis zum Ausschnitt gegangen ist, gefragt, was er denn essen möcht. Da kam das nächste Problem: Weil sie dem Adi gerne was aus deutschem Blut und Boden serviert hätt – also ohne Blut –, hat sie die Frage exakt so formuliert: „Würden der Führer gern Baggers essen?“

Der Führer hat geschaut wie eine Haubitzen in Stalingrad und gefragt: „Was ist denn das?“

Die Pirner hat daraufhin genuschelt: „Si… Pumser.“

Der Adi hat darauf einen starren Blick bekommen, dass du geglaubt hast, der schreit gleich „Rotfront!“, aber er hat ja nicht wissen können, dass die Pirner aus dem untersten Zipfel von Franken war, und da hat man eben Pumser gesagt.

„Also … aus Erdbirnen“, hat sie weitergestottert, mit noch einem röteren Schädel als der Adi.

Ihr Mann in der Lederhosen ist ihr zu Hilfe gekommen und hat langsam und deutlich gesagt: „Kar-tof-fel-laib-chen.“ Weil er gewusst hat, dass die Kartoffelpuffer in Österreich so heißen.

Sofort haben sich dem Adi seine Gesichtsmuskeln entspannt und die Pirner hat noch hinten angehängt: „Mit selbstgemachtem Apfelmus natürlich.“ In der Küche hat sie dann erst einmal schnapseln müssen, um ein bisserl runterzukommen.

Am Schwitzen war jetzt der Koch, der Simon Stachowiak. Weil, wenn es dem Führer nicht schmeckt, was meinst, was der aus dem Stachowiak gemacht hätt? Wahrscheinlich ein gerupftes Hendl. Weil, Untermensch und schlechter Koch dazu. Glücklicherweise hat der Simon die Baggers traumhaft gebrutzelt. Nicht zu viel Fett, nicht zu viel angebraten, einfach resch, wie es sich gehört. Das Apfelmus mit roten Äpfeln und einer Prise Zimt. Weil er mal gehört hat, von einer weißen, also einer grundanständigen Hexe, dass Zimt gut für die Liebe ist. Wie wir alle wissen, hat das leider gar nix geholfen.

Dem Adi und seiner Bagage hat es also gemundet, da sagst du: Servus. Auch wenn man das damals lieber nicht gesagt hat.

Bald einsetzende Rufe nach dem Führer wurden auf Veranlassung von Begleitpersonen eingestellt, weil der Führer seine Ruhe im Eisenhut und einen Apfel haben wollt. Und das war das nächste Problem. Weil, keiner hat gewusst, dass der Adi kommt, vor allem nicht, dass der so viele Äpfel isst. Also hat die Pirner den Kreisleiter losgeschickt. Der ist in ganz Rothenburg umeinandergerast wie eine läufige Hündin. Und weil erst Mai war, ist er von Kramer zu Kramer, von Standl zu Standl: nix. Der einzige, der noch Äpfel gehabt hat, war der Rössler mit seinem Stand auf dem Marktplatz. Also ist der Kreisleiter zum Rössler gehetzt und hat gesagt: „Gib mir alle Äpfel, die wo du hast!“

Der Kreisleiter hat geschnauft und den Rössler angeschaut. Der hat ihn auch angeschaut und erst einmal nix gesagt. Und du musst wissen, wenn dich der Rössler anschaut, dann hast du ganz schön Respekt. Weil, von der Arbeit auf dem Feld und dem Schleppen vom Obst und dem Gmüs hat der ein Kreuz gehabt, da hätt der Kreisleiter dreimal reingepasst.

In dem Moment kommt der König, weil er für die Mutter Suppengmüs einkaufen hat sollen. Er sieht die zwei dastehen, umringt von Hausfrauen. Wie er den Kreisleiter sieht, weiß er, dass das nichts Gutes verheißt. Und das Nächste, was er hört, ist, wie der Kreisleiter sagt: „Mach schnell, ich brauch die Äpfel für unseren Führer.“

Der Rössler hat freilich auch schon gehört, dass der Adi in Rothenburg ist, was ihn an sich nicht weiter tangiert hätt. Jetzt aber nimmt er einen Apfel in seine furchigen Pranken und hält ihn dem Kreisleiter hin: „Hab nur noch einen.“

„Macht nix“, sagt der Kreisleiter und will ihn nehmen.

Der Rössler zieht seine Hand zurück und sagt: „Und wie das was macht.“

Dann zieht er seinen noch sauberen Schneuzhadern aus der Hosentaschen und poliert den Apfel. „Ich verkauf an jeden was. Nur an den Kreisleiter nicht.“

Der König hat nicht nur gehört, sondern gradaus gespürt, wie es leise geworden ist, nur unterbrochen vom „Also!“ der Stadtbäuerin Hannahle Mohrenstecher, der Zwiderwurzn.

An dieser Stelle hat dann der Rössler gesagt, wieder ganz ruhig: „König, willst den Apfel haben?“

Der König hat gewusst, dass es jetzt schwierig wird, wenn er nickt. Und eigentlich hat es ihm gefallen, dass der Rössler so ein Rückgrat gehabt hat und dem Kreisleiter keinen Apfel geben wollt. Da hat er sich auf einmal vor dem Spiegel gesehen. Mit seiner haarigen Mutter hinter sich: Haare auf ihren Zähnen, in ihrem Gesicht. Und ein Sonnenstrahl hat auch wieder durchgespitzt und ihn geblendet. Das mittelalterliche Rathaus mit seinen Altanen, der Schautreppe und der Renaissance-Fassade und die ganze Fachwerkromantik haben den Rest getan, um ihn daran zu erinnern, dass er eine Rolle zu spielen hat. Und diese Rolle war eben gerade die des gehorsamen Buben, und ja, auch die des gehorsamen Hitlerbuben. Aber vielleicht hat das auch der Rössler gewusst …

Jetzt war es der Kreisleiter, der einen roten Schädel aufgehabt hat, rot wie die Hakenkreuzfahne, die über ihm am Dachgiebel geweht ist. Seine Augen haben blutig durch die runden Brillengläser geblitzt; wie drei Jahr später, als er die Rothenburger Juden aus der Stadt vertrieben hat.

Inzwischen haben sich im Hotel auch BDM-Angehörige und andere kleine Mädchen eingefunden, die nur darauf warten, dem Führer die mitgebrachten Blumensträuße nach Beendigung seines Mahles überreichen zu dürfen, manchmal auch müssen. Im herrschaftlichen Speisesaal des Eisenhut, zwischen Holzsäulen, unter den Holzgeländern und dem Kronleuchter, beobachtet die Pirner indes jeden Bissen vom Adi ganz genau. Und hofft inständig, dass er noch einen Nachschlag haben will.

Sie beobachte ihn wohl ein bisserl zu auffällig, weil er unter dem Kauen auf einmal aufschaut und sie fixiert wie ein Bomberpilot auf Panzerschokolade. Also wie die Frau Holle, wie sie während dem Schüttelfrost ihren Schnee auf dem König abgeworfen hat.

Der Pirner ist ganz anders geworden und ihr wär ein Schweißbach den Rücken hinuntergelaufen, kalt wie die sich in der Nähe durchs Tal schlängelnde Tauber, wär ihr Dirndl nicht so eng geschnürt gewesen. Sie schaut also auf den Boden, weil ihr so schwummrig ist.

Wie sie den Kopf wieder hebt, sieht sie, dass der Hitler in ihren Ausschnitt stiert und aufhört zu kauen. Du Lausgraawad! – schießt es ihr durch ihren hübschen Kopf und dann noch: Du Greifler! Und schon ist sie aus der Gaststube raus.

Letzteres hätt der Adi zwar auch nicht hören dürfen, aber immer noch besser als ersteres. Weil, „Graawad“ war ein starkes Scheltwort für freche Buben und noch viel schlimmer: Eigentlich waren damit die kroatischen Soldateska gemeint. Also Untermenschen wie der Stachowiak in der Kuchel. Außer, du bist ein Ustascha-Faschist.

Zu dem Stachowiak sagt die Pirner jetzt: „Wo der Kreisleiter bleibt?“ Der zuckt bloß mit den Schultern, weil er ja seinen Part erfolgreich erledigt hat.

Also geht die Pirner zurück in die Gaststubn, wo der Adi mit seiner Bagage sitzt und die Ledermäntel knirschen, obwohl es Mai ist. Und weil der Apfel immer noch nicht da ist, beugt sie sich besonders weit nach vorne, als sie beim Adi den Teller abräumt.

Indes steht der Kreisleiter neben dem Rössler und überlegt, ob er ihn mit seiner Luger an der Nasen kitzeln soll, um den Apfel für den Führer zu erpressen. Ein paar Jahr später hätt er das gemacht, aber damals waren sie noch nicht so weit. Und wie der Kreisleiter überlegt, nickt der König. Der Rössler hält ihm den Apfel hin. Der Kreisleiter weiß gar nicht, wie ihm geschieht. Und der König steckt den begehrten Apfel in sein Sackl. Das Suppengmüs hat er darüber ganz vergessen.

Und dann ist er ganz schnell ums Eck verschwunden. So schnell hat der Kreisleiter gar nicht durch seine Brillen schauen können.

Wie sich dem Kreisleiter sein Blutdruck wieder ein bisserl beruhigt hat, hat er den Zeigefinger gehoben und mit zusammengebissenen Zähnen zum Rössler gesagt: „Das wird Konsequenzen haben!“ Was es für den Rössler auch gehabt hat, allerdings erst ein paar Jahre später.

Der König ist da schon die Herrngasse entlang gewetzt. Da hört er schnelle Schritte hinter sich. Er dreht sich gar nicht um, weil er ganz genau weiß, wer da hinter ihm her ist. Und legt noch einen Zahn zu. Die harten Schritte hinter sich kann er trotzdem nicht abhängen. Also fängt er an zu rennen, dass ihm das Sackl mit dem Apfel auf seinen Rücken schlägt, genau dahin, wo bei der

Pirner mittlerweile alles waschelnass ist, weil der Adi nach einem Apfel verlangt hat und der Kreisleiter immer noch nicht zurück ist.

Derweil steht sie in der Küchen und genehmigt sich schon den dritten Schnaps. Also, nix mehr homöopathische Dosis. Da klopft es an der Tür.

Ihr Kopf ist jetzt ganz leicht und schwer zugleich. Sie geht zur Tür. In der steht aber nicht der Kreisleiter, sondern der König: schnaufend, schwitzend, verschmitzt grinsend. Einen Apfel in der der Hand. „Der Rössler hat mir seinen letzten Apfel geschenkt."

„Gott sei Dank", stößt die Pirner aus und möcht ihm den Apfel nehmen.

Der König zieht die Hand zurück, wie es der Rössler vorher gemacht hat, und sagt: „Versprich mir erst, dass ich was bei dir gut hab ..." Er ist selber überrascht, warum er das jetzt macht, aber ein Gefühl sagt ihm, dass er das in seinem späteren Leben noch einmal brauchen wird, um Großes zu vollbringen.

Die Pirner, die es ansonsten gewohnt ist, anzuschaffen und dass alle, bis auf ihren Mann, sofort hupfen, wenn sie einen Befehl gibt, sagt einfach nur: „Also!" Genau wie die Stadtbäuerin kurz vorher am Markt am Stand vom Rössler. Und weil's jetzt eh schon egal ist und es auf einen Schnaps mehr oder weniger nicht mehr ankommt, nimmt sie ihr Stamperl und ein zweites Stamperl und schenkt den berühmten fränkischen Zibberlisbrand ein, aus der Zibarte – der gelben Wildpflaume. Hält dem König sein Stamperl hin und sagt: „Prost." Dann kippen die zwei den klaren Brand hinunter, dass es sie nur so beutelt, den König mehr als die Pirner. Die streckt ihm die Hand hin und sagt: „Ausgmacht." Er gibt ihr den Apfel, den sie sich schnappt, unter den Wasserhahn über der riesigen Spüle hält, als hätt sie gewusst, dass der Schneuzhadern vom Rössler gar nicht so frisch gewesen ist, und plärrt: „Paula!"

Die kleine Paula, die sieht den König. Und sieht sofort wieder seine Hand an der Margot ihrem Busen.

„Aufwachen!", lallt ihre Mutter sie an. „Was schaust denn so blöd?"

Sie legt eine Serviette auf einen Teller, den Apfel darauf, ein scharfes Messer mit Holzgriff daneben. Drückt es der Paula in die Hand. „Und jetzt geh zum Führer und schäl ihm den Apfel. Und mach mir keine Schand!" Schiebt die Paula ins Gastzimmer und geht ihr hintennach.

Obwohl die Pirner nichts dergleichen gesagt hat, geht der König auch hinterher. Die Tür öffnet sich und er sieht den Adi am Tisch sitzen. Ihm wird auf einmal furchtbar kalt. Eine Gänsehaut zieht sich über seinen ganzen Körper. Und er schaut, dass er davonkommt.

Auf dem Folterstuhl

„Mit diesem Ofen", sagt der König, zeigt in die Ecke, „können wir den Brustreißer keinesfalls zum Glühen bringen." Und hofft, dass stimmt, was er sagt.

Einauge reagiert nicht, wendet das Folterinstrument im flackernden Kerzenschein, die lange Zange mit den scharfen Zangen, und sagt: *„Tawazo' ze gardan farazan nekust."*

Arme Leute dürfen nicht wählerisch sein, denkt der König. Da kratzt es an der Tür. Farah Diba?

Sofort hat der König wieder diesen Duft in der Nase, die Herznote. Und ist total durcheinander. Freilich war er das auch in der Suite vom Hotel Eisenhut, wie die Farah – er sagt seit ihrer ersten Nacht in Gedanken immer *Du*, obwohl er weiß, dass der Schah das eigentlich nie gemacht hat – vor ihm gestanden hat. Schon im Bett ist ihm ein ‚Farah'" herausgerutscht. Aber hätt er wirklich sagen sollen „Ihre Majestät"?

Danach war die Farah ganz stad. Bis sie eingeschlafen ist. Gut, geschnarcht hat sie. Aber bitte nicht weitersagen, sonst schreibt die Regenbogenpresse noch darüber. Wobei sie das auch tät, wenn's nichts verifiziert wär. Aber dazu kommen wir in einem späteren Kapitel noch.

Nach Pfefferminze hat sie geduftet, die Farah. Was den König letzte Nacht am meisten verwirrt hat. Jetzt nicht, weil er nicht gewusst hat, ob es Taubertalminze war oder Nana-Minze, die im Hochland von Persien wächst. Sondern weil er auch nach Pfefferminze geduftet hat. Warum? Den König können wir gerade nicht fragen. Weil, ganz schön in der Bredouille da im Folterkeller.

Vielleicht haben sich die Farah Diba und der König auch auf einen Schlag sympathisch gefunden, weil sie so ähnlich geduftet haben. Man sagt ja, der Geruch ist der intimste Sinneseindruck. Der dringt sofort in einen ein und man kann sich nicht dagegen wehren, außer man hält sich die Nase zu. Und das hätt schon ein bisserl deppert ausgeschaut, wenn der König sich die Nase zugehalten hätt, wie die Farah Diba da vor ihm gestanden ist. Auf alle Fälle war das Nana-Minze, ist er sich jetzt sicher, nach der Farah Diba gerochen hat. Und die, aufgebrüht, sogar ein bisserl berauschend wirkt. Wie die Farah.

Was? Du willst wissen, wer da gerade durch die Tür des Folterkellers gekommen ist? Kann ich gut verstehen. Ich muss jetzt aber noch kurz in Königs Gehirn schauen, damit du weißt, was er als nächstes vorhat. Grob zumindest. Weil, ein bisserl berauscht war er schon noch von der letzten Nacht. Und dazu ist ihm klar geworden, dass Reza, also Einauge, die Farah Diba ganz anders sieht als er, der König. Und dass Einauge die Farah Diba auch letzte Nacht ganz anders gesehen hätt. Jetzt sagst du wahrscheinlich: Logisch! Alle Menschen sehen alles anders. Ich mein aber *so richtig* anders sehen. Weil, als Einauge, da fehlt dir nämlich das echte dreidimensionale Sehen, das heißt, du hast die räumliche Tiefe nicht. Alles nur zweidimensional. So, als tätst du dir ein Auge zuhalten. Eventuell kann dein Gehirn dir so eine gewisse Tiefenwahrnehmung vorgaukeln, aber dein eines, noch übriges Auge hat dann damit nix zu tun. Wenn der Reza also im Auto sitzt, dann weiß er nicht, wo es rechts aufhört. Oder wie groß der Abstand zum Vordermann ist. Man könnte jetzt meinen, dem Reza würde deswegen der Durchblick fehlen. Aber so pauschal kann man das nicht sagen. Weil: Andere Einaugen, wie Claus Philipp Maria Schenk

Graf von Stauffenberg – ich weiß, ein richtiger Rattenschwanz der Name –, haben im Gegensatz zu vielen Herrenmenschen – wie die vor dem Eisenhut, wie der Adi damals in Rothenburg war – den Durchblick gehabt. Wenn auch etwas spät. Oder der Wilfried Hannes, der mit nur einem Auge in der Fußballbundesliga gespielt und sogar Deutscher Meister mit Borussia Mönchengladbach geworden ist. Weil das erst 1976 war, kann das der König allerdings noch nicht wissen.

Auf alle Fälle wird's dem König jetzt, hier, in seiner misslichen Lage zupasskommen, dass Einauge nur zweidimensional sieht. In einer zweidimensionalen Welt entgeht dir nämlich so einiges. Mit dem Zarathustra hat der König ja schon angefangen und wenn er jetzt noch seine „Übermenschen"-Karte ausspielt, dann kann es leicht sein, dass er Einauges wunden Punkt trifft. Aber auch dass er ihn damit zur Explosion bringt. Da muss er wieder an den Kenan denken, ein richtiges Sensiberl. Der König vermutet stark, dass der Kleine unter dem ganzen Gefühl leider „bläd wia d'Nacht finster" ist, wie die Eingeborenen da sagen, wo der König auf die Welt gekommen ist. Was der bei SAVAK macht?

Da fängt der König zum Schwitzen an. Weil, wenn der Kenan so blöd ist, dann kann es sein, dass der ohne Kippen zurückkommt, weil die Geschäfte schon zu haben. Du musst nämlich wissen, dass die Läden damals noch nicht bis um acht oder länger aufgehabt haben. Und Einauge hat, wie gesagt, vor gar nix Respekt, außer vor Zigaretten. Wenn die fehlen, fehlt auch der Respekt. Er trommelt schon die ganze Zeit suchtelnd mit dem Finger auf seinen Oberschenkel.

Es kratzt wieder an der Tür. Der König fuselt an seiner Seidenhose herum, fährt sich durch die Haar, hätt gern einen Spiegel, weil ja durchaus die Farah Diba draußen auf der Treppe stehen könnt, wie ein frisch verliebter Teenie. Einauge legt den Brustreißer auf den Steinvorsprung und geht zur Tür. Macht auf. Der König sieht nix, Fehlalarm?

Eine fette, schwarze Katze quetscht sich herein, genau die, die Einauge auf dem Weg vom Rathaus über die Straße gekickt hat.

Die Katze faucht ihn an und schwänzelt sofort zum König. Der streichelt über das weiche Fell. Die Katze schnurrt. Der König gibt ihr spontan den Namen „Mühsam", was er natürlich nicht laut sagt. Die Katze schnurrt wieder, windet sich um seine Waden: weich, warm, wohltuend. In dem Moment fällt ihm das iranische Sprichwort ein: Wenn du jemanden nicht besiegen kannst, dann verbünde dich mit ihm. Also fragt er: „Was ist eigentlich mit Ihrem Auge passiert?"

„Eine lange Geschichte", knurrt Reza.

„Ich kann mir vorstellen, dass es nicht immer leicht ist, nicht so gut sehen zu können wie andere. Gerade in Ihrer Profession."

Reza zuckt unmerklich mit den Schultern.

„Viele berühmte Persönlichkeiten", fährt der König fort, „welche die Welt zum Positivem verändert haben, hatten nur ein Auge: der germanische Gott Wodan, der griechische Herrscher Dionysos I. ..."

Reza nickt und zitiert feierlich: „Schon naht der Blutstrom sich, in welchem / Gesotten wird, wer durch Gewalttat schadet."

König ist beeindruckt, seinen Dante hat er selbst schon länger nicht mehr in der Hand gehabt. „Das ist also der Grund, warum Sie ..." Das *warum Sie* sagt der König ganz leise. „... Agent für die SAVAK geworden sind?"

Pfeile schießen aus Rezas Auge. Wütend stößt er aus: „Weil ich dem Reich diene. Gewalttaten auf den Schah und Persien verhindere."

„Das verstehe ich", lügt der König und denkt: O wahnbetörter Zorn.

„Pfff", macht Einauge.

„Haben Sie schon einmal darüber nachgedacht, dass dies mit zwei gesunden Augen formvollendeter geschehen könnte?"

Rezas Blick schweift sehnsüchtig in die Ferne. Sein Auge glänzt.

„Ich kenne da einen äußerst kompetenten Arzt in Rom", sagt der König leise, als solle es ihr Geheimnis bleiben. Dass der Schah dort auch mit Soraya in der Klinik gewesen ist, um ihrem Wunsch nach einem Thronfolger nachzukommen, erwähnt er nicht. Aber auch seine Augen glänzen bei dem Gedanken, da er die Rolle seines Doppelgängers mit all seinem vergangenen Leid mehr und mehr einnimmt.

„*Gol az gol-e kasi sekoftan*", flüstert Reza und ballt die Fäuste auf seinen Oberschenkeln. Weiß treten die Knöchel hervor.

Der König ist unsicher, weil er den Sinn der Worte nicht versteht: Es war eine Blume, die mit Grün geschmückt wurde?

„Und wie Sie schon richtig bemerkt haben, bin ich ein Agent des SAVAK", sagt Einauge und lächelt. Sein goldener Zahn blitzt im Kerzenschein. Wie in einem Film von Quentin Tarantino.

„Auf den Stuhl!", befiehlt Reza. Er zeigt auf den Folterstuhl mit den Spitzen auf der Sitzfläche, der Arm- und der Rückenlehne. Schwer, schwarzbraun, vollgesogen mit dem Blut der Gefolterten, wartet er in der Ecke auf den König. Der hat ihn bis jetzt ignoriert, um seine Kraft zu bündeln, für diesen Moment. Reza packt König wütend am Arm.

„Was …?"

„Maul halten!" Speichel spritzt.

Er schleudert den König auf den Stuhl. Die Spitzen stechen in seine Haut. Dringen ins Fleisch. Reza zieht ein Tuch aus seiner Tasche. Bindet es dem König viel zu fest um Hinterkopf und Nase. Die hervorstehenden Hanffasern stechen in seine Augen. Fäulnis steigt in seine Nase. Reza zieht den Knoten zu, rupft dem König die Haare; beißender Schmerz aus der Kopfhaut. König zuckt zusammen und bereut es im selben Moment.

Dunkelheit. Nur ein Streifen Kerzenlicht dringt an der Stelle hindurch, wo das Tuch unweigerlich von seinem mächtigen Nasenrücken angehoben wird. Er bekommt Gänsehaut. Spürt, wie Reza an den Armfesseln herumfuhrwerkt. Hört ihn fluchen. Auch die scheinen verrostet zu sein. Trotzdem bleibt der König sitzen. Er versucht, sich darauf zu konzentrieren, sein Gewicht gleichmäßig zu verteilen. Wie ein Fakir. Da hört er einen schmerzerfüllten Schrei. Vor der Tür. Von einer Stimme, die ihm bekannt vorkommt. Sehr bekannt!

Jetzt wird ihm unwohl. War das Anna?

Im Iran verhaftete der SAVAK ganze Familien. Um sie schneller zum Reden zu bringen, ließen sie die Angehörigen die Schmerzensschreie ihrer Liebsten hören, die gerade gefoltert wurden. Es gab Fälle, in denen kam nur noch das Kind als Waise aus der Gefangenschaft.

Der König versucht ruhig zu atmen, sich auf den gleichmäßigen Schmerz der Stacheln zu konzentrieren. Da fallen ihm die Worte seines Farsi-Lehrers am Goethe-Institut in Rothenburg in der Herrngasse wieder ein ... „Salz auf die Wunde streuen", bedeutet das Sprichwort: *„Gol az ..."*

Da, wieder dieser Schrei. Anna?

Iranische Arier

Nicht nur im Deutschen Reich ist die Nazi-Bagage freundlich empfangen worden. Auch der Baldur von Schirach, der Möchtegern-Chef vom König, genauer gesagt von der Hitlerjugend, ist in den Iran geflogen und vom Schah Vati herzlichst empfangen worden. Nur einmal sind der Iran und das braune Deutschland richtig zusammengerumpelt. Weil bekannt geworden ist, dass die Nazis die Iraner zu Nichtariern erklärt haben und „Mischheiraten" verbieten wollten.

Die Iraner aber haben sich das nicht gefallen lassen, als hätten sie damals schon gewusst, was das noch für Folgen haben würd, und protestierten in Teherans Straßen dagegen, weil nicht wenige iranische Studis damals im Deutschen Reich über ihren Büchern hockten. Der iranische Botschafter, ein ganz schön couragiertes Bürscherl, tät ich sagen, hat den Nazis erklärt, was Arier in Wirklichkeit sind. In seinem Brief hat er geschrieben, dass „an Stelle des Gegensatzes arisch und nichtarisch die Unterscheidung zwischen Personen deutschen und artverwandten Blutes einerseits und Juden sowie Artfremden andererseits getreten" sei. Und gwixt, wie er war, hat er noch ergänzt, dass „die Deutschen und Iraner ja artverwandten Blutes sind".

Freilich hat das den Nazis ihr Blut zum Sieden gebracht, weil's ja um „Blutsfragen" gegangen ist. Also hat das Auswärtige Amt dem Hitler seinen Stift, den Rudolf Heß, und das Propaganda-, Justiz-, Innen-, Wissenschafts-, und Arbeitsministerium, dazu das Rassenpolitische und Außenpolitische Amt zur Krisensitzung in die Berliner Wilhelmstraße 76, Saal 6, berufen. „Es ist dringend erforderlich, umgehend zur angeschnittenen Frage des Arierstatus' Stellung zu nehmen", hat der Referatsleiter Vicco von Bülow-Schwanke in seiner Einladung geschrieben. Was diese Sitzung den Steuerzahler gekostet hat, das hat sich natürlich keiner zu fragen getraut, weil, wenn's ums Blut gegangen ist, dann haben die Nazis keinen Spaß verstanden. Wie sonst halt auch nicht.

„Der Iran kann keineswegs erwarten, dass Iraner in Bauch und Bogen als Arier erklärt werden!", hat der Rosenberg Alfred vom Rassenpolitischen Amt gebelfert und die anderen Nazis haben sich auf die Lippen gebissen, um nicht zu schmunzeln.

„Diese Ziegenficker!", hat der Hess Rudi ausgestoßen, der in der Nacht zuvor einen Albtraum gehabt hat. Und alle haben so getan, als hätten sie wieder einmal nichts gehört.

Der Vertreter vom Wirtschaftsministerium, dessen Name aus Sicherheitsgründen nicht genannt werden soll, hat sich geräuspert und geflüstert, dass man auf das Öl durchaus angewiesen sei.

Also hat der Hess Rudi relativiert und fürs Protokoll gesagt: „Lassen Sie uns im Gespräch mit dem iranischen Botschafter einen Modus Vivendi finden."

Worauf auch der Rosenberg Alfred sofort umgeschwenkt ist, weil mit dem Rudi nicht gut Kirschen essen war, auch wenn er ausnahmsweise mal durchgeschlafen hatte: „Auf der anderen Seite muss die Iran-Angelegenheit unbedingt beigelegt werden."

Schlussendlich hat der Protokollant notiert, man sei in Deutschland „bestrebt, den Arierbegriff aus der Praxis heraus zu formulieren".

Ein paar Tage später hat der Hess Rudi wieder einmal eine Spritztour mit seiner Limousine gemacht. Dabei hat er eine Hasenfamilie überfahren, dass das Blut nur so auf die Karosserie gespritzt ist, und schon war er wieder der Alte. Noch am selben Tag ist ein Brief an den iranischen Botschafter raus, dass man „in den Iranern die Vorfahren der arischen Rasse" sieht.

Daraufhin ist im Iran eine unglaubliche Propagandamaschinerie angelaufen. In der Praxis hat das so ausgeschaut, dass die Moslems das deutsche Gift gegen die Juden zusammen mit der Zeitung auf dem Frühstückstisch zum Chai präsentiert gekriegt haben. Wo es nach und nach eingesickert ist. An die Decke der großen Bahnhofshalle in Teheran sind Gebilde gepinselt worden, die an Hakenkreuze erinnerten. Weil das Hakenkreuz das Zeichen für die geistige Einheit zwischen den „Ariern des Nordens" und den „Ariern des Südens" sei. Und der Rosenberg Alfred hat 1939 der iranischen Regierung eine Sammlung von 7.500 Büchern über die Verwandtschaft des Nationalsozialismus mit der arischen Kultur Irans überreicht. Ja, manchmal hast du froh sein können, wenn du keine Familie gehabt hast, eine Waise warst.

Für den König waren derweil zwei Jahre vergangen mit exerzieren, marschieren, durch den Wald streifen und den anständigen deutschen Hitlerbub spielen. Das Verstellen war für den König schon eine gute Übung, aber er hat auch gemerkt, wie sich der Hass immer mehr ausgebreitet hat in Rothenburg, unter den Nachbarn und vor allem gegen alles Jüdische, und die, die ihn eigentlich interessiert hätt, immer weiter zurückgedrängt hat: die Anna Kohn.

So sind an immer mehr jüdischen Geschäften Plakate zu sehen gewesen: „Deutsche, kauft nicht bei Juden!" Trotzdem wollte er seiner Mutter an ihrem Geburtstag eine Freud machen und nach der Schule beim Kurz-, Weiß- und Wollwarengeschäft Wimpfheimer in der Oberen Schmiedgasse 5 ein bisserl Wolle einkaufen.

Schon von Weitem sieht er die SA gegenüber vom Laden, auf der anderen Straßenseite stehen, beim Anwesen Schletterer. Mit Dachshundaugen haben die aufgepasst, dass keine Deutschen einkaufen. Allerdings sind die von den Wimpfheimers regelmäßig ausgeschmiert worden, weil sie die Deutschen, auch den König, durch den Hof ins Geschäft gelassen haben.

Aber so weit ist der König gar nicht gekommen, weil vor dem Laden gerade das Schweinderlgesicht Steinacker und der Lehrer Götz mit seiner schwarzen, ausrasierten Turbanfrisur gestanden sind. Der Götz, der so gern den jungen Müttern am Busen rumgefingert und das Mutterkreuz angelegt hat. Umso größer der Busen, umso länger die Prozedur. Bei der Margot hat's später besonders lang gedauert.

Jetzt baut sich der Götz vor der Lina Ehrmann auf, die bei den Wimpfheimers regelmäßig geputzt hat, weil ihr Mann arbeitslos war, wie nicht wenige zu dieser Zeit. Der König hört bloß noch „Judensau!" und sieht, wie der Götz der Lina Ehrmann eine schmiert. Und das alles im Schatten von der St. Johannis-Kirche. Der zweischwänzige Wassermann aus dem Johannesbrunnen schaut hilflos und untätig dabei zu.

Aber die Ehrmann lässt sich das nicht gefallen, was dem König sehr gefallen hat, auch wenn ihm klar war, dass sich das der Götz genauso wenig gefallen lässt. Und so war's dann auch. Der Götz hat sie jetzt erst recht angebrüllt: „Was, frech will sie auch noch werden, die Judensau!" Und hat ihr noch eine gelangt.

Vielleicht hat der Götz die Lina Ehrmann wegen der paar vorbeieilenden Passanten, die aber eh nix sehen wollten, ins dustere, dürre Brunnengässchen gezogen und ihr gleich noch einmal eine mitgegeben, worauf ihr der Ortsgruppenleiter Wobst die Händ festgehalten hat, damit dem Götz seine andere Backe nicht auch noch rot wird. Die Ehrmann hat dann einen Nervenanfall gekriegt und ist zusammengesackt, was die beiden Haderlumpen nicht davon abgehalten hat, sie zum Kreishaus in die Herrngasse zu zerren. Angenabelt an die Franziskanerkirche soll im „braunen Haus" das Winterhilfswerk nicht nur den bedürftigen Deutschen helfen, sondern auch seinen Beitrag zur Judenfrage leisten „durch die Ausrottung der jüdischen Rasse", wie es Steinacker bei der Einweihung des Hauses maulfeil verkündet hat.

Vom Kreishaus ist der König dann mit hängenden Schultern, ohne Wolle, dafür mit einem Plan in der Taschen, zur Schule von der Anna. Weil, er war jetzt auf dem Rothenburger Progymnasium und sie nicht, weil sie Jüdin war. Schon von Weitem hat er sie gesehen: ihre Haut weiß wie Schnee, ihre Lippen rot wie Blut und ihr Haar schwarz wie Ebenholz. Er ist sich vorgekommen wie in einem Märchen und sein großes, trainiertes Herz hat siebenmal schneller geschlagen, weil es das in einem Märchen eben so macht, auch wenn der böse Wolf in nicht wenigen Häusern in der Nachbarschaft haust.

Jetzt war er es, der „Kssst" gemacht hat. Sie hat sich umgedreht, aber niemanden gesehen und ist weiter gegangen, mit ihrem Lederschulranzen auf dem Rücken. Ein bisserl schneller als vorher, weil's damals öfter passiert ist, dass ein paar übereifrige Kollegen vom König seiner Hitlerjugend ihr auf dem Heimweg aufgelauert und Steine geworfen haben.

„Kssst!"

Wie sie den König sieht, wird sie langsamer und muss daran denken, wie er sie angeschaut hat, als der Bücklibock ihn damals über den Stuhl gestülpt und die Blutblase zertrümmert hat. Jetzt schaut er wiederum um sich herum, sieht keinen, sagt „Wart einmal, Anna" mit seiner Reibeisenstimme, mit der du Pumpers für Baggers hättst reiben können. „Ich muss dir was sagen."

Die Anna ist stehen geblieben und er ist ganz nah an ihr Ohr ran, weil sonst niemand hören hat dürfen, was er zu sagen gehabt hat. Sie hat seinen warmen Atem gespürt. Und der König riecht es zum ersten Mal: Die Anna duftet ein bisserl nach erdigem Wasser, wie die Schandtauber. Und die Anna riecht es zum ersten Mal: Der König duftet ein bisserl nach Minze. Und das passt natürlich, weil die Minze ja aus dem Wasser der Schandtauber sprießt. Und dann hat er diesen einen Satz gesagt, den ich dir wegen der Gestapo jetzt lieber nicht sage.

Die Anna hat furchtbar angefangen zu lachen. Der König hat sie angeschaut, wie sie so lacht, wie die Sonne aus ihren erdbraunen Augen strahlt und es ihren ganzen Körper schüttelt. Ein Erdbeben, wenn du so willst. Ihm wird ganz warm ums Herz und er nimmt mit beiden Händen ihre Fingerspitzen und nach und nach die ganzen Hände. Und dann hat sie ihm was ins Ohr geflüstert, was die anderen genauso auf keinen Fall hören haben dürfen.

Die Anna überlegt kurz und nickt. Ohne „Servus" zu sagen, gehen beide heim.

Lang, nachdem Vater und Mutter König das Licht gelöscht haben, ist der König aus dem Bett geschlupft. Hat sich seine HJ-Uniform übergestreift, einen Schraubendreher eingesteckt und ist aus dem Fenster gestiegen. Am Eck wartet schon die Anna auf ihn, ebenfalls in Hosen. Wieder geht er ganz nah an ihr Ohr. Sagt „Servus", weil, den Hitler können sie jetzt gar nicht brauchen. Und dann gehen sie die paar Meter in die Burggasse, wo der Kreisleiter Karl Steinacker, das Schweinderlgesicht, seit Neuestem wohnt. Sie schauen sich um, schauen, ob im Kreisleiter seiner Wohnung noch Licht brennt, aber es ist alles dunkel. Die Anna und der König packen ihre Schraubendreher aus. Der König schleicht zur Eingangstür. Die Anna zum Plumpsklo. Jetzt fragst du dich wahrscheinlich, warum der Kreisleiter 1939 sein Geschäft noch nicht „indoor" verrichten hat können. Hätt er, wollt er aber nicht, weil, früher war alles besser.

Die zwei schrauben so schnell es geht die Türriegel ab. Die Anna ist sogar schneller wie der König, obwohl sie sich zusammenreißen muss, dass sie nicht laut loslacht, weil sie immer daran denken muss, wie der Steinacker mit seinem Schweinderlgesicht aus dem Haus gerannt kommt, weil die etlichen Maß Bier und das Schäufele wieder raus wollen, die er am Abend bei der Parteisitzung im Goldenen Lamm vernichtet hat.

Und während die Anna und der König schrauben, ist der Kreisleiter aus dem Goldenen Lamm gewackelt. Den abfallenden Markt ist er runtergerauscht wie beim Riesenslalom, was noch einigermaßen kommod gegangen ist, weil der letzte Humpen noch nicht angefangen hatte zu wirken. Auch wenn er die Kurve in die Herrngasse fast nicht gekriegt hätt, und das, obwohl die nicht gerade schmal ist. Erst kurz vorm Georgsbrunnen ist er zum Stehen gekommen; vor dem steinernen Gfries mit den lappigen

Mundwinkeln. Er ist sich vorgekommen wie am Morgen vor dem Spiegel und hat gesagt: „Ich kenn dich zwar, aber waschen tu ich dich nicht. Heil Hitler!" Und dann hat er gegiggelt wie ein Grünspecht unten im Tal.

Im Pfäffleinsgässchen ist es rasant bergab gegangen, torkelnd, polternd, in seinem Bauch, in seinem Kopf, der eigentlich in die Hose gehört hätt. Auf der Burggasse hat's dann fast kein Halten mehr gegeben und er ist wie ein zusammengezwicktes Zwergerl immer langsamer geworden, auf dass die Geschichte nicht in die Hosen geht. (Und ja, ich weiß, die Geschichte damals ist wirklich in die Hose gegangen.)

Wie der Kreisleiter dann vor seinem Plumpsklo steht und den Türriegel aufschieben will, ist der verschwunden, einfach weg. Er langt noch einmal danach, weil er denkt, dass es vielleicht an seinem Suri liegt, aber nada, nix, kein Türriegel. In seinem Bauch donnert's jetzt wie an der Ostfront in ein paar Jahren. Also rennt er hinter das Scheißhäuserl, setzt sich auf den Kompost und … Da macht's *Pling!*

Der König erschrickt fürchterlich. Dreht sich um. Und sieht, dass der Anna ihr Türriegel aus der Hand gerutscht und vor ihm auf dem Boden gelandet ist. Beide halten den Atem an. Aber nur ein stades Stöhnen vom Kreisleiter. Also schraubt der König weiter, weil, so eine Eingangstür, die man nicht aufmachen kann, ist schon was Feines. Und da hat auch er schon den Haustierriegel in der Hand und schleudert ihn davon, Richtung Garten; wie weit, kann er nicht sehen. Hauptsache, dass ihn der Kreisleiter nicht gleich wiederfindet; Beweismittel vernichtet.

„Kreuzkruzifix!", hören sie das Schweinderlgesicht fluchen.

Der König schaut die Anna an, die Anna schaut ihn an. Da kommt plötzlich die Schutzmannschaft ums Eck, weil dem Kreisleiter schon einmal die Scheiben eingeworfen worden sind. Wer das war, wissen wir natürlich nicht …

Die Anna und der König preschen davon.

„Lauf weiter", ruft ihr der König irgendwann zu und bleibt selber stehen. „Wir treffen uns an der Gipsmühle!"

Die Anna rennt weiter, als wäre der Teufel hinter ihr her. An der Mauer vom Landratsamt Rothenburg vorbei, wo heut das Kriminalmuseum drin ist und die ganzen Geräte, mit denen Reza, Kenan und vor allem der König gerade zum Kämpfen haben. Sie umrundet die St. Johannis-Kirche, die pfeilgrad in dem Moment Mitternacht schlägt. Wetzt bergab, durch die Burgmauer, die Treppen runter, durch die Weinberge, ins Tal, über die Kobolzeller Steige, weg ins Dunkel.

Der König holt seine Taschenlampen aus dem Gürtel. Geht zurück. Versucht, ruhig zu schnaufen. Wischt sich den Schweiß von der Stirn.

Kurz vor der Wohnung vom Kreisleiter blendet ihn ein Licht. „Halt, stehenbleiben!"

Der König steht stramm und sagt: „Heil Hitler! Wer da?"

„Der Schutzmann", sagt die Stimme im Dunkel. „Und wer sind Sie?"

„Heil Hitler!", sagt König wieder, wobei man ehrlicherweise zugeben muss, dass er das „Heil" ein bisserl vernuschelt hat, dass man das „t" am Ende nicht so hört.

„Hitler?", sagt der Schutzmann ungläubig.

„Was ist da los?", tönt es unwirsch durch die geblendete Nacht.

König erkennt sofort die Stimme vom Kreisleiter. „Heil Hitler!", sagt er wieder zackig.

„Heil Hitler!", sagt auch der Schutzmann. „Der da behauptet, er wäre Hitler."

„Treten Sie vor", sagt der Kreisleiter.

Der König kommt näher.

„Wer sind Sie? Und was treiben Sie hier um diese Uhrzeit?" Das Schweinderlgesicht hält sich ein Taschentuch ans Hirn, wo ihn der Türriegel vom König ein paar Minuten zuvor getroffen hat.

„Oberrottenführer König", sagt der König ganz schnell, damit er nicht anfängt zu grinsen und sich selber den Tonfall versaut. „Da ich gehört habe, dass es in der letzten Zeit immer wieder zu Unpässlichkeiten in der Nähe Ihrer Wohnung gekommen ist, dachte ich, stehe ich Wache."

„Vorbildlich, mein Sohn“, sagt der Kreisleiter und klopft dem König auf die Schulter. „Konnten Sie jemanden identifizieren?“

„Leider nein, die Täter sind entkommen.“

Der Kreisleiter mustert den Schweiß auf dem König seiner Stirn. „Kommen Sie mit!“

Wie sie wieder vor dem Kreisleiter seinem Haus in der Burggasse stehen, möchte der dem König einen Schnaps ausgeben, zum Dank. Der Kreisleiter schiebt also seinen Schlüssel ins Schloss, dreht um und will den Türriegel zurückschieben. Nur, dass da kein Türriegel ist. Genau wie in seinem Gehirn kein Mitgefühl ist. Aber weil der Kreisleiter ja seine Stieffellecker hat, die schnurstracks nach einem Schnaps wetzen, kriegt der König sein Stamperl Hochprozentiges trotzdem.

Eine halbe Stunde später ist der König am Wildbad, wo die Weinblätter am Ufer der Tauber von den Altanen wie Vorhänge wuchern. Er sprintet über die Wiese, die Treppen rauf, wo du heut die Kunstinstallation von der Laura Belém sehen und die Lyrikerin Nora Gomringer hören kannst. Er hat zwar gesagt: an der Gipsmühle. Aber die Anna hat ganz genau gewusst, dass sie sich eben nicht direkt an der Gipsmühle treffen, weil du damals sakrisch vorsichtig sein hast müssen. Genauer gesagt haben sie sich vor der Scheune von der Gipsmühle getroffen und auch nicht genau davor, sondern unter der Medersteige. Wo ein mannshoher Bogen aus Steinen in die Brücke geformt worden ist, durch den sich beim Regen das Wasser drängt, das dann über die Karstplatten hinunterplätschert.

Die Anna fällt dem König vor Erleichterung um den Hals. Und obwohl sie eigentlich den Geruch von Schnaps nicht mag, gibt sie ihm ein Bussi. Und noch eins und noch eins. Und dann merkt der König das erste Mal, was notwendig ist, damit das passiert, was notwendig ist, dass zwei Menschen sich lieben können. Irgendwie schön, dass das genau zu einer Zeit passiert, wo die Liebe in Deutschland so gefehlt hat, oder? Da darf man ruhig ein bisserl kitschig sein.

Scharfe Tortur

Batsch! geht die Tür auf: Kenan, mit einer Flasche Sonnenblumenöl in der Hand. *Batsch!* haut er sie wieder hinter sich zu.

„Wo sind meine Zigaretten?“, fragt Reza.

„Gab nirgends welche“, jammert Kenan.

Der König hört ein Reiben über Stoff. Einen Aufschrei. Weil seine Augen immer noch verbunden sind, sag ich dir, was es war: Kenan hat sich das Schienbein draußen an der Türschwelle angehauen. Er war’s, der so geplärrt hat.

„Tsch!“, zischt Einauge. „Los, an die Arbeit! Wir haben einen Auftrag.“

„Verdammt“, denkt der König und spürt, wie schwitzige Finger seine rechte Hand nehmen.

„Die Daumenschrauben!“, befiehlt Reza.

Der König hört, wie Kenan das Öl auf den Boden stellt. Also ist Reza der mit den schmierig-klammen Pratzen, wahrscheinlich schon der Entzug. Er hält dem König seine Hand immer noch. Es quietscht, ein Schwall zigarettenrauchgeschwängerten Atems prallt an sein Gesicht. Es quietscht wieder. Reza versucht, die Handfesseln vom Folterstuhl zu heben, um dem König seine Hände darin zu fixieren. Der König überlegt, ob er jetzt schon seine Hilfe anbieten soll, aber er wartet noch. Zwingt sich zu warten. Möchte sich das Vergnügen aufheben. Außerdem weiß er, dass er auf Dauer durch keine noch so ausgefeilte Technik dem Schmerz der spitzen Stacheln entgehen kann, wenn die Handfesseln geschlossen werden. Da hilft ihm auch das Training der letzten Monate nicht.

Reza schleudert fluchend dem König seine Hand weg, die nicht weit fliegt, weil er sie sofort wieder unter Kontrolle hat. Der Nikotinspiegel sinkt langsam auf ein gefährliches Niveau, denkt er.

„Nimm die Hand!“, fährt Reza Kenan an, der mit seinen vom regnerischen Maiabend kühlen Fingern zittrig nach denen vom König greift.

„Mein treuer Kenan. Sie sind zurück", sagt der König.

„Ja, Eure Majestät. Ich habe das Öl be…", antwortet Kenan. Und da siehst du mal, wie das mit dem Gehorsam ist. Da denkt ein Untergebener, dass er was gut gemacht hat, weil: einen Befehl ausgeführt. Und wie so oft beim Gehorchen scheint er nicht weiter drüber nachgedacht zu haben. Der König spürt, wie Kenans Hände noch mehr zu zittern anfangen. Trotzdem schiebt er dem König seinen Daumen zwischen die kühl-rostigen Schrauben. Und die anderen vier Finger darunter: kleiner Finger, Ringfinger, an dem der Ehering von der Farah und ihm hängt … „Eure Majestät, möchten Sie den Ehering abnehmen?"

„Sehr zuvorkommend, mein ergebener Diener Kenan."

„Mach", grunzt Reza, „wenn du unbedingt möchtest."

Kenan nimmt also dem König seine Hand wieder aus der Daumenschraube. „Wollen Sie selbst? Oder soll ich das übernehmen?"

„Mach schon!", befiehlt Reza.

Kenan zieht am Ring. Drückt gegen den Knochen des zweiten Fingerglieds. Der König beißt sich auf die Zunge. Sagt: „Ich hoffe doch sehr, dass der Ring keinen Schaden nehmen wird."

Kurz lässt der Druck nach. Dann zieht Kenan wieder fester.

„Nicht einmal einen Ring abnehmen bringst du fertig", sagt Reza. König hört einen dumpfen Schlag. Unverkennbar: Der Große hat den Kleinen auf den Hinterkopf geschlagen. Die Mutter hat den König auf den Hinterkopf geschlagen. Der Vater hat den König auf den Hinterkopf geschlagen. Der Pfarrer, der Lehrer … Der König hat den Schlag jetzt zwar nicht beobachtet. Es aber oft gesehen. Oft gehört. Zu oft gespürt.

Kenan zieht immer fester am Ring. Setzt den Schmerz von Rezas Schlag in Energie um. Stößt „Öl, bitte!" aus.

Der König spürt, wie ihm die Schmiere über den Ringfinger läuft. Spürt Kenans Finger. Den Druck. Den Schmerz.

Es gibt da eine Geschichte, die leider wirklich wahr ist, von einem alten Mann, der an einer Bushaltestelle in Irans Hauptstadt Teheran gewartet hat. Und an dieser Bushaltestelle hat auch immer ein Agent von der SAVAK gewartet. Allerdings nicht so wie der alte Mann auf den Bus, sondern auf Leut, die sich irgendwie verdächtig verhalten. Der alte Mann ist also da an der Bushaltestelle gestanden. Der SAVAK-Agent neben ihm, mit seinen riesigen Ohren, nicht nur im übertragenen Sinn, genau wie Einauge. Als hätt die Natur schon vorausgeahnt, dass der einmal sein Auge verlieren würd. Es ist also ein dampfiger Tag. Überall Staub, stinkende Autos und Lastwagen. Das alte, herzkranke Manderl hat sich zur Bushaltestelle geschleppt. Stöhnt jetzt, dass er kaum Luft kriegt, weil es heute so dampfig ist. Der SAVAK-Agent nickt und sagt: „Der Druck wird immer schlimmer, die Menschen können gar nicht mehr atmen." „So ist es", stimmt ihm der alte Mann zu. „Die Luft ist stickig und dazu dieser unerträgliche Druck!" In dem Moment nimmt der SAVAK-Agent Haltung an – wie der Kenan vorher, wie ihn der König gelobt hat –, sagt „Sie werden gleich Gelegenheit bekommen, sich zu erholen" und führt ihn ab ins Gefängnis. Weil, verdächtiges Wort „Druck". Ein ganzes Glossar an verdächtigen Wörtern hat es damals gegeben, die du besser nicht gesagt hast – und die du heute auch in immer mehr Ländern besser nicht sagst.

Nur der Schah hat es in der Hand gehabt, ob einer, der sich in den Händen des Geheimdienstes befunden hat, begnadigt wird. Ihm allein war die SAVAK Rechenschaft schuldig.

Was aber nichts damit zu tun hat, dass jetzt der Druck an dem König seiner Hand nachlässt, weil der Kenan abgerutscht ist am öligen Finger und, weil er sich zuvor mit seinen Stiefeln gegen den Folterstuhl gestemmt hat, auf sein Hinterteil fällt. Er rappelt sich schnaufend auf und der König sagt: *„Miyan sekarab sodan."*

Da ist Königs Hand sofort frei, weil auch Kenan das Sprichwort kennt „wie Zuckerwasser zu werden", was bedeutet, dass sich eine Beziehung verschlechtert.

„Soll ich Ihnen vielleicht behilflich sein?", fragt der König.

„Nein, danke", sagt Kenan.

Der König weiß auch, dass der Kleine jetzt puterrot wird, weil er Sorge hat, sein Gesicht zu verlieren, die größte Scham überhaupt im Iran. Weil er etwas nicht kann. Und lieber ein rotes Gesicht als gar keines mehr. Quasi eine Schutzmaske.

Dem König ist klar, dass er einen kritischen Punkt erreicht hat: Reza brutal am Suchteln, Kenan, der Lehrling, der sein Gesicht verloren hat. Entweder werden sie jetzt weich, denkt der König, oder – und das liegt bei den SAVAK-Agenten fast näher – sie drehen auf. Wäre es ein Elektroherd, da im Eck, könnte man das sprichwörtlich meinen. Um dem König seine Hand oder noch viel mehr von ihm draufzulegen. So, wie sie es im Iran machen, mit ihrem beliebtesten Folterinstrument, der sogenannten „Bratpfanne". Ein aufgeheizter eiserner Tisch, auf den die Staatsfeinde geschnallt werden. Kannst dir denken, dass dabei nicht wenige gestorben sind. Und vielleicht fragst du dich jetzt auch, warum die Rothenburger einen solchen Haderlumpen wie den Schah empfangen haben wie einen Gott.

Nun ja, den Holzofen im Eck muss man mit Holz heizen. Und nach ein paar solchen Scheiten schaut sich der Kenan gerade im Kellergewölbe um, zwischen den Foltergeräten aus dem Mittelalter. Kenan, wutgetrieben von seinem Ehrverlust. Diese verfluchte Ehre, die ihm von Kindheitsbeinen an eingetrichtert worden ist und jetzt mit aller Gewalt durchschlagen wird. Der König ahnt das alles bis zur Gewissheit, sieht es aber nicht. Auch nicht, wie Reza schmunzelt, weil er weiß, dass er seinen Folterlehrling jetzt endlich über die Schwelle bringen wird, nach der nix mehr so sein wird wie vorher.

Adi, der Prophet

1937 haben die Königs ihren Bartholomäus nach Nürnberg geschickt, wo die Schule für die Lehrer war. Der König hat, wie so oft, nicht widersprochen und sich gefügt, weil so die Ordnung im Hause König im Pfäffleinsgässchen in Rothenburg aufrechterhalten worden ist. Und zu jener Zeit waren die Ordnung und der

Fleiß noch wichtiger als unter dem König Senior seinem Kaiser. Der König, der hat halt mitgemacht, wie so viele zu jener Zeit, und war ansonsten in seiner inneren Emigration, wie so viele zu jener Zeit.

Einmal ist er mit Anna an einem frühen Augusttag in der Schandtauber geschwommen. Hinterm Wildbad und den Steinbrüchen, inmitten der alten flechten- und moosbesetzten italienischen Ufermauern – weil: Die Felsen sind von italienischen Arbeitern aus den Steinbrüchen rausgeschlagen und mit Steinzangen aufgestapelt worden, um den Hang zu stützen – dort, wo das Wasser hinter der Furt von Steinen und Stämmen gestaut worden ist und nicht wenige Rothenburger das Schwimmen gelernt haben. Wo das hochaufragende Tal die Anna und den König mit seinen Ahorn und Erlen, Eschen und Brennnesseln beschützt hat. Wo die Erlen aus den Steinblöcken gewachsen sind, das von der Sommerwärme trockene Moos über ihrem Stamm. Wie die Anna über dem König. Auf den ein herzförmiges Erlenblatt hinuntergesegelt ist. Zum Waldweg hin noch mehr Eschen mit ihren Schraubendreherfliegern, der Ahorn, die Tauberminze, die schon rosagrau am Blühen war, und der feingliedrige Schlehendorn. Dahinter, das hüftförmige Tal.

Von der Hochsommerhitze haben sich die beiden im türkisen Wasser abgekühlt, bei dessen Anblick der König immer das Gefühl gehabt hat, er würd in der Anna ihre Augen schauen. Auf dem Grund der Schandtauber sind braune Steine gelegen, die die Farbe vom König seinen Augen gehabt haben. Dort waren sie vereint, haben das gehabt, was ihnen in der Außenwelt verwehrt geblieben ist.

Die Anna also taucht ein in den eiskalten Fluss. Taucht wieder auf. Und das Wasser rinnt von ihren Haaren, über ihre Lippen. Der König hat nicht anders können. Er hat sich nicht einmal umgeschaut, ob sie beobachtet werden, gibt der Anna einfach ein ausgewachsenes Bussi. Schmeckt Salz. Und wundert sich.

Er öffnet seine Augen und hofft, dass das die Anna nicht sieht, weil, schmusen tut man ja mit geschlossenen Augen – aber wenn sie's gesehen hätt, hätt sie ja auch ihre Augen offen haben müssen. Und ganz im Gegenteil, die Anna hat ihr Augenlider ganz fest zusammengepresst, weil sie eigentlich gar nicht wollt, dass das passiert, was gerade passiert. Und damit mein ich jetzt nicht das Schmusen. Weil das war das, was ihr am meisten Kraft gegeben hat.

Wie das Tauberwasser aus der Anna ihren schwarzen Locken herausgelaufen war, hat der König gesehen, dass es Tränen sind, die da so salzig schmecken. Also hat er aufgehört zu schmusen, weil es sich nicht richtig angefühlt hat, und hat zur Anna gesagt: „Komm, lass uns auf die Wiese legen."

Auf der Wiese hat er keineswegs versucht, sie aufzuheitern, ihr aber einen Apfel geschnitten und die Flasche mit dem Bier aufploppen lassen. Ein Feuersalamander ist davon aufgeschreckt und über einen flechtengefleckten Stein gewetzt. Vor allem aber hat es dermaßen gespritzt, dass es den König eingeweicht hat und die zwei lachen haben müssen.

Sie haben getrunken, sich in die Wiese fallen lassen, sich gegenseitig mit Apfelschnitzen gefüttert und in den Himmel geschaut. Jetzt kannst du sagen, das ist wie in einem Liebesfilm. Aber genauso war's.

„Ich muss weg", sagt die Anna, ganz ruhig.

„Jetzt gleich?"

Darauf war die Anna still, aber der König hat gespürt, dass sie jetzt gleich meint. Vor allem hat er von Besuch zu Besuch in Rothenburg mehr gespürt, warum.

„Komm mit mir nach Nürnberg."

„Zu den ganzen Nazen?"

„Zu den ganzen Nazen."

Dem König seine Überlegung war so einfach wie logisch: Sind viele Nazen unter sich, denken sie, sie wären quasi rundum von ihresgleichen umgeben und schauen nicht immer krampfhaft, ob sie jemanden finden, an dem sie ihr mangelndes Selbstbewusstsein aufpolieren können. Das heißt jetzt nicht, dass Juden, Sozialisten und Behinderte in Nürnberg sicher waren. Der König hat in zweiter Linie mehr nach einer Devise von Mao argumentiert: „Die Niederlage akzeptieren heißt den Krieg vorbereiten." Dass das Ganze nicht einfach werden würd und schlimmstenfalls … dessen war er sich bewusst.

Die Anna wollt dem König jetzt so nah wie nur irgendwie möglich sein und hat ihre Lippen auf die seinen gedrückt. Aber genau in dem Moment ist die Frau Maier aus der Hammerschmiede mit ihren Rössern und dem Fuhrwerk vorbeigezottelt und sie konnten sich gerade noch hinter einem Strauch verstecken.

Eine Woche später hat Anna ihre Koffer gepackt und ihre Familie, Freunde und Arbeitskolleginnen in Rothenburg verlassen. Darunter viele, die das Schweinderlgesicht Steinacker dann ein Jahr später, wie alle Juden, aus der Stadt vertrieben hat; geholfen haben ihm die ehemaligen Nachbarn der Unerwünschten.

Die Anna ist zum König in seine Lehrerlehrlingswohnung in der Nürnberger Altstadt gezogen. Wo er bei der Frau Schamberger am Seebalder Platz, gleich ums Eck vom Adolf-Hitler-Platz, der heute Hauptmarkt heißt, zur Untermiete gewohnt hat. Dort ist die Anna sicherheitshalber den ganzen Tag daheim gesessen und hat sich nur am Abend herausgetraut, zusammen mit dem König in seinem HJ-Braunhemd, das er eigentlich gar nicht mehr tragen hätt dürfen, weil er schon zu alt war. Obwohl es gezwickt und gespannt hat, hat er es trotzdem getan.

Eines kühlen Novemberabends sind sie dann wieder raus – die Anna hatte schon sehnsüchtig auf den König gewartet, weil sie in der Wohnung keine Luft mehr bekommen hat. Und da sehen sie Braunhemden, ältere, die eine Gruppe junge Leut umringen. Der Kleinste von ihnen hat am lautesten geplärrt: „Untermenschen! Juden!"

Die Leut, die sie umringt haben, zwei Frauen und zwei Männer, vielleicht ein bisschen älter als der König und die Anna, haben keinen gelben Stern getragen, das wär der Anna sofort aufgefallen. Was der König und die Anna stattdessen sofort gesehen haben, war die Angst, die den Vieren ins Gesicht geschrieben stand. Was auch kein Wunder war, angesichts der spuckenden und geifernden Hakenkreuzler.

„Heil Hitler!“, schreit der Kleine und reißt den Arm in die Höh.

„Heil Hitle!“, schreien die vier Fremden in der Mitten und reißen den Arm in die Höh, als hätten sie das in der Gebrauchsanweisung fürs Überleben im Hitlerfaschismus gelesen.

„Was erlaubts ihr euch eigentlich!“, brüllt der Kleine. Wahrscheinlich hätt er das auch geschrien, wenn die vier den deutschen Gruß nicht erwidert hätten.

Er geht zum ersten der beiden Mannsbilder mit breiten Schultern, der ihn mindestens um zwei Köpf überragt, und gibt ihm eine Schelln, dass es nur so von den Häusern widerklatscht. Das fesche Madl daneben zuckt zusammen. Und der König macht einen Schritt nach vorn. Aber die Anna hält seine Hand fest wie in einem Schraubstock, was ihn daran erinnert, was auf dem Spiel steht.

Das Mannsbild weiß das nicht und redet auf Farsi beruhigend auf sein Madl ein. Da weiß der König, dass die vier aus dem Iran kommen, weil er einen Kollegen hat, der auch daher kommt und Farsi redet. Er reißt sich also los aus dem Schraubstock, dass ihm die Hand wehtut. Die ihm gleich noch mehr wehtun wird. Wie später der Django geht er in Zeitlupe auf den breitschultrigen Iraner zu. Breitbeinig, Messer unter den Achseln, ausdruckslose Miene zum bösen Spiel. Die Nazen feixen, weil sie meinen, dass der König ihr Herrenmensch-ärgere-dich-nicht mitspielt. Wie er beim Iraner ankommt, streckt er sich und flüstert ihm ins Ohr.

Der Iraner, der dem Kenan sehr ähnlich schaut, nur viel weiter in die Höhe gezogen, schaut ganz verwirrt. Dann gibt ihm der König eine auf die Nasen, dass es sogar den Nazen ein „Da schau her!“ entlockt. Und der Anna einen entsetzten Schrei, weil sie ihren König so gar nicht kennt.

Das Blut schießt dem Iraner aus der Nasen, färbt sein weißes Hemd rot und den Boden dunkel, dass du meinst, Jackson Pollock wär dagewesen und hätt „Action painting“ gemacht. Der Iraner hält sich die Nasen, beobachtet die Nazen. Da will der andere, geradezu schwindsüchtige Iraner zum König. Seine Freundin, eine runde, resolute, mit ganz lieben Augen, versucht, ihn zurückzuhalten. Aber: keine Chance. Er reißt sich los. Rennt auf den König zu. Und noch bevor er ihn erreicht hat, macht der König einen Sprung nach vorn und gibt dem zweiten Iraner einen Magenschwinger. Der klappt stöhnend zusammen und seine Freundin rennt zu ihm hin.

„Und, verstanden?", sagt der König darauf, immer noch mit diesem Django-Gfries.

Die zwei Iraner nicken.

„Also, verschwinds!", hängt der König schreiend dran und zeigt mit dem Finger in Richtung Adolf-Hitler-Platz.

Der große Iraner nimmt seine Freundin bei der Hand, die der Anna sakrisch ähnlich schaut, weshalb der König schon die ganze Zeit schauen muss, dass er sie nicht immer anschaut. Aber vor allem, dass er sie nicht immer anschaut und lächelt, weil, er muss ja ernst dreinschauen. Was ihm aber relativ leichtfällt, weil er ganz genau gewusst hat, was passieren kann, wenn die vier nicht davonkommen.

Wie der Iraner mit seiner Freundin, das andere Paar gleich dahinter, dann vor dem SS-Zwergerl steht und vorbei will, streckt der seine Hand raus. Die Anna hält die Luft an. Und der König flucht ein „Zefix!" in sich rein.

Der SS-ler langt hoch, zieht das Bracke von Mannsbild am Ohr wie einen Schulbuben: „Da bleibst! Wann ihr geht, bestimm immer noch ich!"

Da ist es vorbei mit der Geduld. Der Iraner kriegt einen roten Schädel, schlägt die Hand von dem Stumpen-Nazi weg und gibt ihm einen Schwinger auf die Zwölf. Der Kleine torkelt. Fällt um. Was für die Nazen heißt, dass sie jetzt alles dürfen.

Die junge Frau, die der Anna nicht nur sakrisch ähnlich geschaut hat, sondern auch noch genauso alt war, das war die Aurelia. Sie ist zwar nicht am selben Tag wie die Anna auf die Welt gekommen

– es war also nicht so wie beim König und beim Schah –, aber immerhin im gleichen Jahr. Und sie war es, die da neben dem jungen Hünen, neben dem Boxer gestanden ist, der dem SS-Obersturmbannführer eine auf die Zwölf gegeben hat.

Was die feigen Nazen danach mit der Aurelia ihrem Freund gemacht haben, will ich an dieser Stelle gar nicht erzählen. Immerhin hat er's überlebt. Was sie mit der Aurelia gemacht haben, will ich noch weniger erzählen. Weil, sie ist danach auf dem Pflaster gelegen, in ihrem eigenen Blut, die ebenholzfarbenen Haare darin, und die feine Nase und die geschwungenen Lippen blutverkrustet. Ganz still.

Auch wenn die Nazibande geglaubt hat, dass sie rechtlich nix zu befürchten hat, ist sie vor Schreck davongehetzt, wie die Aurelia sie nur noch mit weit aufgerissenen Augen angestarrt hat.

Anna hat sich niedergekniet, die Hand von der Aurelia genommen, um den Puls zu fühlen. Der König hat versucht, sie wiederzubeleben. Bis ihr Freund ihn sanft an der Schulter weggedrückt und gesagt hat: „*Qaleb tohi kardan.*"

Und der König hat aufgehört, weil er gewusst hat, dass die Seele der Aurelia ihren Körper verlassen hat.

Als wollte seine Seele der von Aurelia folgen, hat ihr Freund angefangen, am ganzen Leib zu zittern. Der König hat mit den wenigen Brocken Farsi, die er gekannt hat, versucht, ihn zu beruhigen. Und dann hat es auch noch zu regnen angefangen, als würd der Himmel mit ihnen weinen.

Die Anna hat die Hand von der Aurelia gehalten und nicht mehr losgelassen, während die Tropfen auf sie eingeschlagen haben. Und da hat auch Anna am ganzen Leib gezittert, hat die Augen nach oben verdreht und die Seele von Aurelia willkommen geheißen. Der Regen hat das Blut von der Aurelia ihrem toten Körper und vom geschundenen Gesicht ihres Freunds auf das Kopfsteinpflaster gespült, wo es sich vereinigt hat. Und die Anna hat der Aurelia ihre Hand nicht mehr losgelassen, als wolle sie ihr danken.

In dieser Nacht hat sich der König nichts um seine Vermieterin geschissen. Zum einen aus Wut und Trotz den Nazen gegenüber.

Und zum anderen, weil er instinktiv gespürt hat, was für eine Chance da vor ihm gelegen hat. Die Aurelia, das hat der König verstanden, könnte nämlich dafür sorgen, dass die Anna nicht mehr weiter versteckt in seiner Wohnung leben müsste, in ständiger Angst davor, entdeckt oder von der Schamberger verraten zu werden, die sich eh schon regelmäßig beim König darüber ausgelassen hat, dass er in „schlampigen Verhältnissen" leben würd, und das, obwohl sie versucht haben, extra leise zu sein, wenn sie sich lieb gehabt haben, was der Anna gar nicht so leicht gefallen ist, weil sie den König eben so geliebt hat und noch viel mehr, wenn sie sich lieb gehabt haben.

Die Vermieterin, die alte Bissgurken, hat glücklicherweise schon geschlafen, wie die sechs Leut in die Wohnung vom König gekommen sind. Sechs, weil: Ihr Freund, der Boxer, hat sich nicht von der Aurelia trennen können und sie auf seinen Schultern hineingetragen. Dort hat der König das Gesicht vom Iraner notdürftig mit Jod versorgt, was dem seinen Schmerz nicht einmal im Ansatz betäubt hat.

Und dann haben sie bei einem Vogelbeerenbrand versucht, die Trauer und die Wut zu ertränken, die aber trotzdem immer wieder an die Oberfläche getaucht ist. Und in diesem Zustand aus Wut, Trauer und Rausch ist der Plan entstanden.

Erst war der Boxer skeptisch. Aber nach und nach hat er sich damit angefreundet. Weil, für ihn war das, als würd er den Nazen im Nachhinein noch eine mitgeben.

Im Iran hat der Imam in der Moschee derweil von der Kanzel den Adi als Propheten gepriesen. Von Weissagungen und Träumen hat er gefabelt, in denen der Zwölfte Imam in der Gestalt vom Adi von Gott auf die Welt geschickt worden wär. Da siehst du, dass nicht nur heute in den meisten Häusern, wo ein Gott drin wohnen soll, ein Schmarrn gepredigt wird.

Eingesackt

Holz findet Kenan keines. Oder besser gesagt, er sieht es nicht. Was nicht daran liegt, dass ihm das zweidimensionale Sehen fehlt wie dem Reza. Sondern weil ihm die Wut die Sicht vernebelt. Das ist erst einmal ganz gut für den König, der immer noch mit verbundenen Augen auf dem Folterstuhl sitzt.

Der König versucht, ruhig zu atmen, das Gewicht auszugleichen, ganz der Fakir. Weil, langsam tun die Stacheln schon ein bisserl weh. Vor allem am Hintern. Er denkt darüber nach, ob er die Pomuskulatur mehr hätte trainieren sollen. Das Stechen und Brennen wird stärker. Er hört Kenan fluchen, was an dieser Stelle jetzt nicht wörtlich wiederholt werden soll, und stöhnen.

Der sieht zwar das Holz vor lauter Wut nicht, aber dafür findet er einen Sack, einen überlebensgroßen Hanfsack, mit dem die Daumenschrauben, das Mecklenburger Instrument, der Polnische Bock, die Schandmasken, der Birnentrichter, all das, von dem ihr schon gehört habt oder später noch hören werdet und das die drei im feuchten Gewölbe im Keller des Burghotels von Rothenburg später noch zu spüren bekommen werden, in das Verlies transportiert wurden. Das einzig Angenehme in dieser brenzligen Situation war aus Sicht vom König der kurze Gedanke an die Anna. Und der Mühsam, der immer wieder um seine Waden geschlichen ist.

Batz! macht es plötzlich. „Fieep!“, hört der König die dicke schwarze Katze aufschreien. Und noch einmal *Batz!* Dann ist Ruhe. Auch vom Kenan ist jetzt nix mehr zu hören. Weil Reza die Katze wieder einmal gekickt hat, dieses Mal sogar gegen die Wand, wie einen Stofffußball aus Lumpen in den Straßen von Teheran oder Rothenburg, und das dem Kleinen vorerst noch die Sprache verschlagen hat.

Kenan derrappelt sich, schnappt sich den groben Sack, womit jetzt nicht der Reza gemeint ist. Er nimmt den König am Arm, noch viel zu sanft, packt hart zu und versucht, ihn hochzureißen. Was ihm nicht gelingt. König hört ein Schnauben. „Aufstehen, Eure Maje …“

„Ja, mein treuer Diener“

Kenan führt ihn in die Mitte des Raumes. Dem König sein Atem wird schneller. Einatmen, ausatmen, einatmen, ausatmen. Eins, zwei, drei, vier, fünf, sechs …

„Mitkommen“, sagt Kenan zögerlich.

Die Katze kreischt wieder vor Schmerz. Der König hört ein Kratzen: Krallen gegen Hanffasern, Tierische Kraft gegen menschliche Gewalt. Sieht nicht, dass Kenan die arme Katze in den Sack zu packen versucht, sie ihm aber immer wieder entfleucht. Der Kleine jagt der Katze hinterher. Stößt sich an der Eisernen Jungfrau das Knie, am trockenen Zug die Nase. Flucht: *„Reedee!“*

Der König ist froh, dass er nicht, wie im persischen Sprichwort, geschissen hat, was im Deutschen einem „Du hast verschissen!“ gleichkommt.

Kenan packt das Viech so fest am Hals, dass das alte, gemütliche Katzentier keine Luft mehr bekommt. Und leblos im Sack landet. Der wird mit einem Strick verschnürt. Die Katze kommt langsam wieder zu sich. Saugt die Luft gierig ein, die durch die groben Poren dringt. Was gut ist für den Kenan ist, sonst wären das aufgeschlagene Knie und das Nasenbluten völlig umsonst gewesen.

„Und jetzt zu …“, sagt Kenan und Reza unterbricht ihn, bevor der Kleine wieder irgendwas von „Ihre Majestät“ faseln kann: „Jetzt zu dir. Ausziehen!“

Der König antwortet: „Kenan wird sich verkühlen, wenn er hier, in diesem kalten Kellergewölbe, nackt arbeiten muss.“

Das bringt Bewegung in den Kleinen. Er reißt dem König den Designer-Anzug vom einen Arm. Zieht ihn über den Rücken. Dann vom anderen Arm. Zerrt an der Krawatte. Die schnürt den Hals zu. Die Luft wird knapp.

„Reza“, stößt der König heißer aus, „es ist absolut in Ordnung, wenn Sie dem Wunsch nach einem gesunden Auge nachgehen.“

Der rüde Striptease stoppt. „Was?“, fragen Reza und Kenan gleichzeitig.

„Ich finde es absolut nachvollziehbar, dass Sie unserem Deal nachgegeben haben.“

„Wie bitte?", fragt Reza.

„Was habt ihr für einen Deal, Chef?", fragt Kenan.

„Keinen."

„Ach, darum bist du so nachlässig", sagt Kenan.

„Keineswegs."

„So rücksichtsvoll hab ich dich noch nie bei einem Verhör erlebt."

„Reza ist unsicher ...", schaltet sich der König ein.

„Keineswegs!"

„Aber ..."

„Reinsteigen!", befiehlt Einauge.

Kenan bewegt sich nicht, den Hanfsack vor seinen Füßen, starrt seinen Chef an. Nun ist zur Wut auf den König auch noch der Zorn auf seinen Chef gekommen, der ihn regelmäßig demütigt.

„Reinsteigen!", brüllt der ein zweites Mal und zerrt den König zum Sack.

Hoffentlich geht der Schuss nicht nach hinten los, denkt der König und hebt den Fuß, weiß, was jetzt kommt. Weil er Kind war. Und weil er viel über den Iran und die Folter im mittelalterlichen Deutschland gelesen hat. Er spürt was Weiches unter den Füßen. Möchte nicht auf den alten Mühsam steigen. Versucht auszuweichen. „Kccchht!", faucht sie.

Verdammt, denkt König und beißt sich auf die Zunge, um es nicht auszusprechen. Er spürt eine Hand auf seinem Kopf. Die ihn nach unten drückt, zögerlich, dann ohne Gnade. Er geht in die Knie, um nicht unnötig Widerstand zu leisten. Spürt den groben Hanf zuerst an den Händen. Dann am Hals und im Gesicht. Er wird weiter nach unten gedrückt. Muss in die Knie gehen. Der Sack wird über ihm geschlossen. Dem König sein Atem wird wieder schneller. Einatmen, ausatmen, einatmen, ausatmen. Eins, zwei, drei, vier, fünf, sechs ... Im Iran, in den Kerkern von Isfahan, haben Reza und seine Folterbrüder Regimegegner oder die, die es zu sein scheinen, in Säcke von der gleichen Größe gesteckt. Und darin wartete auf sie eine ausgehungerte, fuchsteufelswilde Katze. Wie jetzt auf den König. Wie im Mittelalter in Rothenburg. Die Gefolterten stiegen verkratzt, zerschnitten, blutig aus den Säcken, das Fleisch hing in Fetzen vom Körper.

Der König spürt das weiche Fell und den warmen Katzenkörper an seinem Hintern. Wie wohl das tut, nach dem Sitzen auf dem Folterstuhl. Die Katze dagegen versucht, sich dem Arsch zu entwinden. Faucht. Kratzt.

„Schh!“, versucht der König, sie leise zu besänftigen.

Die Katze faucht wieder: „Chhhr!“

Kenan und Reza reiben sich die Hände vor Freude.

„Schh!“, macht der König wieder. Aber die Katze biegt und windet sich. Springt auf seine Schultern, zerkratzt ihm den Hals, ein brennender Schmerz. Strampelt wie wild seinen Rücken herunter. Zerreißt das Hemd. Hinterlässt tiefe, tobende Wunden auf seinem Rücken. Aus denen Blut fließt.

Kenan vergisst vor lauter Freude über das endlich gelungene, fortschreitende Foltern, seinen Chef zu fragen, was das denn jetzt für ein Deal mit dem König war und ob er den wirklich geschlossen hat. Und Reza vergisst seine Kippen.

Aber nur für eine Sekunde. Dann erinnert ihn sein Körper daran. Und obwohl die Katze ganz schön um den König herumfuhrwerkt, hört der in einem Moment der Stille, wie Rezas Magen laut lospoltert und ihm das fehlende Nikotin wenige Sekunden später ein „Bumbsi“ entfahren lässt, wie es Königs Eltern genannt haben. Es dauert auch nicht lange, bis der Mief durch die Hanffasern an Königs Nase dringt. Und wie durch ein Wunder beruhigt der Gestank die Katze zumindest insofern, dass sie jetzt von Königs Rücken ablässt. Vielleicht, weil er was Animalisches hat, der die Katze an eine Affäre erinnert.

Reza dagegen hat einen roten Schädel auf und ist dermaßen froh, dass der König ihn nicht sehen kann und der Kenan derart fasziniert von dem Schauspiel in dem Sack ist. Der Kleine ist ganz Auge, Geruchssinn verliert gegen Sehnerv.

Der König nutzt die Gelegenheit und langt nach dem Mühsam. Fährt zärtlich, aber bestimmt über das weiche, warme Fell. Und sofort wird die Katze ruhig. Macht erst noch einen Katzenbuckel. Dann legt sie sich neben den König, der versucht, sich ebenfalls so gemütlich wie möglich hinzusetzen in seinem kleinen Gefängnis. Draußen, im Keller, fasziniertes Schweigen. Irgendwann fängt Mühsam zum Schnurren an. Und der König hört plötzlich, ausgenommen höflich: „Entschuldige mich, Kenan."

Reza verschwindet, getrieben vom Darmdrang.

Jetzt ist es nicht so, dass durch Rezas Höflichkeit – oder seine Winde – Kenans Wut wie weggeblasen gewesen wär. Kein Wunder angesichts dieses fauligen Gestanks. Verursacht vom Frühstücksbuffet des Hotel Eisenhut mit Eiern, Schinken und Speck. Falls du mich gerade fragen wolltest, wie das zusammengeht, wo Reza doch ein Muslim ist: Ist er nicht, Reza ist Agnostiker. Nein, Kenan hat es sogar noch mehr angestachelt, mit dem König im Keller allein zu sein. Also schaut er sich im Kerker um: der Folterstuhl mit den Eisenspitzen, dessen Füße und Lehnen aus Holz sind. Die Streckbank mit dem gespickten Hasen, mit den messerscharfen Spitzen.

Ah! Die Halsgeige, auf der du nur das Lied der Schande spielen hast können und die im Mittelalter zu den Ehrenstrafen gezählt hat. Ein Pranger „to go", quasi. Einmal „small" – für eine Person, der Hände und Kopf eingespannt wurden –, einmal „large" – das Zankbrett für zwei Personen, zum Beispiel ein Gangsterduo oder ein geiferndes Ehepaar. Aber nein …

Dann bleibt sein Blick am Wagenrad mit den hölzernen Speichen und dem verrosteten, aber immer noch scharfen Blatt hängen. Mit dem in der Vergangenheit nicht wenige gerädert wurden, bei lebendigem Leib, blutig zerteilt.

Mox-e kasi ra xordan, denkt Kenan.

Ich werde dein Hirn fressen.

Er hebt das Rad an. Über den König im Sack. So hoch er kann. Spannt die Muskeln an. Und schmettert es mit der Klinge nach unten …

Krönung und Nachwuchs

Freilich war die Hochzeit vom König und der Anna, die jetzt offiziell Aurelia geheißen hat, viel bescheidener wie die vom Schah und seiner Prinzessin Fausia von Ägypten in Kairo. Dafür war die Liebe zwischen den beiden viel größer, sofern sie beim Schah überhaupt vorhanden war. Weil, der hat ja vor allem im Hinterkopf gehabt, endlich einen Thronfolger zu produzieren. Und die halbe Welt hat mit herumgschaftelt, warum eine Ehe zwischen dem Schah und der Fausia sinnvoll wär. Vor allem der Mustafa Kemal Atatürk, der Begründer der Türkei, hat gemeint, dass es der Region was bringen wird.

Beim König und der Anna dagegen ist es ums Überleben gegangen, weil die Anna Jüdin war und am 16. März 1939 das Schweinderlgesicht mit nicht wenigen Rothenburgern alle jüdischen Nachbarn aus der Stadt vertrieben hat. Darunter übrigens auch den Isaak mit seinen schwarzen Locken, der mittlerweile ein Mann war, wie der König. Wenn du jetzt sagst „Das mit dem Kreisleiter und den Juden hast du schon erzählt“, dann sag ich: „Das stimmt, aber das kann man gar nicht oft genug erzählen, weil heutzutag viel zu viele erzählen, dass das schon oft genug verzählt worden ist.“

Nach der Hochzeit sind der König und die Anna überaus froh gewesen, wie sie in der Hochzeitsnacht ihre Ruhe gehabt haben.

Du brauchst nicht glauben, dass der König die Anna nach der Feier in ihrem Zimmer im Hotel Eisenhut über die Schwelle getragen hat. Gar nie nicht! Übermütig sind sie, Hand in Hand, über die Weinsteige und die Doppelbrücke zum heutigen Hochzeitswäldchen hinaufgestiegen, das es damals noch gar nicht gegeben hat. Bis zur Schanze, wo die Skispringer später runtergerauscht sind und die übrigens heute noch zu sehen ist. Auf dem Weg dorthin haben sie sich getratzt als wären sie frisch verliebt. Freilich nicht mehr ganz nüchtern, weil es ja schon was zum Feiern gegeben hat. Der König hat die Anna immer wieder ins Genick geküsst, weshalb sie lachen hat müssen, und die Anna hat ihm dafür ins Ohr gepustet.

Kurz bevor sie oben waren, hat der König ihr den roten Lippenstift aus der Handtaschen stibitzt. Er ist zum Denkmal gewetzt, hat dem Bismarck die Lippen angeschmiert und ihn auf den Mund geküsst. Dann hat er sich hinter dem wuchtigen Stein versteckt und, wie der Bismarck einst, Maximilian von Schenkendorf zitiert: „Denn nur Eisen kann uns retten, / Und erlösen kann nur Blut / von der Sünde schweren Ketten, / Von des Bösen Uebermuth."

Danach ist die Anna zu ihm geschlichen und hat ihn mit einer gehörigen Portion Schalk im Nacken erschreckt. Sein Vater hätte das „Kasperltheater" geheißen, aber für den König war dieser Übermut, den er nur mit ihr leben hat können, ein Grund, warum er seine Anna derart geliebt hat.

Und dann haben sie sich geliebt, in dieser warmen Märznacht, hinter dem Rücken vom Bismarck.

Später haben sie sich auf die Holzbank neben dem Denkmal gesetzt. Keineswegs um Rothenburg anzuschauen, wie es so viele machen, wenn unten, im Taubertal ein Feuerwerk abgeschossen wird, weil: Feuerwerk hat in diesen Tagen nix Gutes verheißen. Nein, sie haben ihre Köpfe ins Genick gelegt und die Sterne am Himmel bewundert, vor allem den großen Wagen. Dabei haben die zwei, ohne darüber zu reden, an die Aurelia gedacht, die der Anna das Leben geschenkt hat. Und beide haben gehofft, dass es ihr jetzt besser geht.

Freilich ist es, wie schon erwähnt, beim Schah in Kairo um einiges pompöser zugegangen, wie er die angeblich schönste Frau von Ägypten geheiratet hat, mit ihrem herzerlförmigen und seltsam käsigen Gesicht mit den durchdringenden blauen Augen. Andere haben dagegen gefunden, dass sie ein bisserl ausschaut wie eine Enten, mit ihren schmalen Augenbrauen. Was wieder einmal zeigt, wie viel im Auge des Betrachters liegt.

Am 27. Oktober 1940 dann hat der König die Hebamme von der Haushälterin rufen lassen, weil dieses Mal für seine Frau die schwere Stund gekommen war. Und währenddessen ist ihr der König, was damals noch die absolute Ausnahme war, keine Sekunde von der Seite gewichen. Nicht, als die Fruchtblase wie mit einem Donnerschlag geplatzt ist, nicht, als sie gespien hat, nicht, als sie ihm während der Wehen fast die Hand gebrochen hätt, und auch nicht, als ihr Kind, die Aurelia, herausgeschlüpft ist.

Dreimal hat der König noch „er“ zu ihr gesagt, weil sogar die Leut auf der Straß ihnen monatelang eingeredet haben, dass es ein Bub werden wird. Wegen der Bauchform: weil der von der Anna eher spitz war. Gefreut hat er sich trotzdem über sie, wie er erkannt hat, dass es ein Mädl ist. Ganz im Gegensatz zum Schah, der selbst im darauffolgenden Wochenbett seiner Kaiserin keine Ruh gelassen hat, um endlich einen Thronfolger zu bekommen.

Das Verhalten vom Schah im Wochenbett war genauso blutig wie das vom Hitler auf der ganzen Welt. Und doch hätt sich der Schah nicht als der „größte Feldherr aller Zeiten“ titulieren können, sind doch im August 1941 die Russen im Iran einmarschiert. Und dann ist alles ganz schnell gegangen: Der Schah Vati hat abgedankt und der halbstarke Schah Reza ist schon einen Monat später zum Kaiser gekrönt worden.

Und genau an dem Morgen, du wirst es glauben oder nicht, hat der König Senior seinen Sohn ins Arbeitszimmer geholt. Dort hat er sich eine Zigarre angezündet und auch ihm eine angeboten. Der König hat sogar eine genommen, obwohl ihm davon immer schlecht geworden ist, aber er hat gewusst, dass das zum Spiel dazugehört. Und dass dieses Spiel ihm das Leben retten wird. Wie ihm und auch der Anna schon so oft ein Spiel das Leben gerettet hat.

War doch der Krieg in Griechenland, der Sowjetunion und auch andernorts zu jener Zeit bluttriefende Realität. Und der König wollte keinesfalls, dass seine Anna zu denen gehört, die an der „Heimatfront“ ihre Schönheit für ihren „Mann an der Front“ pflegen und erhalten sollen, wie es die Anzeigen in den Zeitungen damals verkündet haben. Und dann war da noch der Judenstern und die jetzt zur bitteren Gewissheit gewordenen Nachrichten von den Gaskammern, in denen auch die Eltern von der Anna ermordet worden sind.

Auch im König Vati seinem Darm wütete der Krieg. Sein Morbus Crohn war nämlich immer krasser geworden: Bauchkrämpfe, Durchfall, Gewichtsverlust. Er hat ein bisserl ausgeschaut wie das Skelett, das im Biounterricht immer der bravste Streber aus dem Raum mit den Lehrmaterialien herausholen hat dürfen und das die Schüler flüsternd „Eichmann" genannt haben. Darum hat der König Senior sein Amt als Direktor immer schlechter ausführen können, sind ihm immer mehr Fehler unterlaufen, was die Schüler freilich genossen haben, weil der einst so strenge Herr Direktor schon einmal verpeilt hat, einen Verweis auszustellen oder das spanische Röhrle herauszuholen.

Wie sie gerade die ersten Rauchschwaden gepafft haben und der König den Husten hat unterdrücken müssen, ist in der Wochenschau im Radio verkündet worden, dass Todesurteile wegen Abhörens von ausländischen Rundfunksendern ausgesprochen worden sind und dass man Kartoffeln nur noch als Pellkartoffeln zuzubereiten dürfe, weil die Schale ja auch gesund sei.

„Bartholomäus", hat der König Vati angefangen und der König hat gewusst, dass er mit seiner Vorahnung richtig gelegen ist.

Die Zigarre in dem Vati seiner Hand hat Kreise in die Luft gezeichnet, wie die Bomber beim Angriff auf Stalingrad. „Die letzten Jahre habe ich die Jakobsschule …"

Und dann hat der Herr Direktor geredet und geredet und seine Worte waren für den König wie der Qualm der Zigarre, unangenehm, aber immer gleich wieder verschwunden. Er hat seinen Vater angeschaut, die Falten, die hängenden, vom Leben schwer gewordenen Mundwinkel, und immer wieder genickt, damit er nicht eingeschlafen ist.

Und wie der Herr Direktor dann endlich, die Zigarre war fast gänzlich verbrannt, zum Punkt gekommen ist, hat der König seine Ohrwascheln wieder aufgesperrt, sich aufrecht hingesetzt und voller Überzeugung gesagt: „Sehr gerne werde ich dein Nachfolger in der Schule."

Der König ist kurz darauf in den Klosterhof 5 gezogen, ganz in der Nähe der Schule. Dort, wo heute das Toppler Theater drin ist.

Weil die Anna weiter in Nürnberg wohnen hat müssen, damit sie in Rothenburg nicht wiedererkannt wird, hat sich bei der Familie leider noch keine Ruhe eingestellt. Und auch wegen dem König seiner Rolle als Direktor, in der er für Ordnung sorgen hat müssen, vor der er ja eigentlich immer geflüchtet ist. So war die innere Unordnung bei Königs gewaltig. Im Hause Pahlawi dagegen war die Unordnung drinnen wie draußen groß, weil: immer noch kein Thronfolger.

Gerädert

Der König und die Katze harren immer noch in dem dunklen, engen Sack aus. Der König hat sich mittlerweile selbst die Augenbinde abgenommen. Den weichen Mühsam im Arm, spürt er seinen Puls pumpen.

Kenan hält das Holzrad mit der scharfen Eisenklinge über sich. Atmet tief ein. Spannt die Muskeln an. Und schleudert es mit aller Kraft, mit all der Wut, die sich durch die Demütigungen Rezas, die Demütigungen seiner Klassenkameraden und der Kinder auf der Straße angesammelt hat, nach unten.

Es kracht höllisch, als das Rad auf dem Boden des Gewölbekellers aufschlägt. Die Katze jault. Der Schmerz fährt in den Körper vom König. Und in Kenan stellt sich eine tiefe Zufriedenheit ein.

Mit einem gezielten, aber sanften Griff nimmt der König Mühsams Tatze und zieht die Krallen aus seiner Wade. Ein Blutstropfen rollt hinunter und wird von den schwarzen Socken aufgesaugt. Der König fährt Mühsam über das seidige schwarze Fell und der fängt an zu schnurren.

Kenan indes fühlt sich gereinigt wie nach einem stundenlangen Aufenthalt im SAVAK-eigenen Hamam. Er sammelt die Holzspeichen auf und trägt sie hinüber zum Ofen in der Ecke. Auch die eisernen Überbleibsel des Rades schafft er dorthin. Die Spreißel kehrt er mit Schaufel und Besen auf. Er will seine Arbeit jetzt richtig machen. Er wird es Reza zeigen, wie er die Wahrheit aus diesem Betrüger herausfoltern kann. Bei dem Gedanken bleibt er stehen: Reza ist sich so sicher, aber … Was ist, wenn es sich doch um seine Majestät handelt?

Dann hat er seine Majestät mit einer Katze in einen Sack gesperrt, die ihn verletzt hat. Den Schah-in-Schah, Herrscher über Leben und Tod im persischen Reich und weit darüber hinaus.

Aber er hat einen Auftrag. Und vor allem ist er nicht verantwortlich für die Folgen. Reza ist der Verantwortliche. Er könnte dem Schah erklären, dass er versucht hat, ihn auf den richtigen Weg zu bringen.

Er, Kenan, den Schah auf den richtigen Weg bringen? Bei dem Gedanken stellen sich die Haare an seinen dürren Unterarmen auf. Gänsehaut verwandelt Arm in Sesamring. Haut und Haare stellen sich seinen Gedanken entgegen.

Er legt Schaufel und Besen mit den Holzspreißeln neben dem Ofen ab und geht zum Sack mit dem König darin. Öffnet die Schnur.

„Hallo?“, flüstert er zögerlich.

Keine Bewegung. Kein Laut.

„Hallo?“

Wieder keine Reaktion. Da, ein Scharren der Katze. „Ihre Majestät … können Sie mich hören?“

„Kenan, mein treuer Diener“, ächzt der König theatralisch, wie damals in der Theatergruppe als sterbender König Lear.

„Warten Sie, ich helfe Ihnen heraus.“

„Ich wusste doch, dass ich mich auf Sie verlassen kann.“

Kenan hievt den König aus dem Sack. Mit der Katze auf dem Arm. Seine grauen Haare stehen nach allen Seiten ab, wie bei Sid Vicious, dem Bassisten der Sex Pistols. Krumm und bucklig steht er da. Seine Beine sind eingeschlafen, bitzeln. Er versucht sich aufzurichten, sackt aber zusammen. Hält sich an Kenans Arm fest.

„Warten Sie, Eure Majestät.“ Der Kleine sieht sich nach einem Stuhl um, findet aber nur die wackeligen Hocker und den Folterstuhl, zuckt davor zurück. Was habe ich bloß getan?, schießt es ihm durch den Kopf. Mein Gebieter auf dem Stuhl, auf den Stacheln, gedemütigt. Das bedeutet mein Ende. Aber ich habe doch nur meine Arbeit getan! Befehle von Reza befolgt.

Also setzt er den König auf den Hocker am Verhörtisch. Der lässt sich stöhnend nieder, wie ein alter Mann in der Sauna oder im Hamam, für den das restliche Leben nur Sinn ergibt, wenn es mit Leiden verbunden ist. Zuvor schnappt Kenan sich sein Sakko und legt es über die auf der Tischplatte angebrachten Daumenschrauben. „Darf ich Ihnen etwas zu trinken bringen, Eure Majestät?"

„Sehr gerne, mein treuer Kenan", stößt der König aus. „Und bitte auch ein wenig Wasser für die Katze. Mein treuer Wegbegleiter in der letzten dunklen Stunde."

„Ist Ihnen kalt, Ihre Majestät?"

„Für mein Sakko wäre ich Ihnen sehr dankbar."

Kenan wühlt im Hanfsack. Sieht das zerschlissene Hemd mit dem mittlerweile getrockneten Blut und den tiefen Kratzern der Katzenkrallen. Wird immer nervöser.

Soll ich mein Hemd ausziehen und es dem Schah geben? Er schnuppert unter seinen Achseln, riecht, dass sein Deo versagt hat. Schüttelt den Kopf. Legt dem König sein Sakko über die Schultern. Streicht es glatt. Der König zuckt zusammen, lässt aber keinen Schmerzenslaut von sich, da dies dem Schah nicht würdig wäre.

„Möchten Sie etwas trinken, Ihre Majestät?", fragt Kenan noch einmal.

„Gern", krächzt der König, lässt die Stimme beim zweiten „e" noch einmal dramatisch brechen und dreht damit die Daumenschraube um Kenans schlechtes Gewissen noch ein Stückerl weiter an.

Hilfesuchend sieht sich Kenan um. In den Gewölbebögen, auf den Truhen, zwischen den Foltergeräten. Da entdeckt er ein Weinglas, mit einem vertrockneten Rest des Rebensaftes. Er geht zum Waschbecken, öffnet den Hahn, wo ihm eine rotbraune Brühe entgegenkommt. Er lässt es laufen, irgendwann wird das Wasser klar. Er wäscht das Glas aus, reibt mit den Fingern im kalten Nass, es brennt, weil er sich einen Spreißel eingezogen hat bei seiner Zertrümmerungsaktion. Trocknet es außen mit seinem Hemd ab und trägt es hinüber zum Schah. „Hier … mein Gebieter."

Der König trinkt kommentarlos.

Kenan geht hinüber zum Ofen. Nimmt einen Prospekt des Burghotels, zerreißt und zerknüllt ihn. Will ihn in den Ofen werfen. Aber die Ofenklappe ist derart verrostet, dass er sie nicht aufbringt. Er zerrt, zieht, ruckelt daran.

Der König überlegt, ob er ihm Hilfe anbieten soll, gönnt seinem trockenen Mund dann aber lieber noch einen Schluck des kalten Wassers, obwohl es eisern, nach alten Rohren schmeckt.

Kenan stemmt sich mit den Füßen gegen den Ofen, wie zuvor, als er dem Schah den Ehering abziehen wollte, erinnert sich daran, kurz bevor sich die Klappe öffnet, und landet dieses Mal nicht auf dem Hintern.

Die Zündhölzer sind alt und feucht. Drei zerbrechen, bei weiteren dreien bröckelt das Rot ab, das Siebte entzündet sich träge, entflammt das klamme Papier. Die Flamme greift auf die Holzschnipsel und die Speichen des zertrümmerten Folterrades über. Doch dann: Stillstand. Der sich in dickem, schwarzem Rauch manifestiert. Der aus der Klappe steigt, sich aus dem rostig-roten Ofen windet, die poröse, graue Wand entlangschleicht und sich an der Decke zu einer unheilverkündenden Wolke sammelt.

Kenan hält sich die Hand vor den Mund, hustet. Auch der König beginnt zu husten. Die Katze Mühsam schleicht zur Tür, kratzt mit den Pfoten am rauen Holz. „Kenan, sollten Sie vielleicht die Tür öffnen, damit der Ofen durchziehen kann?"

Der Kleine sieht erst zur Tür, dann zum König, dann wieder zur Tür. Spürt Rezas Schlag im Nacken, wie er ihn an den Ohren zieht. Sieht den Schah-in-Schah vor sich, mit einem zerkratzten Rücken, für den er verantwortlich ist.

„Kenan." Der König hustet. „Mein treuer Kenan? Lassen Sie uns diesen unwirtlichen Ort verlassen und zurückkehren in unsere Heimat."

Kenan würde nichts lieber tun als das, seinen Herrn und Gebieter in Sicherheit bringen. Vor Reza. Zu seiner Gattin, der hochwohlgeborenen Kaiserin. Der Sauerstoff wird jetzt so knapp, dass beide aus dem Husten, Keuchen und Röcheln nicht mehr hinauskommen. Kenans Denken verlangsamt sich. Kreist um Reza, den Schah, die Kaiserin. Das Kohlengas ist in Kenans Blut angekommen, zirkuliert durch seinen Körper wie der Terror des iranischen Geheimdienstes durch die persische Gesellschaft. Er wird immer schwächer, müder. Auch die letzten Stunden haben seiner im Grunde sensiblen Seele zugesetzt. Er sieht das Meer mit seinem Kaspi-Fisch, die Stadt Rascht ohne Stadtmauer und den alten Basar, der nur den Himmel als Dach kennt, was du sonst nirgends im Iran findest. Er schleppt sich zur Tür, klappt wenige Meter vorher zusammen.

Die Nazen sind zurück!

Voraussetzungen, die eine zwingende Schlussfolgerung zulassen, nennt man, wie jeder Mittelschüler in und außer Dienst gerne bestätigen wird, Prämissen. Die folgende wahre Geschichte hat der Prämissen zwei. Erstens: Kunst und Wirklichkeit sind in der Lage, die seltsamsten chemischen Verbindungen einzugehen. Zweitens: Die Rothenburger sind lustig.

An einem grauseligen Sonntag, dem 26. November 1950, ist in Rothenburg wieder was passiert. Und damit meine ich jetzt nicht die bayerischen Landtagswahlen, bei denen die Schwarzen das schlechteste Ergebnis in ihrer Geschichte kassiert und die Roten die relative Mehrheit in Bayern eingefahren haben. Der König und die Anna sind gerade vom Wählen aus dem Rathaus gekommen und die Treppen runtergestiegen. In ihrer Mitten die zehnjährige Tochter Aurelia, die Wollmütze auf dem Kopf.

Da hört die Anna ein Dröhnen, das ihr unheimlich bekannt vorkommt, und ihr zieht's die Eingeweide zusammen. Ein Kübelwagen biegt aus der Hafengasse auf den Marktplatz. Gefolgt von einem Opel Blitz Mannschaftswagen, vollbesetzt mit finster dreinschauenden Wehrmachtssoldaten mit geschultertem Karabiner. Die Anna stolpert die Stufen herunter, bohrt ihre Fingernägel so fest in dem König seine Hand, dass er am liebsten laut losschreien tät. Tut er aber nicht, sondern funktioniert nur und führt die Anna und seine Tochter so ruhig wie möglich über den Marktplatz und um die Ecke vom Goldenen Lamm. Durchs enge, schattige Lammwirtsgässchen huschen sie auf die andere Seite vom Gasthof, mit dem goldenen Lamm über dem Eingang.

Da poltert auf einmal einer von oben: „Mir misse alli die Fahne naushenge!"

Und wie sie schauen, wo die Stimme herkommt, da sehen sie den roten Schädel vom Jessl, vom Wirt. Es folgt seine Hand mit der Fahne, die einmal „mehr als der Tod" war. Und die rollt der jetzt vor den Augen vom König, der Anna und der Aurelia zum Fenster naus. Ohne sie vorher abzuklopfen, weshalb die Spinnweben wie wild fliegen, Teufelshaare heißen die Leute sie. Wenn das der Adi gesehen hätt ...

Die Fahne weht also wie ehedem im Wind. In Richtung des fahlbraunen Hauses, Kappelenplatz 3, schräg gegenüber. In der Wand ein eingelassenes Sprücherl in Frakturschrift:

Dieses mein Haus
Und mein Vaterland
Behalts o Gott in
Deiner Hand.

Die drei schleichen vorsichtig über den Kapellenplatz zum Seelenbrunnen, ohne ein Wort zu wechseln, biegen in die schmucklose Stollengasse ein, die erst wieder nach und nach aufgebaut worden ist und darum keinerlei Fachwerk zu vermelden hat. Und auch die Aurelia, die von klein auf ein Gefühl dafür gehabt hat, wann man reden und wann man sich lieber auf die Zunge beißen soll, ist stad. Im Pfeifersgässchen gehen sie an einem Schutthaufen vorbei und an den bleichen Häusern. Recht haben die Amis gehabt!, denkt der König in seiner Wut über die Wiederkehr der Verbrecher.

Am Markusturm vorbei huschen sie über die Rödergasse. Aber so, dass es keinem von den Nazis auffällt. Wobei sie seit dem Jessl oben am Fenster keinen mehr gesehen haben. Aber wer weiß, ob die hinkende Frau mit dem Korb nicht einer ist oder der Jugendliche in seiner Lederhosen? Betont konfidenziell biegen sie in den Alten Stadtgraben ein. Die Anna flüstert: „Wo willst eigentlich hin?“ Aber der König kommt gar nicht dazu zu antworten, sondern reibt sich die Augen, weil er glaubt, er sieht nicht recht. Und die Anna kriegt eine Gänsehaut. Überall Leut, die wie im Krieg ihr Hab und Gut auf quietschenden Holzkarren schieben. Pappkartons schleppen. Dazwischen Wehrmachtssoldaten mit verbundenen Schädeln und Krücken. Vor einem Waffen-SS-Mann mit Augenklappe zuckt die Anna merklich zusammen.

Irgendwie schaffen sie's bis zum Ende vom alten Stadtgraben. Ohne aufgehalten zu werden. Gehen lieber nicht in die bucklige Goldene Ringgasse, weil's zu auffällig wär. Der Anna ihre zitternden Knie haben sich gerade wieder a weng beruhigt. Da schießt der Siebert Ludwig aus der Oberen Schmiedgasse, rum ums Eck. Schmettert lauthals: „Die Fahne hoch! Die Reihen dicht geschlossen!“ Marschiert den Berg runter. Flankiert von Fachwerkhäusern. Mit einem Stock im Arsch.

Sie ignorieren ihn einfach und gehen weiter bergab zum Plönlein. An der Oberen Schmiedgasse 5 muss der König unweigerlich daran denken, wie der Lehrer Götz die Lina Ehrmann gedemütigt und geschlagen hat. Und das soll jetzt alles wieder von vorn anfangen?

Sie schauen, dass sie weiterkommen. Der König denkt ans Exil: Amerika, Südamerika, aber alle drei können s' kein Spanisch. Außerdem kann's passieren, dass sie dort wieder Nazis treffen, grad in Argentinien. Dann geht's am Hotel Goldener Hirsch vorbei, am Sieberstor, natürlich ordentlich auf dem Gehweg daneben, ins Spitalviertel. Sie schnaufen erleichtert aus, weil sie fünf Minuten lang keinen mehr von den Nazen gesehen haben. Der

König wär erleichtert gewesen, wenn er mit seiner Anna und der total verstörten Aurelia schon – wie heute – beim Ruckesser den Durchbruch durch die Stadtmauer hätt nehmen oder auf die überdachte Stadtmauer steigen können. Weil, gefühlter Überblick. Aber damals war die ja zerstört vom Krieg und sie mussten noch ein bisserl weitergehn, rechts am Stacheldraht vorbei und dann über eine provisorische Leiter endlich rauf auf die Mauer, wo die Aurelia gestolpert ist, sich einen Spreißel eingezogen und zum Weinen angefangen hat.

Auf der Mauer laufen sie parallel zur Spitalgasse, um aus der Stadt raus und von den Nazen wegzukommen. Wohin, überlegt der König jetzt nicht weiter. Nur einzelne Schutthaufen erzählen noch vom Krieg. Und das soll jetzt wieder alles von vorn anfangen?, denkt der König noch einmal, weil er's einfach nicht glauben kann.

Er schaut auf die Fachwerkhäuser, die sich ihre Dächer wie bemooste Mützen über die Ohren ziehen als würden sie wieder einmal nicht hören wollen, was draußen vor sich geht. Er schaut in die Gärten der Rothenburger, in ihre Wohn- und Schlafzimmer, wo vereinzelt Kerzen brennen. Auf den Apfelbaum ohne Laub, die Rosen ohne Blätter. Dahinter spitzt das aufsteigende Taubertal auf, das den König in dem Moment nicht im Geringsten beruhigt.

Wie die Anna den Erich, den späteren Bürgermeister Dr. Lauterbach, in seinem Garten auf dem Rasen knien sieht, bleibt sie dermaßen abrupt stehen, dass der König in sie hineinrennt und sich das Kinn an ihrem harten Hinterkopf anhaut. Der Lauterbach schaufelt mit seinen Pratzen wie ein Maulwurf in der braunen Erde, dass sie nur so durch die Luft fliegt. Die Hose ist ihm runtergerutscht, dass die Anna sieht, was kein Mensch sehen will; weshalb sie der Aurelia die verweinten Augen zuhält. Dem Lauterbach ist das egal, weil er hofft, wiederzufinden, was er vergraben hat, nachdem ihn die Amis unter Hausarrest gestellt hatten. Mit einem freudigen „Heil Hitler!" begrüßt er sein Parteibuch dann auch und reckt es dem grauen Himmel mit ausgestrecktem Arm entgegen. Dann erst fällt ihm auf, dass es dem Adi ganz schön ähnlich schaut. Nachdem der verbrutzelt, zehnmal vergraben, wieder ausgegraben worden und zu guter Letzt von der Schweinebrücke als Asche in einen kleinen Nebenfluss der Elbe gekippt worden ist; die armen Fische.

Weil die Anna und der König das Trauerspiel vom Erich nicht mehr sehen wollen und die Aurelia es nicht sehen soll, hasten sie weiter auf der Burgmauer entlang. Aber die Flucht hilft ihnen nur insofern, als dass sie jetzt statt der Falte vom Erich die brutalen Krampfadern von der Margot anschauen müssen. Die hat nämlich, wie sie gehört hat – wobei, gehört hat sie nimmer viel, weil ihre acht Kinder enorm viel geplärrt haben; eigentlich nur noch das, was sie hat hören wollen – also, wie sie gehört hat, dass die Nazen in der Stadt sind, hat sie die Holzleiter aus der Schupfa geholt. Die hat sie an die Eiche gelehnt, die jetzt einfach nur noch ein Baum war, und ist raufgeklettert. Dann hat sie das Vogelhäuserl durchsucht, gefunden, was sie gesucht hat – wenn auch verschissen, verklebt, verkrustet, voller Äste und Gras. Mit Silberpolitur hat sie's geschrubbt, obwohl es ein goldenes Mutterkreuz war. Und es sich als „sichtbares Zeichen des Dankes des Deutschen Volkes an kinderreiche Mütter" wieder stolz an die ausgezuzelte Brust geheftet. Die Aurelia hat's tatsächlich gewürgt bei dem Anblick.

Die graue, eckige Spitalkirche mit dem Turm mit Zeltdach sieht der König mit der Anna vor ihm und der Aurelia an der Hand nur zerstückelt zwischen den Schlitzen der Bretter. Dann versperren die Flanken der Dächer die Sicht, kommen immer näher, es wird enger, der König glaubt, hinter sich donnernde Schritte von Stiefeln und Schnaufen von der SS zu hören.

Kurz bevor sie am Ende der Stadtmauer zum Spitaltor kommen, zeigt die Aurelia stumm auf eine Taube, die unten, mausdreckerltot, in einer windschiefen, dunklen Regenrinne klebt. Die anderen Tauben gurren kopfzuckelnd und putzfidel um sie herum. Der König geht voran ins Dunkel, die Holztreppen hinunter. Das Licht zerstückelt von den Gitterstäben vor dem Fenster.

Am nächsten Tag hat sich die Aufregung in der Anna und im König wieder ein bisserl gelegt. Beim Jessl, dem Lauterbach, der Margot und dem Siebert dagegen nicht. Die haben ganz schön das Arschflattern bekommen.

Trotzdem haben der König und die Anna sich am nächsten Tag gestritten wie noch nie in ihrem Leben. Die Anna hat getobt, weil sie überhaupt nicht eingesehen hat, dass der König unbedingt ein Waffen-SS-Mann werden wollt. Es ist ihr einfach nicht in ihren gescheiten Kopf gegangen.

„Anna, was meinst, wie die sich ärgern!", hat der König nach Stunden versöhnlich argumentiert.

„Hmm ...", hat sie nur gemacht.

„Ich mach's nur, wenn du dabei bist."

Es hat noch ein bisserl gedauert, aber sie war dann tatsächlich dabei. Und wenn du dir jetzt den Film *Entscheidung vor Morgengrauen* anschaust, dann siehst du die Anna und den König im Hotel Goldener Hirsch tanzen. Der König in einer frisch gebügelten Waffen-SS-Uniform, in der Wirtsstube des Staudt'schen Hauses. Wie sie eine unbändige Freud haben, während die junge Hildegard Knef dem ebenso jungen Oskar Werner schöne Augen macht.

Was für ein Glück war das für den König: das zweite Mal vor der Kamera! Die quasi festhält, wie sie den Nazen wieder einmal eines auswischen.

Den Film haben sie sich natürlich auch ein Jahr später im Rothenburger Kino angeschaut. Was sie nicht gewusst haben, war, was da am Anfang des Films stehen würd: „Dieser Film wurde von französischen, deutschen und amerikanischen Künstlern ausgeführt, in einem leidenschaftlichen Bemühen um gerechte und unverfälschte Darstellung." Was ihnen auch gelungen ist.

Am ersten Drehtag ist nämlich ein alter, kränklicher Herr vor Schreck im Omnibus sitzen geblieben, wie er die Nazen gesehen hat. Er hat vor Schreck nicht aussteigen können. Er stammte aus der Gegend. Er war das gewesen, was man heutzutag einen „Gegner des Dritten Reiches" nennt. Er hatte das seinerzeit gelegentlich zum

Ausdruck gebracht und infolgedessen mit der SS Bekanntschaft machen müssen.

Nun saß er also, bleich wie der Tod, in der Ecke, unfähig, sich zu rühren, stumm, entsetzt, ein Bild des Jammers. Wie ihn dann der Regisseur beruhigen wollt und gesagt hat: „Nehmen Sie's doch nicht so tragisch. Wir drehen einen zeitnahen Film, wissen Sie. Es sind harmlose Leut aus der Stadt hier."

Da schüttelte der alte Herr den Kopf und sagte leise: „Ich hab in dieser Gegend mit der SS öfter zu tun gehabt, Herr Regisseur. Sie haben gut ausgewählt, Herr Regisseur. Es sind fast alle dieselben! Bis auf den König."

Was? Du glaubst mir die Geschichte nicht? Dann ließ nach, es hat vor mir auch schon ein anderer Kollege beschrieben.

Farah und der Keuschheitsgürtel

Kenan schleppt sich bis zur Tür. Öffnet sie und saugt die Luft tief ein. Der König dagegen ist auf dem Foltertisch zusammengeklappt. Dämmert betäubt auf seinen Armen. Kenan schleppt sich zurück. Fasst ihn am Arm. Ruckelt daran. „Eure Majestät." Schleppt ihn zur Tür, wo sie kraftlos liegen bleiben.

Der König sitzt an der Gipsmühle unter der knorrig-moosigen Esche. Genau da, wo sich die klare Schandtauber und die schlammige Tauber vereinen. Die Sonne erhellt am Hang gegenüber gerade mal den obersten Streifen, aus dem Steinbruch ist noch kein Klopfen zu hören. Das Wasser murmelt. Ein Keuschheitsgürtel sitzt über seiner Scham. Da entdeckt er den Eisvogel, auf dem Schwemmholz am anderen Ufer. Er sitzt am Ende eines blank geschliffenen, hellbraunen Stocks, der aus dem Schwemmholz herausspitzt. Der König versucht, sich nicht zu bewegen, weil er ganz genau weiß, wenn er sich bewegt, ist der Eisvogel weg. Der Eisvogel hat einen kleinen Fisch im Maul, der noch zappelt. Und ist so wunderschön mit seinem smaragd-weißen Rücken und seinem orangenen Bauch, dass den König ein unglaubliches Glücksgefühl durchströmt, er sich sogar freut ihn zu sehen, obwohl der Eisvogel gleich seinen Fisch verschluckt und der sich in seinem Magen in seine Bestandteile zerlegen wird.

Da spürt der König ein Kratzen im Hals, will nicht husten, schluckt und schluckt und schluckt, aber das Kratzen geht einfach nicht weg. Wenn er sich zur Tauber, dem grün-blauen Wasser runterbeugen tät, dann wär der Eisvogel weg. Also versucht er es noch einmal mit schlucken, schlucken und schlucken.

Der Husterer kündigt sich jetzt in seinem Hals an. Der König kann nichts mehr dagegen machen. Der Eisvogel schüttelt sich. Pumpt auf und nieder wie ein energiegeladener Jugendlicher. Der König hustet, ohne sich die Hand vorzuhalten, weil das ja auch eine Bewegung gewesen wär. Was die König Mutti wohl dazu gesagt hätt?

Der Eisvogel hebt ab, ein Sonnenstrahl trifft ihn, obwohl die Sonne eigentlich erst am Hang gegenüber ist. Ein smaragdener Lichtstrahl blitzt auf. Gefolgt von einem orangenen Blinken. Im Flug verwandelt sich der Eisvogel in Farah. Sie fliegt übers Wasser. Ihre Frisur sitzt wie in einer Werbung für Haarspray. Mit ihren vollen, roten Lippen, die im Flug zu einem schwarzen Schnabel werden, packt die Farah den König am Hals und schleppt ihn mit sich.

Farah schwingt mit ihren Flügeln, sie fliegen immer höher, der Druck in dem König seinem Hals nimmt aber auch immer mehr zu. Er sieht das Taubertal von oben, die Bäume, die zwei Flüsse. Die wenigen Häuser werden immer winziger. Die Steinbrüche, das Schandtaubertal, die Hammermühle. Plötzlich lässt der Druck auf seiner Hüfte nach. Der Keuschheitsgürtel löst sich, fällt von ihm ab und landet laut plumpsend im Wasser.

Sie fliegen höher, in die Wolken, der Sonne entgegen, Farah und er. Der Wind wird immer mächtiger. Schüttelt den König durch.

Der Wind ist Kenan, der vor ihm aus dem Kohlendioxidrausch erwacht ist. Rüttelt den König. Keine Reaktion. „Eure Majestät!“

Keine Reaktion. Füllt das Weinglas, geht zurück zum König. Zögert. Was, wenn ich den Schah ermordet habe? Während der Folter? Wir haben immer gelernt, dass die Delinquenten auf keinen Fall sterben dürfen, sollen. Und jetzt, mein erster Toter: Der Schah! Mit voller Wucht schüttet er dem König Wasser ins Gesicht. Der bewegt sich keinen Millimeter. Kein Atemhauch aus seinem Mund. Keine Regung. Kenan füllt das Weinglas erneut. Geht zum König zurück. Schüttet es ihm ins Gesicht. Zwingt es in seinen Mund.

Der König prustet und beutelt sich. Spuckt das Wasser aus.

„Verzeihen Sie bitte, Eure Hoheit", faselt Kenan und wischt dem König mit seinem Sakko übers Gesicht. Der versucht, sich den Putzbewegungen zu entwinden. Sieht das entschlossene Gesicht der Mutter vor sich. Mit dem Schwamm. Und dem Block Aula-Seife. Mit der Werbung, die ihm noch heute kalte Schauer über den Rücken jagt: *Aula-Seifen sind die Besten! – Seifenfabrik Rothenburg ob der Tauber.* Die groben Putzorgien der Mutter, jeden Sonntag. Im Gesicht, hinter den Ohren, unter den Armen, am Glied.

Kenan schaut wieder einmal verzweifelt um sich und sieht das Feuer im Ofen lodern. Wärme, statt Qualm. Rennt freudig hin – „Sehen Sie doch, Ihre Majestät!" –, schiebt weiteres Holz aus dem zerborstenen Folterrad hinein. Das die Flammen hungrig verschlingen. Auch in Kenan lodern die Flammen, das Leben, wieder auf. Er geht in die Gewölbeausbuchtung, wo das Henkersschwert liegt. Nimmt es. Kalt der Griff. Ob er weiß, dass es eine Ehrenstrafe war, durch das Schwert zu sterben, und darum die Enthauptung eines Schahs gerade angemessen?

Kenan schiebt einen Stuhl mit einer runden Lehne vor den Ofen. Schiebt weitere Stücke Holz hinein. Schweißperlen auf seiner Stirn.

Was hat er vor?, denkt der König, noch benommen. Meine Hände auf die rot glühenden Ofenplatten?

„Ihre Majestät", bittet Kenan mit einer ehrwürdigen Geste.

Der König zieht Kenans Sakko enger um seinen Körper und schreitet langsam hinüber. An dem Stuhl ist ein übergroßer Löffel mit einer Kette festgemacht: der Armesünderlöffel. Den die Verurteilten mit ihrem letzten Mahl in die Hand bekamen. Neben dem Ofen liegt das Richtschwert.

„Bitte nehmen Sie Platz." Kenan weist auf den Stuhl. Reicht dem König den Löffel. Nimmt das Richtschwert in die Hand. Fährt mit dem Daumen über die Klinge.

Regenbogen über Rothenburg

„Erst kauf ich dir so eine neumodische Maschin, die dir die Wäsche wascht, und dann weist nicht mehr, wohin mit deiner freien Zeit, und willst auch noch einen Friseursalon aufmachen", hat der König Vati gewettert, dass sein Schnurrbart nur so gewackelt hat. Wie der Wäschekorb auf der neuen Waschmaschine in der alten Küche hinter ihm.

Die zwölfjährige Aurelia ist vor ihrem Strudel gesessen und hat, noch ganz schlafdamisch, dem bunten Wäscheknäuel zugeschaut, wie es sich gedreht hat. „Da!", hat ihr Opa gegrunzt und mit der Gabel auf die Aurelia gezeigt, die Apfelstrudelfetzen zwischen den Zinken. „Schau dir deine Enkelin an."

„Ja und?", hat die Mutti gesagt und die Schultern gezuckt, dass sich ihr Busen und die Schürzen nach oben gehoben haben. Dann ist sie der Aurelia durch die Haare gefahren und hat gesagt: „Ein braves Madl." Weil sie nicht gewusst hat, was für eine Unordnung die Aurelia in ihrem Kinderzimmer gehabt hat.

„Das Zeug hat den Deifi! Das verhext sogar das Kind."

„Aurelia hat in Deutsch eine Eins gekriegt", hat ihr Vater, der König, versucht zu intervenieren.

Der Vati ist überhaupt nicht drauf eingegangen. „Und wie gschlampert die Wäsch da drin ist."

Bei dem Wort „gschlampert" hat es die Mutti förmlich gerissen und sie hat die Zeitschrift so fest zusammengerollt, dass die Soraya auf dem Titelbild um Jahrzehnte gealtert ist und brutale Falten gekriegt hat.

Dem König Vati sein Vogel hat sich derweil in seinem halbrunden Käfig nicht mehr getraut zu zwitschern. (Den hat der Vati, seitdem seine geliebte Katze, die Auguste, verschwunden ist. Wir alle wissen wohin, nur der Vati nicht. Der hat sich damals gedacht: Wenn ich mir einen Vogel zuleg, dann ist der in Sicherheit im Käfig und kann nicht wieder strawanzen gehen.) Der Wellensittich – mittlerweile in Ausführung Nummer drei – hat jetzt also lieber stillgehalten und sich gedacht: Nicht, dass ihm der König Senior auch noch mit einem Handtuch die Sicht nimmt.

Aber dann hat die Mutti gesagt: „Ja, und Soraya soll er heißen, mein Salon." Wie zur Untermalung ihrer Worte hat sie dazu mit der bunten Zeitschrift gewedelt, die seit Kurzem in jeder Ecken im Hause König Senior zu finden war.

Anfangs hat sie sich noch die Mühe gemacht, sie vor dem Vati zu verstecken, aber mittlerweile hat sie das Blättchen ganz offen gelesen. Auch ihre Anziehsachen haben sich durch die Lektüre verändert, Hemdblusenkleider, Hosenkleider – der Vati hat nur noch Kleider verstanden. Und nicht selten ist er daheim von einem Haufen gackernder Weibsbilder empfangen oder vertrieben worden.

„So Eier …?", hat er jetzt gefragt. „Was ist jetzt das wieder für ein neumodisches Zeugs? Sind dir unsere Henner jetzt auch nimmer gut genug?"

„Soraya", hat ihn die Mutti verbessert und ihm das zerknitterte Bild unter die Nasen gehalten: Melancholische Mandelaugen haben den Vati daraus angeschaut.

„Die hat ja genauso viele Falten wie du. Vielleicht solltest lieber einen Schönheitssalon aufmachen", hat der Vati gesagt und die Mutti hätt ihm die Soraya fast um die Ohren gehauen.

„Soraya!", hat die Mutti laut und deutlich wiederholt. So zintig hatte der König seine Mutti das letzte Mal gesehen, wie die Aurelia dem Holzjesus Puppengewänder angezogen hat, weil sie nicht wollte, dass er friert.

„Das ist die neue persische Kaiserin!"

„Was heißt da neu? Gibt's ebba auch eine alte?", hat der Vati gesagt, den Schnurrbart voller Strudelbrösel.

„Ja", hat die Mutti schon ein bisserl leiser geantwortet und sich hingesetzt.

„Und was ist das überhaupt für ein Name?"

„Sie hat deutsche Eltern."

Der Vati hat mit der Gabel auf seine Schläfe gezielt, als wollt er sie gleich reinstechen. „Und die geben ihrem Kind einen derart depperten Namen?"

Die Aurelia hat gespannt beobachtet, was ihr Großvater mit der Gabel und seinem Gehirn da macht.

„Der Vater ist ein iranischer Fürst und war Botschafter in Berlin."

„Aso."

„Und die Mutter hat dem Kaiser seine Eltern in Berlin kennengelernt." Dass der Vater von der Mutter seinen Reibach in Russland in Waffen gemacht hat, verschweigt die Mutti aus Datenschutzgründen. Weil: Russen, rotes Tuch für den Vati und die Partei.

„Und warum braucht der Fürst zwei Frauen?"

„Nicht der Fürst, der Kaiser", verbessert die Mutti. Eine ihrer Spezialitäten.

„Und warum braucht der Kaiser zwei Frauen?"

„Er braucht einen Thronfolger!"

„Aso. Die brauchen da unten also zwei Frauen, um einen Thronfolger zu machen?"

„Ahhh!", hat die Mutti ausgeschnauft. „Die Erste hat keinen Bub, sondern nur ein Madl gekriegt."

Die Waschmaschine ist jetzt auf dem Höhepunkt des Schleudergangs. Die Aurelia dreht den Kopf mit der Wäsche mit. Die Küche ist erfüllt vom Schleudergebrumm.

„Und was ist da schlecht dran, an einem Madl?", hat der Vati gefragt und der König hat ihm das erste Mal in seinem Leben zugestimmt.

„Nix", hat die Mutti gesagt. „Aber er braucht halt einen Nachfolger für seinen Pfauenthron. Und mit einem Madl haut das nicht hin."

„Und deswegen hat er gleich zwei Weiberts?"

„Nein, eine nach der anderen."

„Eine nach der anderen. So, so …"

Während der Vati sich wieder ein bisserl beruhigt hat, ist sich der Bartholomäus König endgültig vorgekommen als säße er vorm Rundfunkapparat und der Komödienstadel im BR liefe: *Ein lustiger Einakterabend* und dazu das Hörspiel *Diplomatie* von Walfried Ridi.

„Wenn er meint", hat der Vati noch in seinen Bart reingegrummelt. Irgendwie hat ihm die ganze Geschichte so zum Denken gegeben, dass er gar nicht mehr daran gedacht hat, was die Mutti eigentlich von ihm hat wollen.

„Und die Soraya ist eine ganz rassige", hat die Mutti gesagt.

„Rassig, so, so … Aber wie kann die eine Negerin sein, wenn sie deutsche Eltern hat?", hat der Vati gefragt.

„Der Iran ist in Asien, Opa", hat die Aurelia gesagt, weil sie nicht mehr auf die Waschmaschine und das bunte Knäuel gestiert hat, weil die Wäsche jetzt fertig war.

Der König war gespannt, wie sein Vater drauf reagieren würd. Er hätt sich so was nicht zu sagen getraut. Aber dem Opa seine Aurelia …

„Und eine ganz Anständige", ergänzt die Mutti, als hätte sie den Ausflug in die Geografie überhaupt nicht mitbekommen. „Weil, mir Deutschen – " Die Mutti legt die Hand auf ihre Brust. „– haben die Soraya quasi an die Iraner verliehen."

„Wie eine Bohrmaschin?", fragt der König, weil er weiß, dass sich der Vati kürzlich so ein neumodisches Zeug von der Hannahle ihrem Mann geliehen und in die Wand ein Loch für dem Kaiser seine lockere Schraube oder, besser gesagt, für den Dübel und die Schraube, also für das Bildl vom Kaiser gebohrt hat, weil der Willi II. aus völlig unerfindlichen Gründen immer wieder runtergefallen ist.

„Der Vater vom Schah war schon mit dem Kaiser Wilhelm befreundet", legt der König nach, bevor es in die falsche Richtung geht. Dass das Soraya-Foto auf der Zeitschrift vom NS-Starfotografen und *Quick*-Mitbegründer Hanns Hubmann stammt, verdruckt er sich lieber, sonst würd der Vati nur misstrauisch werden.

Der Vati setzt sich aufrecht hin und sagt „Ja, dann."

„Ganz genau", sagt die Mutti und nickt.

Weil ihn so viel Harmonie misstrauisch macht, sagt der Vati: „Ich versteh trotzdem nicht, warum du arbeiten musst?" Und schneidet den Kopf von einer Zigarren mit dem Messer ab. „Da denken die Leut doch bloß, dass uns das Geld ausgeht, oder dass du deinen Haushalt gschlampert machst."

Da springt die Mutti auf. Weil, was Schlimmeres hätt der Vati gar nicht sagen können. Du erinnerst dich: Unordnung = Unruhe. Bei der Waschmaschin hat sie noch drüber weggehört, weil, die Unordnung in der Maschin macht ja nicht sie, sondern die Maschin. „Und, mach ich meinen Haushalt gschlampert!?"

Der Vati überlegt und überlegt und es ist so leise, dass du sogar die Spinne auf ihrem Netz im Bad klettern hörst, die die Mutti zu ihrem Glück noch nicht entdeckt hat. Und der Wellensittich hält die Luft an, dass er ganz blau im Gesicht wird.

„Heut Morgen hab ich eine Spinn im Bad gesehen", versucht der König, die Situation zu retten, und weiß selber nicht so genau, warum er seinem Vater schon wieder beispringt.

„Wo? Wo?", fragt die Aurelia aufgeregt, weil sie fürs Spinnenretten in der Familie König zuständig ist.

Hat aber alles nichts genützt. „Vati, pass auf", hat die Mutti ihre Predigt eingeläutet. „Das ist quasi wie ein Märchen aus dem *Tausend und einer Nacht*. Die Soraya kommt aus einfachen Verhältnissen. Wie mir."

„Einfache Verhältnisse?", empört sich der Vati. „Ich bin immerhin Schuldirektor."

„Bist du immer noch in der Schul?", fragt die Aurelia.

Der Vati überhört den Kommentar.

„Der Soraya ihre Mutter ist Christin und Lehrerin an einer Schul."

„Im Iran? Verstehen die sie überhaupt?"

„Sie ist an einer deutschen Schul."

„Aha."

„Sie bildet quasi eine Brücke." Die Mutti macht mit den Armen einen ausufernden Bogen, als tät sie in der Waldorfschule ihren Namen tanzen. „Eine Brücke der Liebe und des Verständnisses zwischen dem Osten und dem Westen."

„Wer's mag", sagt der Vati.

„Und weil sich die Soraya und der Kaiser verliebt haben, ist sie auch eine Kaiserin geworden. Quasi durch die Liebe. Ist des ned schön?"

„Freilich", grummelt der Vati.

„Und so, wie mir uns auch immer mehr leisten können …" Die Mutti spart die Waschmaschine bewusst aus, weil: Reizwort. „… ein neues Automobil, ein Rundfunkgerät …" Auch das Fernsehgerät spart sie aus, weil das der Vati noch ein bisserl mit Argwohn betrachtet. „… so kann sich auch die Soraya immer mehr leisten. Jetzt, als Kaiserin."

„Und der Kaiser hat zwei Frauen …", sagt der Vati mit leuchtenden Augen, weil er verstanden hat. „Und zwei Waschmaschinen und zwei Staubsauger."

„So ein Schmarrn. Die Soraya ist eine waschechte Deutsche."

„Du bist doch auch eine waschechte Deutsche. Und hast nur eine Waschmaschin und einen Staubsauger." Dann fügt er leiser hinzu: „Und ich hab nur eine Frau."

„Krieg ich jetzt mein Gschäft? Der Mohrenstecher sagt, die Miete ist ein Freundschaftspreis."

„Das wär das erste Mal, dass der mir ein Freund ist", hat der Vati geknurrt.

„Aber das Hannahle ist mir eine Freundin."

„Du weißt schon, dass du nicht arbeiten darfst, wenn ich's dir nicht erlaub?"

Das hat die Mutti natürlich gewusst und auch die Aurelia und der König und alle drei haben's deppert gefunden, aber nix gesagt, weil die Mutti so kurz davor war, ihr Ziel zu erreichen.

„Freilich", hat die Mutti genickt, *Das Neue Blatt* ganz unauffällig hinter sich geschoben und sogar ein bisserl geblinzelt. „Bitte, Vati!"

„Wie ist das jetzt mit den zwei Frauen?“, hat der Vati nochmal gefragt, aber da war die Mutti schon auf- und zum neuen Fernsprecher gesprungen und hat dem Mohrenstecher gesagt, dass sie den Salon mietet.

Jetzt, wo sein Weiberts aus dem Haus war, hat sich der König Vati gelangweilt, weil er niemanden mehr zum Rumkommandieren gehabt hat. Also hat er heimlich angefangen, die Zeitschriften zu lesen, die in der Wohnung herumgelegen sind. Was einmal sogar dazu geführt hat, dass er das Zwölfuhrläuten versäumt hat.

Und das war so: Die Mutti war mit dem Hannahle im Salon und hat alles für die Einweihung am Tag darauf vorbereitet. Die Stadtbäuerin ist nämlich extra eine Stunde früher aus dem Kuhstall raus, um ihrer Freundin dabei zu helfen, das Schildl über der Eingangstür vom Salon in der Heugasse, Ecke Sülzengässchen, in Geschenkpapier zu verpacken. Und der Vati hat auf dem Klo zum ersten Mal eine von diesen bunten Zeitschriften mit der zugegebenermaßen ganz schön rassigen Soraya in die Hand genommen. Ein bisserl zu traurig hat sie für seinen Geschmack aus ihren schweinsbratenbraunen Augen geschaut, aber ansonsten hat s' zumindest ihren Mund gehalten, im Gegensatz zur Mutti.

Es war dermaßen brisant, was er da über das Leben am persischen Königshof gelesen hat, dass er glatt die Weißwürst vergessen hat, die die Mutti am Morgen frisch vom Metzger geholt hat – in der Hoffnung, dass ihn die Würst an sich so weit besänftigen würden, dass er's nicht zu hart nimmt, sie sich selber warm machen zu müssen. Jetzt war aber das Zwölfuhrläuten schon vorbei und, wie jeder weiß, darf man Weißwürst danach nicht mehr essen, weil sie nicht mehr frisch sind. (Oberbayerischer Aberglaube, aber mei.)

Der Vati hätt jetzt zwar ins Goldene Lamm zum Jessl gehen können, aber dann hätt er sich bloß anhören müssen, dass seine Frau vor lauter Haarschneiden das Kochen vergisst. Und das hätt er auf nüchternen Magen überhaupt nicht vertragen. Also hat er die Weißwürst ins Waschbecken geschüttet und überlegt, was er sich stattdessen zum Essen machen könnt. Er hat Nudeln im

Schrank gefunden und die Packung hin und her gedreht. Sie ist richtig gut in der Hand gelegen. Und da hat er pfeilgrad an den feschen Busen und die Wespentaille von der Soraya denken müssen und sofort verstanden, warum der Mutti die neue Frau vom Schah so gut gefallen hat. Und auch wenn er dem neumodischen italienischen Zeug, den Nudeln, und dem asiatischen Kaiser ein bisserl skeptisch gegenübergestanden ist: Geschmeckt hat's ihm. Und was soll an einem Kaiser schon schlecht sein, dem sein Vater sogar mit dem Kaiser Wilhelm Gschäftl gemacht hat …

Also hat er den neuen Elektroofen angemacht und mit der Hand geprüft, ob die Platten heiß werden. Zu seiner Freud sind sie wirklich angesprungen, fast hätt er sich die Finger verbrannt. Die Nudelpackung war gleich aufgerissen und die Spirelli, die er sogar aussprechen hat können, weil er das große Latinum gerne gehabt hätt, in die heiße Pfanne geschmissen. Wo sie zwar nicht weicher, aber irgendwann brauner und brauner geworden sind und zum Rauchen angefangen haben. Schnell hat er den Schinken und die Zwiebeln geschnitten und an die weiße Haut von der Soraya denken müssen, weshalb er zu tief eingeschnauft, zu weinen angefangen und sich gleich auch noch in den Finger geschnitten hat.

Die Küche war voller Rauch und der Vati ohnmächtig auf dem sauber gewischten Linoleum gelegen, wie die Mutti nach Hause gekommen ist. Mit *Das Neue Blatt – mit Gerichtswoche, Die Neue Post, Die Neue Revue*.

Alles war neu. Die Waschmaschin, der Ofen, der Salon Soraya und auch der kochende, wenn auch ohnmächtige Vati auf dem Küchenboden.

Gebratenes Menschenfleisch

Der König auf dem Stuhl, neben dem glühenden Ofen, mit dem Armesünderlöffel in der Hand. Seine Schienbeine und Knie brennen vor Hitze, weil Kenan mittlerweile das vernichtete Rad an die Flammen verfüttert hat. Doch er traut sich nicht, sich zu bewegen. Kenan neben ihm, das Richtschwert in der Hand. Was hat der vor?, fragt sich der König wieder.

Er sieht das in die Löffelfläche eingeschmiedete Rad und den Doppelgalgen. Liest den umlaufenden Spruch: *Ich geb Dir heut dein letztes Mal, Du aber Sünder denk in deiner letzten Stund an Christi Abendmahl, so er vergibt dir deine arme Sund.* Ein scharfer Schlag reißt ihn aus seinen Gedanken. Kenan haut auf den Kürbis ein, zerteilt ihn in kleine Stückchen. Nimmt die Flasche Öl, die er geholt hat, um die Daumenschrauben zu schmieren. Gießt es in den Armesünderlöffel. Und nimmt ihm dem König aus der Hand. Von der aufgeheizten Luft im Gewölbekeller ist Kenans Gesicht schweißüberströmt.

Die Tür hat er im Übrigen wieder versperrt. Weil er eh nicht weiß, wo er mit dem Schah hin soll. Und nur für den abwegigen Fall, dass sein Schah doch nur der König ist und der am Ende noch flieht.

„Ist Ihnen wieder ausreichend warm, Eure Majestät?“, fragt er, ohne den König anzusehen.

Auch dessen Gesicht glänzt mittlerweile wie eine angeschwitzte Zwiebel. Vermutlich riecht er auch so, was ich dir jetzt aber nicht zumuten möchte.

Den Armesünderlöffel mit dem Öl hält Kenan über den Ofen. Gibt die Kürbisstücke hinein. Die brutzeln und kleine Bläschen schlagen. „Sie haben sicher Hunger, Eure Majestät?“

Das Fett spritzt, Kenan auf die Hand. Ein kurzer, schmerzverzerrter Gesichtsausdruck, der Versuch, wieder Haltung einzunehmen.

Und in dem Moment hat der König aufrichtiges Mitleid mit ihm. Weil er weiß, wie anstrengend es ist, wenn man nicht so sein darf, wie man ist. Wenn für die Mutter Ordnung noch wichtiger ist als für Deutschland und für das Reich. Und dem Vater das Reich wichtiger ist als die Ordnung und die Zucht wichtiger als der Sohn. Nur hat der König im Gegensatz zu Kenan seinen Weg gefunden, in der Schauspielerei. Ob der Kenan was hat, was ihn am Leben hält?

„Mein treuer Diener, Kenan. Wie geht es Ihnen?"

Der Kleine wischt sich mit einem Stofftaschentuch Schweiß und Überraschung aus dem Gesicht. Wann hat ihn zuletzt jemand gefragt, wie es ihm geht? Hat ihn das überhaupt schon einmal jemand gefragt?

Er überlegt. Glanz in seinen Augen. „Wie ... es ...?"

„Was bereitet Ihnen Freude in Ihrem Leben?"

Der Glanz breitet sich in dem von Kerzen erleuchteten Gewölbe aus. Samt der Wärme und dem Duft von gebratenem Kürbis, der Kenan an die Großmutter in ihrer Küche in Rascht im Iran erinnert. Sie hat nie fragen brauchen, wie es ihm ging, sie hat es gespürt.

Der Kürbis brutzelt im Armesünderlöffel vor sich hin. Kenan schwenkt ihn. Wirft das Fruchtfleisch ruckartig ihn in die Luft, um es zu wenden.

„Eine Frau?", fragt der König.

Eine Sekunde bleibt Kenan die Luft weg. Ein Stück Kürbis fällt auf den heißen Ofen. Er greift danach, um ihn wieder zurück in den Löffel zu legen, denn weich ist er sicher noch nicht. In dem Moment springt ihn Mühsam von hinten an. Vielleicht, weil die Katze noch nicht vergessen hat, wem sie den Sack zu verdanken hatte. Vielleicht, weil sie hungrig ist.

Kenan stolpert. Verliert den Armesünderlöffel. Der fällt krachend zu Boden. Der Kürbis verteilt sich auf den Steinen. Mühsam stürzt sich darauf. Und Kenan stürzt mit der flachen Hand auf den glühend heißen Ofen. Heult auf vor Schmerz. Reflexartig zieht er die Hand zurück, Hautfetzen bleiben kleben. Der Geruch von verbranntem Menschenfleisch durchzieht den Raum.

Salon Soraya

Und dann war es endlich so weit, die Eröffnung des Salon Soraya in der Heugasse in Rothenburg ob der Tauber ist kurz bevorgestanden. Die König Mutti und ihre Freundinnen haben das Schildl mit dem geschwungenen „Salon Soraya" in roter Schrift mit Geschenkpapier verhüllt – auch rot, quasi ein kitschig-knisterndes Warnsignal – und daran hat die Mutti auch noch ein rotes Schnürl genäht. Drei Flaschen Schampus vom Aldi in der Bodelschwinghstraße sind im Kühlschrank bereitgestanden, wie auch der Orangensaft für die Kinder. Die Gläser poliert, die Wunderkerzen in der Torten, von deren Mitten das Gesicht von der Soraya gestrahlt hat, wie immer mit geschlossenem Mund, aber mit Krone. Weil: Was Majestätisches soll der Salon der König Mutter dann schon haben und geredet wird darin noch genug werden, wie du dir denken kannst und wir auch noch sehen werden. Das Bildl von der Soraya hat die Mutti eigenhändig ausgeschnitten und draufgepappt, mit Mehlkleber; zum Esspapier wird's trotzdem nicht.

Auch wenn es nur ein Friseursalon war, hat sich alles mit Stand und Namen eingefunden: der Pfarrer, der sich seine Glatzen zukünftig von der Frida schneiden hat lassen, der frisch gewählte Bürgermeister und Rechtsrat Dr. Erich Lauterbach (überparteiliche Liste; dass er früher als NS-Bürgermeister von Oggersheim führertreue Dienste geleistet hatte, wurde überparteilich übersehen). Der König Vati stand natürlich bereit, genau wie der König, die Aurelia und die Anna. Und freilich haben der König Mutti ihre drei Freundinnen nicht fehlen dürfen, die ab sofort eh jede freie Minute im Salon Soraya verbracht haben. Die dürre und gwixte Erika, das gwamperte Hannahle, die Bissgurken, und die fesche, aber dünnhäutige Frida, die immer Liebeskummer und einen Kinderwunsch gehabt hat. Und noch viele mehr wollten am großen Tag dabei sein, dass die Heugasse vor dem Salon fast geplatzt wär wie eine der Blutwürst im Hotel Reichsküchenmeister nebendran.

Es sind also an diesem 1. April 1952 alle Honoratioren und die, die gemeint haben, sie wären's, vor dem Salon gestanden, mit einem Glas sprudelndem Sekt oder stillem Orangensaft in der Hand. Die König Mutti hat was von neuer Eleganz und einer Verbindung von Orient und Okzident verzählt, was die Hälfte nicht verstanden hat. Geklatscht haben sie trotzdem. Dann hat der Pfarrer noch Gottes Segen gegeben und das große, halbrunde Fenster mit den roten Läden, aus dem ihn die ganzen halbnackerten Weiberleut angespenzelt haben, mit salzigem Weihwasser angespritzt. Weil: die Mutti oberbayerisch und deswegen katholisch. Wie die Mutti dann allerdings die angewässerten Scheiben gesehen hat, hat sie die Hände verschränkt, dass es der König knacken gehört hat. Und wie sie dann an dem Schnürl zieht und sagt „Und hiermit ist der Salon Soraya eröffnet!", reißt es doch glatt ab und das rote Geschenkpapier löst sich nicht vom Schildl.

Ein „Ohhh!" geht durch die Menschenmenge, die König Mutti steht mit dem Schnürl in der Hand da wie mit einem toten Wellensittich und hat Tränen in den Augen.

Da ist der König vorgetreten: „Sehr geehrte Damen und Herren, was für eine Symbolkraft! Im Salon Soraya erwarten Sie täglich –" Er hebt den Zeigefinger betont streng, weil die Aurelia auch noch was von ihrer Oma haben soll. „– außer sonntags und montags! – neue Kreationen und Überraschungen. Der Salon Soraya wird ein Ort der Begegnung und des Austausches, eine Brücke zwischen Deutschland und den Freunden im Iran."

Der Pfarrer und der Bürgermeister haben ihn angeschaut als hätt er verkündigt, er würde sich morgen beschneiden lassen, weshalb der König ganz schnell gesagt hat: „Bitte treten Sie ein wenig zurück!" Dann hat er sich zehn Schritte vom Eingang entfernt, Anlauf genommen, sich vom Boden abgestoßen und schwungvoll das rote Geschenkpapier vom Salon Soraya gezogen.

Ein „Ahhh!" ist durch die Menge gegangen, die Blitzlichter des Lokalreporters von der *Fränkischen Landeszeitung* sind mehrfach aufgeblitzt und der König war genau so am nächsten Tag auf der

Titelseite zu sehen. Was, du glaubst mir nicht? Dann schau mal ins Stadtarchiv Rothenburg.

Dem König seine Tat und das spritzige Foto auf der Titelseite haben dafür gesorgt, dass im Salon Soraya meist was los war. Auch wenn es bei der Einweihung nicht ganz so gut gelaufen war, wie es sich die König Mutti gewünscht hatte – danach umso mehr. Vielleicht gerade weil der Weg dahin steinig genug war, und damit mein ich jetzt nicht den König Vati, sondern die Denkmalschutzbehörde. Weil, so ein Salon Soraya-Schildl in schnörkelig und knallrot passt halt einfach nicht in das romantisch-mittelalterliche Rothenburg und gleich dreimal nicht an ein Fachwerkhaus. Und dann hat die König Mutti in ihrem Ordnungswahn auch noch den altehrwürdigen Wein weggeschnitten, der vermutlich jahrhundertelang an der Fassade hochgewuchert war, und überhaupt: Soraya! Wie der König Vati stellvertretend gesagt hat: Was ist das überhaupt für ein blöder Name?

Einer mit unsagbarer Anziehungskraft, offensichtlich. Weil, nirgends hast du mehr Regenbogenpresse und geballte Informationen zum iranischen Kaiserhaus gekriegt wie im Salon Soraya. Es war wahrlich ein Salon, wie man ihn ansonsten nur von den Großkopferten kennt, wo man sich über Kunst, Kultur und Literatur austauscht, wie beispielsweise über den Roman, den du gerade liest. Im Salon Soraya war die Literatur halt eher boulevardesk-illustriert und der iranische Königshof das beherrschende Thema. Freilich ist es zwischendurch auch noch darum gegangen, wer in Rothenburg nicht gegrüßt, das Auto nicht gewaschen hat, sofern er schon eines besessen hat, oder außerehelich tätig war, aber das war bei Weitem nicht mehr so interessant, wie es schon einmal gewesen war.

Neben der König Mutti hat die Frida Maier noch im Salon gewerkelt, weil die gelernte Friseuse war, ganz im Gegensatz zur König Mutti. Die Frida war Anfang 30 und so was wie eine Fliegenfalle für die Mannsbilder. (Weißt scho, die gekringelten, voller Kleber, die man an die Decke hängt.) Seitdem sich rumgesprochen hatte, dass die ewige Junggesellin – fesch, wenn auch ein bisserl ein Sensiberl – dort die Schere schwingt, sind auch die Herren der Schöpfung in den Salon gekommen. Bei manchen, insbesondere beim Glatzenbene-Pfarrer, hat man sich gefragt, warum die so oft in der Tür stehen, und vor allem, warum der Pfarrer darauf bestanden hat, seine Brille beim Haareschneiden aufzubehalten. Die einen haben gesagt, wegen der Frida ihrem Ausschnitt, und die anderen, weil sich der Jesus von ihm scheiden hat lassen.

Bei der Frida ist es gar nicht so weit gekommen, dass sie sich scheiden hat lassen, weil sie noch gar nie nicht verheiratet gewesen ist. Es hat da zwar immer mal wieder einen gegeben, aber irgendwas hat dann doch nicht gepasst und so ist sie ständig von der himmelhochjauchzenden Eierlikörtorten zu der zu Tode betrübten Fleischsülze gehupft. Die Frida hat, außer wenn einer ihrer derzeitigen oder potenziellen Bewerber dagewesen ist, nicht Haare geschnitten, sondern ist auf dem rentnerbeigen Dreisitzer geflackt. Entweder eine Illustrierte, einen Versandhauskatalog oder einen Reiseprospekt in der Hand. Manchmal hat sie sich auch ihre Finger- oder Zehennägel gefeilt oder lackiert oder schlimmstenfalls sogar geschnitten.

Heut war wieder so ein Tag. Um acht Uhr ist die Paula Pirner vom Hotel Eisenhut auf der Matten gestanden. Die hat jetzt andere Gäste wie den Göring, den Streicher Julius und den Adi gehabt, wie ihre Mutter ihrerzeit, aber bei Weitem nicht weniger prominente, dafür ein bisserl weniger gefährliche, auch wenn man bei der Paula ganz genau aufpassen hat müssen, was man sagt. Weil, Spitzname: Infopoint. In mühseliger Kleinarbeit hat die König Mutti Lockenwickler für Lockenwickler genommen und sie in der Pirner ihre braunen Haare (mit dem übertönten Silber) gewickelt. Wie sie ihr dann die Haube aufgesetzt und es zum Röhren angefangen hat, schnauft sie erleichtert und setzt einen Kaffee auf, weil auch gleich die Hannahle aus dem Stall und die Erika zur Brotzeitpause vom Kramer kommen werden.

Bald ist eine Tass Kaffee vor der Pirner und dem Spiegel gestanden und vier dampfende Tassen auf dem weißen Mosaik-Nierentisch mit der goldenen Umrahmung, dem seine Maserung den König immer an der Mutti ihre Falten im Gesicht erinnert hat. Das Hannahle und die Erika haben sich auf die Couch gefläzt, wo die Frida schon gesessen ist, aus Liebeskummer bewaffnet mit einer Zehennagelschere.

Misslaunig hat die König Mutti gesagt: „Ich versteh einfach nicht, warum es bei der Soraya nicht hinhaut mit dem Kind."

„Ich versteh das gut", sagt die Frida und schneidet sich den großen rechten Zehennagel, der genau auf den Schah fliegt, den sie vor sich ausgebreitet hat, in der *Quick*.

„Du bist aber keine Kaiserin", sagt die Erika, nippt an ihrer *Jacobs Krönung*, isst ein Stückerl Fliegenpilz. An der Tass bleibt ein knallroter Lippenstift zurück, mit dem sie nach Meinung der König Mutti ausschaut wie eine Schnalln.

„Ich tät ja mal den Schah untersuchen", sagt die Frida.

„Das tät ich auch gern", giggelt die Erika.

„Die Soraya tut alles für den Schah!", sagt die König.

Die Frida setzt die Schere am kleinen Zeh an, die König runzelt die Stirn und die Frida sagt: „Bei mir hat's weder mit dem Franz noch mit dem Georg noch mit dem Bertram hingehauen."

„Dafür bist du die Einzige von uns, die eine komplett ausgestattete Küch hat", sagt das Hannahle, die sich heut das erste Mal in ihren neuen schmutzig-grünen Rock mit weißen Karos gezwängt hat und noch nicht weiß, wie sie sich hinsetzen soll. Deswegen schlägt sie auch ständig einen Krautstampfer über den anderen.

„Was glaubst du, was das für eine Arbeit war", sagt die Frida und keiner weiß, ob sie jetzt die Küch oder den Franz, den Georg und den Bertram meint. Dann zwickt sie den Zehennagel, der neben der König ihrer Kaffeetass landet.

„Jetzt reicht's aber!", belfert die, ist aber gleich wieder still, weil, was würd sie ohne der Frida ihre Kunden machen.

Also liest sie weiter in ihrer Zeitschrift. Schaut auf, sagt verträumt, fast poetisch: „Es ist schon tragisch. Die Soraya kann sich alle Herrlichkeiten der Welt anschaffen – nur jene eine nicht, um keinen Preis: das Glück der Mutterschaft."

„Der Gotthard und ich fahren übrigens zum Skifahren", sagt

die Frida, schiebt sich einen Fliegenpilz in den Mund und nimmt die Füß von der Couch.

„Du warst doch erst beim Wasserskifahren?"

„Aber nicht mit dem Gotthard."

„Die Soraya ja auch", sagt die König Mutti sehnsüchtig.

„Die war beim Skifahren in St. Moritz."

„Ja, nach Spanien wollt ich auch schon immer mal."

„Ich glaub ja, dass die wegen dem Kinderkriegen in der Schweiz waren", sagt die Frida und schüttet ihre Zehennägel aus dem *Neuen Blatt* in den Abfalleimer, weil der Heinz-Rüdiger, der Gynäkologe, um halb neun einen Termin und einen neuen Mercedes hat.

„Die Berg machen wohl Lust?", flüstert die König Mutti neugierig und schaut im Spiegel neben der Pirner, ob ihr hoher Pferdeschwanz noch richtig sitzt.

„Also, ich kann mir das gar nicht vorstellen, mit verschiedenen Mannsbildern", sagt das Hannahle. „Mir is' mit meinem Hans schon zu viel."

„Vielleicht sollt's die Soraya auch mal mit einem anderen probieren", sagt die Frida.

Und alle drei Freundinnen antworten pfeilgrad im Chor: „Also weißt ..." Aber keine schaut so entsetzt wie die König.

„Was machst du eigentlich, wenn sich der Schah wieder eine andere sucht?", fragt die Erika spöttisch und schiebt sich ihre schwarze Haartolle aus der Stirn.

„Jetzt sind sie ja erst einmal in Rom", antwortet die König.

Da riecht's auf einmal nach verbranntem Haar und die König Mutti wetzt zur Paula Pirner, die immer noch unter der Haube sitzt. Sicherheitshalber den Föhn in der einen und das Haarspray in der anderen Hand, wie Revolver. Und tatsächlich raucht's, wie sie den Astronautenhelm nach oben fährt.

„So, Frau Pirner, Haarspray", sagt sie und vertreibt den Gestank der verbrannten Haar mit einer Überdosis FCKW. (Wenn du jetzt sagen magst, dass es das 1952 gar noch nicht gegeben hat, dann behalt's für dich.) Sie schaltet den Föhn ein, obwohl die Pirner noch die Lockenwickler in die Haar hat. „Jetzt au no föhnen?“, fragt die, was das röhrende Gerät schluckt.

„Ja, ist jetzt die neueste Mode!“, schreit die Frida von hinten und die Pirner schaut wie eine Kartoffel, lässt es aber über sich ergehen. Dabei muss sie doch schleunigst zurück in den Eisenhut, wo die Gäste aus aller Welt auf sie warten.

Da läutet die Türglocken, der Heinz-Rüdiger stiefelt rein. Und mit ihm eine Wolke *Pitralon* Aftershave: holzig, scharf und bitter.

Der Armesünderlöffel

Die Tür öffnet sich: Reza bleibt darin stehen. Zieht an der Zigarette. Und sagt: „Schön, dass du endlich verstanden hast, Kleiner.“ Rauch hüllt ihn ein.

Wahrscheinlich hast du dir schon gedacht, dass sich Reza gedacht hat, dass Kenan einen auf Bratpfanne gemacht hat, wie im Iran. Du erinnerst dich: der beheizbare eiserne Tisch. Angeklagte, die daheim in Isfahan im Vorzimmer zur Hölle warten mussten, verloren schon angesichts der Schmerzensschreie der Gepeinigten und des Gestanks von verbranntem Fleisch den Verstand. Also durch all das, was den Reza aufgegeilt hat.

Erst wie er vor dem Kenan steht, realisiert er, dass der sich selbst verbrannt hat und nicht den König. Und tatsächlich gibt Reza dem Kenan vor lauter Wut noch eine Genickfotzen, anstatt ihm dabei zu helfen, die Hand zu verbinden. Dafür steht der König auf, nimmt die verbrannte Hand des Kleinen am knochigen Gelenk und sagt: „Mein treuer Kenan, folgen Sie mir.“

„Stopp!“, bellt Reza, stellt sich in den Weg. Die Hand ausgestreckt, wie es Kinder im Selbstverteidigungskurs lernen. „Sie sind nicht frei, dahin zu gehen, wo Sie möchten!“

„Ahhh“, wimmert Kenan.

„Aber sehen Sie nicht.“ Der König zeigt auf den Kleinen, der sich vor Schmerz windet.

„Eine Lektion für ihn!“

„Sehen Sie, Kenan, was für einen herzlosen Menschen Sie an Ihrer Seite haben“, sagt der König und denkt: Eigentlich hätt er’s schon lange sehen können.

Aus Rezas Richtung zieht Zigarettenrauch um die Nasen vom König und noch was anderes: Schnaps. Ahhh, daher weht der Wind. „Wie war das denn, als Sie Ihr Auge verloren haben?“ Die verschrumpelte Rosine. Der Wurm im Tequilaglas.

„Da hat ihm auch keiner geholfen“, stößt Kenan aus. „Darum hat er es ja verloren.“

Einauge schaut auf den Boden.

König führt Kenan hinüber zum Waschbecken. Lässt die Hand nicht los: braun und a bisserl knusprig, wie der Kürbis, den Mühsam immer noch schmatzend in sich hineinschlingt. Von dem Fasern herabhängen, wie die Hautfetzen von Kenans Hand. Verbrannt, an manchen Stellen auch rosig wie ein Stück Pute. Der König dreht am Wasserhahn, zerrt die Hand unter den heraussprudelnden Strahl. „Ahhh!“ Muss sie festhalten, damit der Kleine sie nicht gleich wieder zurückzieht. Denkt gar nicht daran, dass diese Kur alles noch schlimmer machen könnte. Noch schlimmer?

Er dreht den Wasserhahn wieder zu. Schaut Kenan an. Der ganz bleich um die schmale, lange Nase ist und schwankt. Er führt ihn zum Stuhl mit dem Armesünderlöffel dran. Muss Kenan die Beine hochlegen, damit der nicht kollabiert. Weil, einen Krankenwagen wird ihm Reza sicher nicht kommen lassen. Eher lässt er den Kleinen krepieren; um der Sache, des persischen Volkes willens. Denn Reza hat noch zu tun.

Die Märchenhochzeit

„Eigentlich hat sie’s nicht verdient“, hat die Erika gebelfert und mit den Zinken ihrer Kuchengabel in die Augen von der Farah Diba gestochen. Jetzt allerdings kein Esspapier mehr, sondern feinstes Marzipan. Die König Mutti hat's gesehen und der zukünftigen Schahbanu ihren Busen, samt ihrer Wut, hinuntergeschluckt. Weil, an so einem Tag will man keinen Streit, das ist ein bisserl wie an Weihnachten, wo alle keinen Streit wollen und dann gibt's oft erst recht einen, weil der Mann seiner Frau einen Pflegeschaum schenkt.

„Die hat der Soraya den Schah ausgespannt!", hat dann das Hannahle noch hinterhergeschoben, zusammen mit den Schuhen vom Schah, dass sogar Lippenstift drauf kleben geblieben ist. Auf dem letzten Stück von der Sachertorten, die die König Mutti extra zur Hochzeit von der Farah Diba gebacken hat. Bildmaterial: ein Fußkuss, eine Geste der Unterwerfung. Alte Tradition im Iran und bei uns früher ebenfalls Sitte.

„Ja, manche mögen's heiß", hat die Frida vor sich hin genuschelt, worauf die König sich verschluckt und der Farah ihren Busen wieder ausgespuckt hat, dass seine Einzelteile nur so im Wohnzimmer herumgeflogen sind. Auf den Perserteppich, gegen den sich der König Vati so gewehrt, aber letztlich den Kürzeren gezogen hat. Auf das neue Senator-Dreisitzer-Sofa mit den grauen Polstern und den Lehnen aus Teak. Und auf die geklöppelte Tischdecke.

Gesehen und für gut befunden hatten s' den Film *Manche mögen's heiß* natürlich alle. Aber wie's halt so ist, dürfen die im Film viel mehr als die Nachbarn in Rothenburg. Genauso wie der Schah. Man stelle sich vor, der König Vati hätt sich von der König Mutti scheiden lassen, weil sie ihm keinen Sohn geboren hätt. Und wenn's mit dem nächsten Weiberts auch nicht hingehauen hätt, dann hätt er sich halt die Nächste geschnappt. Ein bisserl wie ein Auto: „Der Mercedes bringt's nimmer. Fahr ich doch mal den Zwölfzylinder Ferrari."

„Das Bittere und das Süße", hat die König Mutti dann auch noch ihren Senf dazugegeben.

Das Salon Soraya-Kaffeekränzchen ist im Wohnzimmer von den Königs gesessen. Und das, obwohl drei Tage vor Weihnachten war und jeder Kopf in Rothenburg eine fesche Frisur für den Weihnachtsmarkt, die Christmette oder die Feiertage haben wollte.

Aber schon, wie sie im November erfahren hat, dass der Schah und die Farah Diba heiraten werden, hat die König für den Tag der Märchenhochzeit keine Termine mehr angenommen und sogar den von der Frau vom Bürgermeister, der Lauterbacherin, abgesagt. Das musst du dir mal vorstellen. Früher hätt's so was nicht gegeben.

Die Erika war so was von grätzig, weil die Soraya eine von ihnen war, eine Deutsche. „Pahh, ausgespannt!", hat sie zurückgeschossen. „Da läuft es nicht so, wie bei deinem Hans und dir. Da reicht's ned, dass die Franzi dem Hans beim Milchholen ein bisserl mit dem Busen und dem Hintern wackelt."

„Waaa?!", wollt ihr das Hannahle mit vollem Mund widersprechen.

„Ganz genau", ist die König Mutti der Erika zur Seite gesprungen, obwohl sie die Wortwahl von der Erika missbilligt hat. „In einem Kaiserhaus, da geht's um die Macht, ums Regieren, das Fortbestehen des Adelsgeschlechts." Ihre Stimme ist immer lauter geworden, eindringlicher, sie hat mit den Händen herumgefuchtelt, als tät sie Fliegen fangen, was sie ansonsten tunlichst vermeidet, aus Anstand. „Da kann man sich nicht der Herrscherkrankheit hingeben." (Weil du wahrscheinlich *Das Neue Blatt* schon länger nicht mehr gelesen hast: Der Druck hat sich damals auf der Soraya ihre Eierstöcke niedergeschlagen und deren Personenschützer haben sogar den Schah-Samen securitiert.)

„Hast du die Herrscherkrankheit jetz ebba auch?", hat das Hannahle die Frida gefragt und die König Mutti war froh, wie die Erika gesagt hat: „Pssst! Jetzt geht's los."

Alle vier haben feierlich das Sektglas in die Hand genommen und angehoben. Das Gackern ist verstummt, weil ein paar tausend Kilometer entfernt ein Hahn vor die Kamera stolziert ist. In dem neuen Fernsehgerät, dass der pensionierte Direktor, der König Senior, von seinem Ersparten in Ansbach beim Elektro Schmidt gekauft hat.

Immer mehr Leut in Deutschland und in Rothenburg haben so eines im Jahr 1959 gehabt: Seit Anfang des Monats sogar samt dem Sandmann aus der DDR für die Aurelia, die Tochter vom König. „Der rote Wichtel!“, hat der König Vati den Sandmann geschimpft. Darum darf die Aurelia ihn nur anschauen, wenn der immer noch kaisertreue Großvater, mittlerweile als demokratischer CSU-ler getarnt, beim Wirt Politik betreibt, was zu ihrem Glück nicht selten der Fall ist.

Ansonsten hat der Opa den Fernseher pünktlich um acht in seiner Gewalt gehabt, wenn der Tagesschausprecher Karl-Heinz Köpcke verzählt hat, was in den letzten 24 Stunden passiert ist. Genauso war's beim Hannahle ihrem Hans. Der hat einmal sogar beim Wirt verzählt, dass er jeden Abend um acht Uhr die Rede des Bundespräsidenten anschaut. Was beim Wirt für eine ganz schöne Gaudi und dann für eine Fotzerei gesorgt hat, weil der König Vati ihm widersprochen und gesagt hat, dass das der Tagesschausprecher ist. Der Hans hat gemeint, sie wollen ihn für blöd verkaufen, und so kam das eine zum andern: zum Suri die Wut und aus der Wut das Veilchen vom Herrn Direktor in Pension, der die nächste Woche nur noch mit Sonnenbrille herumgelaufen ist, was der König, sein Sohn, ganz schön lustig gefunden hat. Der Disput ist also in eine regelrechte Massenschlägerei ausgeartet, wovon die Rothenburger sich heute noch erzählen, weil's wahr ist.

Auch von der Hochzeit zwischen dem Schah und der Farah Diba wird heute noch erzählt, was kein Wunder ist, wenn da eine Frau einen Kaiser heiratet, die eine Frisur gehabt hat wie halb Rothenburg, womit ich jetzt ganz sicher nicht übertreibe: hochtoupiert und am Hinterkopf zusammengesteckt. (Wie meine Klausi-Oma, aber nicht nur die.) Sogar die Erika hat sich die Haare trotz ihrer Feindseligkeit gegen die Farah von der König Mutti hochstecken lassen. Und so haben sie zwar noch den Namen Soraya für den Salon in der Heugasse gehabt, aber die Frisur von der Neuen. Eins muss man der König Mutti lassen, eine pfundige Geschäftsfrau war sie.

Und dann ist es mucksmäuschenstill, wie die zukünftige Schahbanu vor die Kamera tritt.

„Was für ein Kleid“, sagt die Erika und vergisst sogar ihren Sekt.

„Von Yves Saint Laurent", sagt die König Mutti und spricht's so aus, wie man's schreibt.

„Von Dior", sagt das Hannahle.

Und die König Mutti sagt noch einmal: „Von Yves Saint Laurent."

Dann ist tatsächlich Ruhe und alle schauen in den Fernseher. Wo die zukünftige Kaiserin aus dem Mercedes aussteigt. „Das ist der gleiche wie der vom Hans! Das ist der gleiche wie der vom Hans!", quietscht das Hannahle. Die anderen darauf nur: „Pssst!" Sonst hätten sie sagen müssen, dass es eben nicht der gleiche Benz wie der vom Hans gewesen ist.

Dann stolziert die Farah auf den Schah zu, der auf der wuchtigen Treppe des Marmorpalastes in seiner Galauniform auf sie wartet. Der Mohammad Reza Pahlavi, der hat immer eine Frisur gehabt, da sagst du: Servus! Wie frisch aus dem Windkanal, wie geschleckt. Und so viel Glitzer und Klunker an seiner feschen Uniform. Die König Mutti hat bei seinem Anblick gradaus ans Lametta vom Weihnachtsbaum denken müssen.

Aber zurück nach Persien: Das Volk jubelt. Sechs Brautjungfern tappeln hinter der Farah nach, dass du meinst, sie wollen in ihre Fußstapfen steigen. Aber nein, damit die lange Schleppe nicht den Boden aufwischt. Sie gehen über einen Teppich, auf dem alle Symbole für eine fruchtbare und erfüllte Ehe zu finden sind: ein Spiegel und Kerzen für das Licht, Brot für den Wohlstand, Weihrauch, um das Böse fernzuhalten, Süßigkeiten für alles Angenehme im Leben und natürlich der Koran.

Der Ausrutscher dagegen fällt nur der Mutter auf, weil die sich eben mit Ordnung am besten von allen vier Frauen auskennt. Auch wenn sie's erst einmal nicht einordnen hat können. Weil, irgendwie hat sich's gut angefühlt, dass die Schahbanu höher gesessen ist als das Mandi von Schah. Aber irgendwie hat's nicht gepasst. Es war nämlich so: Wegen ihrem Schleier hat sich die Farah Diba nicht auf einen Stuhl setzen können. Also haben sie ihr einen Hocker hingestellt. Mit dem Ergebnis, dass sie einen halben Kopf größer war als der Schah.

Genau in dem Moment hat sich der Storch, der ansonsten auf dem Markusturm in Rothenburg brütet, im tausende Kilometer entfernten Winterquartier in Tansania einen Fisch zum Mittagessen geschnappt. Im Februar ist er dann, quasi als Früh-Rückflieger auf dem Heimweg nach Rothenburg über den Schah-Palast geflattert. Und schon zehn Monate später ist das Ergebnis mit elf Kanonenschüssen verkündet worden: der lang ersehnte Nachfolger für den Pfauenthron wächst heran.

Angenehm war übrigens für die Farah Diba die ganze Hochzeitsfeier damals überhaupt nicht. Das mit Brillanten bestickte Brautkleid sauwarm und so sakrisch schwer, dass die Brautjungfern am nächsten Tag Muskelkater gehabt haben. Und die Farah von der Brilliantenkrone mit ihren zwei Kilo verspannt wie Sau, dass es vom Genick über die Stirn bis ins Hirn gestochen hat. Ausgeschaut hat s' zwar pfundig, aber geh du mal mit so einem Kleidl aufs Klo und setz dich nieder. Da stehst nimmer so leicht auf! Und von der Nacht, in der sie sich vorgekommen ist wie eine Zuchtstute, will ich gar nicht reden. Vor allem, weil das offiziell ja erst der Anfang war, obwohl die zwei schon viel früher ... du weißt schon.

Tausende Kilometer entfernt, in Rothenburg, haben die Krähen so laut gekrächzt in dieser Nacht, dass es sich für den König angehört hat wie Fingernägel auf einer Tafel, die ihm das Gehirn rauskratzen, und er konnte nicht mehr anders als sich die Ohren zuhalten. Und die Farah hat sich insgeheim einen Keuschheitsgürtel gewünscht.

Auf glühenden Kohlen

Der König führt Kenan zur Streckbank. Nimmt das Sakko von Kenans Schultern. Legt es auf den Gespickten Hasen. Was das Sakko wohl nicht überleben wird, aber ein wenig Polsterung muss sein. Unter Ächzen und Stöhnen hievt er den jungen Mann auf die Holzplatte, legt dessen Beine hoch. Indes schnappt sich Reza mit einem sardonischen Lächeln den Armesünderlöffel. Er öffnet die Klappe des Ofens, das Feuer lodert und spuckt knackend Funken. Der Löffel fährt hinein und Reza holt das verbrannte, glühende Holz heraus. Auch bei ihm jetzt Schweißperlen auf der Stirn. Die Glut schmeißt er auf den Boden; so weit die Kette des überdimensionierten Löffels reicht. Holt einen weiteren Schöpfer voll. Und noch einen. Legt einen brodelnden, rot-gelb-funkelnden Gang aus.

„Los jetzt!“, befiehlt er und schubst den König mit einem Schlag auf den Rücken in Richtung Kohlen.

König bleibt kurz die Luft weg. „Darf ich endlich erfahren, was Sie mir vorwerfen?“, stößt er hervor.

„Ehebruch?“ Reza zündet sich eine Zigarette an.

„Sind Sie verheiratet?“, fragt der König.

Reza inhaliert tief, zuckt mit den Schultern.

„Dann wissen Sie vermutlich auch nicht, dass ein wenig Abwechslung im Bett durchaus wohltuend sein kann.“ Er sieht Reza an. Schweigt.

Der zeigt auf Königs Schuhe. „Ausziehen. Wir werden es schon noch herausfinden.“

„Es ist keine Schande, noch eine Jungfrau zu sein, mein lieber Reza.“

Reza nimmt die Zigarette wieder zwischen Daumen und Zeigefinger. Bückt sich, reißt König den Schuh vom Fuß, dass er nach hinten umkippt und auf den Boden fällt. Er kann sich gerade noch mit den Händen abstützen. Reza reißt ihm auch den anderen Schuh vom Fuß. Wirft ihn in die Ecke. Verfehlt Kenan nur knapp. „Socken ausziehen!“

Der König weiß, dass er eine rote Linie überschritten hat. Der Nikotinspiegel von Reza ist noch nicht wieder auf einem Niveau, dass er ihn zu einem angenehmen Zeitgenossen machen würde – was grundsätzlich als Möglichkeit angezweifelt werden darf. Und mit der Frauenfrage scheint der König nicht nur die rote Linie gerissen, sondern auch den roten Knopf gedrückt zu haben.

Da kommt ihm wieder dieser Gedanke. Er stellt sich vor, wie Reza – jetzt nennt er ihn auch in Gedanken bewusst Reza – wohl Farah sehen würde? Und der König ist keinen Deut eifersüchtig. Hätte ja auch gar kein Recht dazu ... Er beamt sich also zurück in die Suite des Hotel Eisenhut. Farah in ihrem Nachthemd. (Wie es genau ausschaut, kann ich jetzt nicht verraten, das wäre wirklich zu intim.) Nur in Frontansicht, weil er ja nur die zweidimensionale Sichtweise von Reza einnehmen kann.

„Ausziehen!" unterbricht ihn Einauge in seinen Gedanken. Dem König landet Spucke im Gesicht.

Er zieht sein Stofftaschentuch heraus, wischt sich über die Stirn, versucht so, seine eigene Wut unter Kontrolle zu bringen. Weil, Anschreien mit Anspucken ist quasi wie eine Watschn. Eine akustisch-ekelhafte. Da ploppen sofort Bilder auf von riesigen Mündern, verfaulten Zähnen, blinkenden Kronen, weißbelegten Zungen, stinkenden Mäulern.

„Ein letztes Mal: Ausziehen", flüstert Reza.

Und der König weiß, dass es jetzt ganz, ganz gefährlich wird. Er zu weit gegangen ist.

Zu spät. Die Zigarette brennt sich in seinen Handrücken. Er zieht die Hand zurück. Riecht verbrannte Haut. Fühlt den Schmerz. Beißt die Zähne zusammen. Kenan mit den aufgerissenen Augen sieht er nicht. Ihm wird schwummrig. Schnell zieht er die Socken aus. Versucht, sich zu fokussieren, ruhig zu atmen.

Reza hat sich inzwischen auf den Stuhl mit dem Armesünderlöffel gesetzt, die Beine genüsslich übereinandergeschlagen, und sich eine weitere Zigarette angezündet. Jetzt fehlen nur noch Bier, Chips und Fernseher. Aber statt dem Gerät flimmert die Glut auf dem Boden. Er hat sogar extra die Kerzen ausgeblasen.

„Bitteschön." Einauge zeigt auf die Glutstraße. „Der rote Teppich ist ausgerollt."

„Reza ...", meldet sich Kenan von seinem Krankenlager. Hält die verbrannte Hand mit der gesunden Hand.

„Kleiner, du solltest dir deine Unfähigkeit eingestehen und dich auskurieren. – Bitteschön!", sagt Reza jetzt mit mehr Nachdruck.

Der König atmet tief durch. Mit dem rechten Fuß fängt er an. Steigt auf die rot-flackernde Glut. Dann folgt der linke Fuß. Steigt auf die gelb-flackernde Glut. Rechts. Links. Rechts. Links. Jetzt ist er Soldat und Mönch zugleich.

Weil er es so seelenruhig vollzieht, keine Schmerzensschreie ausstößt, keine Hast zeigt und auch keinerlei Gemütsregung, steht Reza auf. Überlegt, ob und was er unternehmen soll. Ihn schubsen, stoßen? Er nähert sich dem König. Setzt ebenfalls einen Fuß vor den anderen. Schneller. Hat ihn erreicht. Hebt die Hand. Atmet ein. Und … Da hat der König die Füße schon wieder auf kühlen Boden gesetzt. Für die Erleichterung darüber, dass alles so geklappt hat, wie er es einstudiert hat, gibt es gar keine Worte. Alles eine Frage des Tempos und der Technik, denkt er deshalb ganz nüchtern. Und muss unweigerlich an die letzte Nacht denken. Was da genau passiert ist? Dazu gleich mehr …

Schein und Sein

Jetzt glaubst du vielleicht, dass die Soraya den ganzen Schmarrn bald hinter sich gelassen hat. Aber da täuschst du dich gewaltig! Weil, die Paparazzi sind immer noch an ihr dran geklebt wie die SAVAK an den Staatsfeinden in spe. Keine Woche ist vergangen, wo nicht irgendeine aus dem Salon Soraya-Kränzchen eine andere Zeitschrift dahergeschleift hat, in der irgendein Käs über Soraya, den Schah oder Farah Diba gestanden ist.

Der König hat das ganze Getratsche mitgekriegt, wenn er die Aurelia nach der Arbeit bei der Oma im Salon abgeholt hat, weil die Anna beim Studieren in Erlangen war: Germanistik und Geschichtswisschenschaften, freilich nicht auf Lehramt.

Einmal war im Salon grad ein richtiger Streit darüber im Gange, ob man den Salon jetzt umbenennen soll oder nicht. Die Erika hat gesagt: „Die Soraya ohne den Schah ist wie ein Radl ohne Fahrer."

Darauf hat die König Mutti gefragt: „Kann der Schah überhaupt Radl fahren?“

Und die Frida hat dagegengehalten: „Die Soraya ohne den Schah ist wie ein Fisch ohne Fahrrad.“

Worauf die Diskussion beendet war.

Der König hat zu der Zeit enorm darunter gelitten, dass er als Schuldirektor derjenige war, der den Buben und Mädln die Strafen aufdrücken hat müssen, die die Lehrer von ihm verlangt haben. Jetzt war zwar der Bücklibock mit seinem spanischen Röhrl nimmer da, aber nicht wenige vom alten Schlag, weil: Wie keine Nazis herkriegen, wo nur Nazis sind? Und dann hat auch noch der Hundshammer, der Hundsfott, ständig verkündet, dass die Prügelstrafe „scho bassd“, quasi von Gott gegeben. Mein Gott! Für den König hat das überhaupt nicht gepasst, weil er ja am eigenen Leib zu spüren gekriegt hat, was das mit einem Menschen macht. Und so hat sich in ihm ein derartiger Druck aufgebaut – was auch die Anna gespürt hat und die Aurelia, weil, weniger Geduld mit der Aurelia und auch mit der Anna hat er noch nie gehabt.

Da hat er sich eines Abends, wie die Aurelia und die Anna beim Sporteln waren, in sein Arbeitszimmer gesetzt und mit der Soraya getroffen, auch weil sie ihm ein bisserl leidgetan hat, weil sie so einsam war und so viel über sie getratscht worden ist. In Gedanken hat er sie schon öfter getroffen gehabt. (Und damit mein ich jetzt nicht irgendwelche dreckigen Gschichterln auf dem Klo.)

Er hat sich also einen Stuhl gegenüber von seinem Ohrenbackensessel zurechtgerutscht. Die Lampen angeschaltet und ein Aufnahmegerät auf das kleine Tischerl gelegt. Und einen Notizblock auf seine Knie. Schaltet das Aufnahmegerät ein. Das rote Licht leuchtet auf. Die Räder der kleinen Kassette fangen mit einem leisen Schnurren an, sich zu drehen.

Dann trifft ihn der letzte Sonnenstrahl des Tages und er ist auf einmal in der Wohnhalle des Münchner Hauses von der Soraya in der Opitzstraße gesessen, eingerichtet mit wunderprächtigen Chippendale-Stilmöbeln. Um ihn herum Vasen mit Rosen, Tulpen,

Flieder. Der König kommt aus dem Riechen überhaupt nimmer raus.

Das schwarze Kleid mit dem viereckigen Ausschnitt, den kleinen Ärmeln und einem breiten, schwarzen Lackgürtel steht der Soraya unbändig gut. Er erinnert sich, dass sie es sich vor zwei Jahren in Bad Godesberg hat anfertigen lassen. Obwohl ihre nutellabraunen Augen ihn fast trauriger als sonst anblicken, ist sie ihm noch nie so selbstsicher wie diesmal vorgekommen, was ihn ganz unbändig freut. Es schaut so aus, als ob sie, eingeigelt in ihrer Münchner Wohnung, im Selbstgespräch einen Schiedsspruch über ihre Zukunft gesprochen hat, ohne Schmuck und mit wenig Schminke und trotzdem ganz schön apart.

Der Soraya ihre Kammerzofe bringt einen Tee, der den ganzen Raum mit seinem herben Bergamotte-Duft erfüllt. Und dann eröffnet die Ex-Kaiserin das Gespräch mit dem König wie ein Oktoberfest, als wär der Tee der Zuruf gewesen. Sie sagt, dass dieser Tee ein ganz eigenes Aroma habe und ob der König es merke. Aber der kommt gar nicht zum Antworten, weil die Soraya sofort weiterschmatzt, dass er von ihrer Plantage stamme und sie annehme, er werde ihn überraschen. Eine eigene große Teeplantage auf ihrem Gut Kedah in Persien besäße sie. Zwar dürfe sie nicht mehr dorthin reisen – aber sie habe einen guten Verwalter, der ihr stets Bericht erstatte, für die Überweisung ihrer Einnahmen sorge und ihr diesen Tee schicke.

Ob das Gut ihrer Familie gehört?, fragt der König und Soraya lächelt ihn mit diesem bezaubernden Lächeln einer strahlenden Prophetenblume an, was ihre elfenbeinfarbigen Zähne, natürlich das Elfenbein eines asiatischen und keines afrikanischen Elefanten, zum Strahlen bringt. Und dem König sein Herz fängt zum Bumpern an wie ein Presslufthammer in der Oberen Bahnhofstraße.

Als ihr kleines Geheimnis habe sie es immer betrachtet, verzählt sie – aber warum solle sie nicht drüber sprechen? Das Gut gehöre ihr ganz allein. Der Schah habe es ihr im Jahr 1952 geschenkt.

Ob sie mit den Hofbehörden nach wie vor in Verbindung steht?, fragt der König.

Selbstredend, aber zwischen seiner Majestät, dem Schah, und ihr bestünde keinerlei direkter Kontakt. Der Schah schreibe ihr nicht mehr. Seine und ihre Wünsche würden allein über das Hofministerium oder die Pahlavi-Vermögensverwaltung geleitet.

Das sagt die Soraya dermaßen bestimmt und steigt mit ihrem Steckerlschuh bei jeder Silbe auf den Teppich, dass der König lieber seinen Fuß zurückzieht, damit der nicht gelocht wird. Dann widmen sie sich Sorayas Zukunft.

Sie sagt, ihre Eltern seien in diesen Tagen nach … Und weil die Soraya so eine angenehme Stimme hat, ratzt der König weg.

Wie sie schon verzählt, sie wolle im Mai zu einer Tante nach Südamerika, reißt es ihn und er blinzelt und hofft, dass er nicht geschnarcht hat. Mit kratziger Stimm, noch ganz schlafdamisch, stellt er die für ihn wichtigste Frage: „Und, wie schaut es mit Ihrem Liebesleben aus?" Soraya antwortet kurz, aber entschieden, weil sie ja schon so lange in München lebt: „Pfundig!"

Der König schnauft erleichtert aus, jetzt ist das auch geklärt.

Nach diesem anstrengenden Interview mit der Ex-Kaiserin fällt sein markantes Kinn auf seine breite Burst und der König rüsselt auf seinem Sessel endgültig weg, dass die Anna und die Aurelia ihn durch die ganze Wohnung schnarchen hören, wie sie vom Turnen kommen.

Am Samstag, dem 29. April 1961, haben die Zeitungen gemeldet, dass im Vorjahr insgesamt 2.034.329 Verbrechen und kleinere Vergehen in der Bundesrepublik und in Berlin (West) gemeldet worden sind. Gegenüber 1959 eine Zunahme um sage und schreibe 4,25 Prozent.

Auch die vier Damen vom Salon Soraya-Kaffeekränzchen sitzen an diesem Tag im Friseurgeschäft in der Heugasse und freuen sich über ein Verbrechen. Festlich angezogen, in schwarzen Kleidern mit viereckigen Ausschnitten, kleinen Ärmeln und je einem breiten, schwarzen Lackgürtel. Freilich nur leicht geschminkt, keinen Schmuck und so selbstsicher wie nie zuvor. Alle vier. Pfeilgrad! Sie haben alle zusammen einen Tee getrunken, dem sein Bergamotte-

Duft es sogar geschafft hat, den beißenden Gestank von Wasserstoffperoxid und Haarspray, der sich in den Handtüchern und Vorhängen vom Salon festgesetzt hat, zu überdecken.

Fast schon meditativ hat die König Mutti die Stimme angehoben, *Das Neue Blatt* in der Hand, die Lesebrille auf der Nasen, und hat wie der Pfarrer in der Kirch salbungsvoll begonnen: „Ich bin schon häufig von Soraya empfangen worden ..."

Wie sie fertig war, haben alle Tränen in den Augen gehabt und der Erika ist sogar die wenige Schminke in schwarzen Rinnsalen über ihr breites Gesicht gelaufen.

Und wie erst rausgekommen ist, dass das Interview aus der Feder eines „Betrügers" stammt, was haben sie getrenst!

Das Neue Blatt hat das 14 Jahre später 15.000 Mark gekostet, das berühmte Urteil, ganz der Ex-Frau vom Kaiser gewidmet: das Soraya-Urteil.

Betrüger? Auf keinen Fall ist der König ein Betrüger. Er ist ein Künstler und hat den Leuten gezeigt, wie es ist, wenn man was schreibt, was nicht stimmt.

Knackender Kiefer

Dem König seine Hand brennt, die Glut von Rezas Zigarette hat sich tief in sein Fleisch gefressen. Auch wenn er es nicht genau erkennen kann, weil nur noch die Kohlen auf dem Boden glimmen und eine einsame Kerze flackert, die Reza genüsslich entzündet hat. Und gleich darauf eine Zigarette an der Flamme.

Dieses Aas, denkt der König und setzt sich auf den Folterstuhl, um noch einmal zu unterstreichen, wie unverwundbar er ist. Wischt sich mit der Hand die Kohle von den Fußsohlen und zieht seine Socken an, dann die Schuhe.

Kenan liegt noch immer auf der Streckbank. Der König bindet sich den rechten Schuh, geht hinüber. „Wie geht es Ihnen, mein treuer Diener?" Die Frage ist eigentlich eine rhetorische. Kenans

Gesicht ist weiß wie die Fugen zwischen den grauen, pockennarbigen Steinen des Kerkerverlieses. Seine Augen ausdrucklos. Schlaff liegt die verletzte Hand in seiner gesunden.

„Krchch", schnauft Reza seine Missbilligung raus. Für mehr reicht's nicht, er ist noch zu sehr mit Nikotinaufnahme beschäftigt.

Der König geht zum Wasserhahn, füllt das Weinglas. Das Sprudeln aus dem Hahn scheint das einzige Lebenszeichen im Kellergewölbe zu sein. Er geht zurück zu Kenan. „Trinken Sie." Hilft ihm hoch. Hält ihm das Glas an die spröden Lippen.

Kenan lässt seine Augen nicht vom König. Die Ausdruckslosigkeit weicht einem Glanz. Als wären sie von Erkenntnis durchdrungen.

Dem König ist, als hätte Kenan genickt, als er ihn langsam zurück auf die Streckbank bettet. Ein Geräusch im Hintergrund stört die Vertrautheit.

Reza hat ein neues Spielzeug ausgegraben, hält die Mundbirne demonstrativ in die Höhe. Der König hat die ganze Zeit gehofft, dass er sie nicht entdecken würde.

„Setzen Sie sich!", sagt Einauge, deutet auf den Foltersessel und fügt zynisch hinzu: „Ihre Majestät." Dann saugt er den Zigarettenrauch tief ein, wodurch sich die Narbe an seiner Wange verzieht.

Der König setzt sich ohne zu zögern auf den Stuhl. Zu schnell. Zu viel Schwung. Die Stacheln dringen in sein Fleisch, können den Schmerz an der Hand nicht überdecken. Er versucht, das Gewicht gleichmäßig zu verteilen. Was ihm diesmal nicht gelingt.

Einauge hält die Mundbirne in der linken Hand, die Zigarette in der rechten und stellt sich vor den König. Dann lässt er beide los. Die Mundbirne fällt auf dem König sein Gemächt. Die Zigarette landet knapp darüber. Die Glut brennt sich in den Stoff. Und Reza nutzt den kurzen Moment, um den König zu fixieren. Erst an den Armen. Dann an den Füßen. Dann richtet er sich auf. Der König ist wie betäubt. Sieht der Zigarette zu, wie sie sich weiter durch den Stoff frisst. Er fängt zu schwitzen an. Strampelt mit den

Füßen. Die Mundbirne fällt krachend zu Boden. Reza hebt sie langsam auf. Die Kippe fällt zu Boden. Reza hebt auch sie auf und zieht daran. Die Mundbirne hält er ganz nah vor Königs Augen.

Vier löffelförmige Schalen ergeben eine fleckige, verrostete Birnenform. Der Schraubmechanismus dagegen, am verjüngten Ende, ist keineswegs verrostet, geradezu gepflegt. Vor diesem Folterinstrument hat der König Respekt. Die Mundbirne wird geschlossen in den Mund eingeführt; dann aufgespreizt. In Psychiatrien wurde sie bei plärrenden Irren eingesetzt. Plärren konnten sie trotzdem noch, dann aber vor Schmerz. Eine andere Möglichkeit, sie als Folterwerkzeug zu verwenden, bestand darin, sie zu einem Trichter umzufunktionieren. Für das Maul. Aber auch für andere Körperöffnungen. Um Flüssigkeiten einzuführen: Säure, Essig oder den berühmt-berüchtigten Schwedentrunk im Zuge der Wasserfolter; wie beim Waterboarding made in USA, mittlerweile Exportgut in die ganze totalitäre Welt. Zum warm werden sechs Liter, bei der kleinen Wasserfolter, und für die Fortgeschrittenen gleich zwölf. Wenn du die Zähne zusammengepresst hast, haben sie dir deinen Mund mit der eisernen Zange aufgerissen. Damit das Wasser weiter aus der Literkanne in dein Maul laufen konnte, das du zuvor zu weit aufgerissen hast. Wenn sie dir Arsch und Harnröhre zuvor verstopft oder zugebunden haben, bist du erstickt oder geplatzt. Die Schweden haben das Wasser mit Urin oder Jauche vermischt; die Jauche hat dann die Speiseröhre verätzt, weil die Eschericher coli Bakterien da hingekommen sind, wo sie nix zu suchen haben.

Darauf hat er sich nicht vorzubereiten gewusst, weder mit Grimassen noch mit Zahnarztbesuchen. Eine Kiefersperrung samt dem damit einhergehenden Schmerz wär bei Weitem schon ausreichend für den König. Ihn würd es allerdings nicht erstaunen, wenn dieser Bastard Reza die Mundbirne so weit aufspannt, dass ihm die Zähne splittern oder der Kiefer bricht.

Farah kommt!

Es sind ein paar Jahre ins Land gegangen. Die Aurelia ist eine gescheite junge Frau geworden, die besonders von ihrem Vater die Freiheit erfahren hat, die er nie erleben hat dürfen. Und seine Frau, die Anna, die im Pass auch Aurelia geheißen hat, hat ihn dabei unterstützt.

Dass die Aurelia, also die Tochter, offiziell genauso wie die Mutter geheißen hat, war natürlich ein ganz ein gwixter Schachzug vom König und der Anna. Weil, für ihn hat die Anna immer nur Anna geheißen. Und um Mutter und Tochter zu unterscheiden, haben sie nach außen hin gesagt, dass die Anna jetzt nach ihrem zweiten Namen gerufen wird: „Anna!" Der in keiner einzigen Urkunde nachzulesen war, aber das haben die Leut ja nicht zu wissen gebraucht. Die einzigen, die den wahren Grund gekannt haben, waren die beiden Aurelias: Senior und Junior. Und so war die Familie König eine eingespielte Schauspieltruppe oder, um es weniger militärisch zu sagen, eine Commedia dell'arte, wie die Italiener ihr Volxtheater früher genannt haben.

Dem Schah seine Tochter dagegen hat eher ein Schattendasein gefristet, war ja kein Mannsbild, kein Thronfolger. Den hat ihm erst die Farah geschenkt.

„Farah kommt!", hat die König Mutti an einem Abend im März 1967 gebrüllt, wie ihr Sohn die Tür zu seiner Wohnung im Klosterhof aufgemacht hat.

Die Aurelia ist von ihrer Zeitung aufgeschreckt, wo sie gerade ein Zitat von Franz-Josef Strauß gelesen hat. Dieser … (Ach, lass mer's, über längst Verstorbene, Begrabene und glücklich Verweste spricht man nicht schlecht), der immer wie eine Wasseramsel den Oberkörper bewegt hat, hat – unbekannterweise – über den König sinniert: „Politiker und Schauspieler haben manches gemeinsam. Ferner glaube ich, dass es in der Kunst der politischen Verstellung größere Meister gibt als mich." Und der König hat erst einmal gar nicht gewusst, was er sagen soll. Also, weil die Farah Diba ja zwangsläufig mit ihrem Schah kommt und nicht, weil der Strauß über ihn sinniert hat.

Und dann haben es nach und nach alle, ganz Rothenburg, erfahren: Die König Mutti hat's dem König Vati erzählt, der beim Wirt dem Hans, der daheim dem Hannahle. Das Hannahle wieder der König Mutti im Salon Soraya usw. usf.

Und manche haben die baldige Ankunft vom Schah sogar am eigenen Leib zu spüren bekommen. Aber dazu später mehr, weil, so ein Polizeistaatsbesuch ist ja auch so etwas wie ein Vier-Gänge-Menü: Aperitif, Vorspeise, Hauptgericht und Dessert. Auch, wenn wir von dem Dessert schon den Großteil hinter uns gebracht haben. Süß ist es zwar nicht, aber immerhin lebt der König noch und das ist ja auch nicht selbstverständlich, wenn man vom iranischen Geheimdienst gefoltert wird.

Also zurück zum Aperitif. In Rothenburg sind alle ganz fickrig angesichts des Besuchs vom Kaiserpaar aus dem Morgenland. Da werden die Schildl am Bahnhoferl frisch gestrichen und die Hecken vom Stadtgärtner gestutzt. Damit's nicht gschlampert ausschaut, weil der Schah, wie schon sein Vater, die deutsche Ordnung und den deutschen Fleiß in ihren Fabriken zum Schätzen gewusst hat. Und dass sich dahinter auch ja keiner mit einem Stutzen oder einer Bomben versteckt und den Schah ins Gehirn schießt oder aus der Farah Tartar macht – den der König Vati übrigens sakrisch gern gegessen hat, weil er dabei in seinen Kriegserinnerungen hat schwelgen können. Weil: Vor dem Deutschlandbesuch hat's allerhand Protest von deutschen und iranischen Studenten gegeben. Du erinnerst dich vielleicht, die Ulrike Meinhof, die später Kaufhäuser angezündet und noch viel mehr gemacht hat, hat sogar einen Brief an die Farah Diba geschrieben. Wie die König Mutti ihn in Kopie in der Aurelia ihrem Zimmer gefunden hat, hat sie zum Hyperventilieren angefangen und der König hat den Sanka rufen müssen, der dann auch gleich mit dem Bohmann – heute besagter und betagter Friseur Rothenburgs, wenn auch nur am Dienstag – dahergebraust ist. Aber da hat die Mutter schon eine Tüten vom Metzger vorm Mund gehabt, den Aufschnittgeruch ein- und ausgeatmet und sich beruhigt. Der König Vati war total zintig, dass die Aurelia so ein Terroristen-„Geschmier!" daheim hat, womit er ausnahmsweise sogar ein bisserl richtig gelegen ist. Aber wer weiß, ob die Meinhof überhaupt das geworden wär, was sie geworden ist, wenn dem Schah seine Haberer nicht, zwei Tage nach dem Besuch des Schah in Rothenburg, in Berlin mit den Zaunlatten auf die Studenten eingeschlagen hätten.

Auf alle Fälle hat der König einfach nur gesagt: „Tätst du jemand zujubeln, der kiloschwere Diamanten trägt, während sein Volk nur Dattelkerne und eingeweichtes Stroh zum Essen kriegt?" Dann war Ruhe.

Die 1848 gegründete Firma Apfelstedt und Hornung, die beim G20-Gipfel in Hamburg auch 50 Jahre später noch die Fahnen aufgehängt hat, putzt Rothenburg mit Flaggenschmuck heraus. Und glücklicherweise hat der König Vati rechtzeitig entdeckt, wie er wieder einmal Nasenbluten gehabt und den Kopf ins Gnick gelegt hat, dass unter dem mittelalterlichen Rathaus, unter der Altanen, die Farbe blättert.

Mittelalterlich verkleidete Musikanten proben auf der Treppe vom ehrwürdigen Hotel Eisenhut fränkische Folklore, dass du meinst, der Till Eulenspiegel ist geklont worden. Daneben die jetzige Besitzerin, die Paula Pirner, ja, genau die, die damals dem Adi den Apfel geschält hat. Jetzt ist sie um ein paar Pfund schwerer und etliche Mark reicher. Und natürlich hat sie sich im Salon Soraya von der König Mutti eine Farah Diba-Frisur hochstecken lassen.

Mit ihren Hostessen übt sie im Eingangsbereich vom Hotel den Hofknicks. Dabei lässt sie die flache Hand wie ein Fallbeil herabsausen und sagt: „Wenn ich so mache." Und wie ein sauber abgetrennter Kopf fällt die Anspannung von ihr und den Fräuleins ab. „Dann gehen wir runter. Und wenn ich so mache." Sie hebt die Hand wieder. „Stehen wir auf." Die Fräuleins nicken und sagen brav „Ja", wie es sich für die Damen damals gehört hat. Jetzt haben die Madl noch schlichte Röcke an, aber wenn es ernst wird, ist freilich Tracht angesagt.

Ein Don Quichotte in Rüstung und Ziegenbart sagt brav sein Sprücherl zur Probe auf: „Eure Erscheinung, kaiserliche Majestäten, ist Krönung nun für dieses alte Haus." Da könnte man fast glauben, dass der ahnt, dass es bald zwei Majestäten geben wird. „Es reicht, erhebend sich zum Bunde, Vergangenheit und Gegenwart die Hand. Und Glanz des Lebens geht auf beide über." Womit er sicher den König gemeint hat. „Und Gott befohlen unter diesem Dach …", hat der Ritter weiter schwadroniert, womit natürlich der Schah gemeint war. Aber wenn der von einem Gott befohlen war, dann kann das nur der grantige, graue, grausame aus dem Alten Testament gewesen sein.

Und auch der König hat gespürt, dass seine große Stunde gekommen ist, und hat sich darauf vorbereitet. Kurz vor Pfingsten hat er sich ins Steinbachtal begeben. Dorthin also, wo es eher unwahrscheinlich war, dass seine Tarnung, dass er als der „Herr Direktor" auffliegen und sicher in der Presse landen würd. Er hat sich seine kotigsten Anziehsachen, seinen breitkrempigen Faschingshut und einen Flachmann eingepackt und ist über den Panoramaweg von Rothenburg ins Steinbachtal gewandert. Von wo aus man ins Taubertal, auf Schwarzenmühle und ins Hohbachtal auf den Gutshof mit den vielen Pfauen schauen kann.

Da ein Maler des Weges entlangspaziert. Der ist fast über ihn drüber gestolpert, weil, so ein Maler ist ja ein Künstler und die Künstler haben ihr Hirn ja gern mal in den Wolken, was aber nicht heißt, dass sie von den Wolken satt werden, auch wenn das nicht wenige denken. „Wie wenn ein Toter mitten auf der Straße liegt", hat der Maler gedacht. Er hat wirklich gemeint, dass der König tot wär, und ihn mit dem Stock umzudrehen versucht, weil der auf dem Bauch gelegen ist.

Da hat der König einen Plärrer losgelassen, ist aufgesprungen und hat gesagt: „Ich hab mich nur tot gestellt, hab ausprobieren wollen, wie einer auf einen Menschen reagiert, der mitten im Tal auf dem Weg liegt, ausgestreckt, und zwar auf dem Bauch, wie ein Toter."

„Eine Unverfrorenheit", hat der Maler gesagt. „Was wäre denn gewesen, wenn mich vor Schreck der Schlag getroffen hätt?"

„Dann hätt ich mich aus dem Staub gemacht", hat der König geantwortet, „der Schlag kann ja jeden überall treffen."

„Stimmt", hat der Maler gesagt und dem König seine zerlumpten Anziehsachen gemustert.

„Und falls Sie jetzt meinen, ich würd Sie um Geld bitten, dann haben Sie sich getäuscht."

„Dann hab ich mich getäuscht", hat der Maler gesagt. „Wie verdienen Sie denn Ihr Geld?"

„Mit Kunststücken. Mein Vater ist der Direktor von einem sogenannten beweglichen Theater gewesen. Und der hat mir sogar gelernt, wie man seinen Kopf verschwinden lassen kann."

„Wer's glaubt…"

„Oder mit den eigenen Beinen Fußball spielen, auch das gehört zu meinem Repertoire …"

Am nächsten Tag ist dann in der *Fränkischen Landeszeitung* gestanden: „Verrückter im Steinbachtal lässt Kopf verschwinden."

An Pfingsten, wo, wie jedes Jahr der Meistertrunk in Rothenburg aufgeführt worden ist, hat er sich als persischer Prinz ausgegeben und eine Amerikanerin angebaggert, die ganz einsam herumgestanden ist. Damit die Anna nicht jetzt schon eifersüchtig wird, will ich die Geschichte lieber aussparen. Reicht schon die Schlagzeile in der *Fränkischen Landeszeitung*: „Verrückter gibt sich beim Meistertrunk als persischer Königssohn aus."

Woraufhin die Kripo in Ansbach, auch aufgrund des nahenden Schahbesuchs, eine Soko „Dattel" eingerichtet hat. Weit sind sie nicht gekommen mit ihren Ermittlungen, weil sie die Amerikanerin als liebestoll eingestuft haben, nachdem sie den Täter beschrieben und der Polizeimaler ein Phantombild angefertigt hatte: Und das hat dem Schah, dem echten, bis aufs Auge gleich geschaut.

Wenn der König nicht damit beschäftigt war, in die Schlagzeilen zu kommen, dann war er am Sporteln. Meistens im Schandtaubertal. Da hat er Liegestützen auf den flachen Muschelkalksteinen und Klimmzüge über dem Flussbett gemacht, bis seine Muskeln nur so gebrannt haben und er Schwielen an den Fingern gehabt hat. Nackert ist er durch die Brennnesseln gelaufen und hat sich hineingelegt, bis es überall nur so gebizzelt hat. Was allerdings nur eine Vorbereitung auf die Ameisenhäufen war, in die er sich reingelegt hat, was wiederum seine Tochter, die Aurelia, nicht mitbekommen hat dürfen, weil: Tierschützerin und Vegetarierin. Auf der ihre Meinung hat der König große Stücke gehalten und das nicht nur, weil sie Politikwissenschaften in Erlangen und damit das Wesen der Welt studiert hat.

Am Weiher in Schwarzenbronn hat er als Einziger seine Bahnen im doch noch recht kalten Maiwasser gezogen, während der Bauer nebenan den Odel auf die Felder ausgefahren hat. Am Schluss hat er die Luft etliche Minuten anhalten können, also der König, nicht der Bauer, und das war auch bitter nötig. Und zwar nicht nur wegen dem Odel.

Und spätestens, wenn er am Abend mit seiner Anna im Bett gelegen ist und ihr mit der Hand über die Kuhle in ihrer Hüfte gestreichelt hat und sie die Schwielen gespürt hat, ist ihr klar geworden, dass er was vorhat. Und der König hat gewusst, dass sie's weiß.

Damit die Schandi nicht Wind von dem bekommt, was er vorhat, hat er sich sicherheitshalber vom Farsi-Kurs im Goethe-Institut Rothenburg in der Herrngasse abgemeldet – dort, wo heut die Montessorischule drin ist, im Schatten von der Franziskanerkirche. In Nürnberg, wo ihn trotz Lehrerschule keiner mehr gekannt hat, hat er sich einen Farsi-Kurs B1 gekauft, den die Buchhandlung Jakob natürlich erst einmal bestellen hat müssen.

Fünf Tage vorher gibt's dann noch eine Generalinspektion vom Aufzug im Hotel Eisenhut. Der Name des Inspekteurs soll an dieser Stelle verschwiegen werden, nicht, dass der noch einen Kopf kürzer gemacht wird. Warum? Du wirst schon sehen …

Ein „Attentat“ steht im Raum, man weiß nur nicht, in welchem. In den Schlafzimmern der für die Sicherheit zuständigen Beamten muss es zumindest schon herumgeistern, weil, die können deswegen nicht richtig schlafen. Und wer kann's ihnen verdenken? Also wird die Begrüßungszeremonie mit dem Ritter und den Trachtenmadln kurzfristig verboten, weil: „Safety first!"

Die Frida stürmt hysterisch wedelnd mit der *Fränkischen Landeszeitung* in den Salon Soraya. „Die haben uns verboten, Blumen aus dem Fenster zu werfen!" Wo sie doch bundweise gerupfte Flora zum Schmeißen vorbestellt hat, beim Blumen Müller in der Wenggasse. Liest vor mit zitternder Stimm, als hätt ihr jemand verboten, die Farah zu sehen: „Und die Fenster soll man auch zulassen."

Die König Mutti fächelt ihr kalte Luft zu und schenkt ihr einen Likör ein, der aber nicht einmal im Ansatz reicht, um die Frida zu beruhigen. Darum kriegt sie noch einen zweiten und einen dritten. Sicher ist sicher, ist nicht nur das Motto von Polizei und Geheimdienst in diesen Tagen.

Und so steht die Frida dann kurz darauf mit der ganzen Salon Soraya-Blasen in der Galgengasse und singt „Oh, du Fröhliche", was dem König seine Mutter immer wieder erfolglos zu unterbinden versucht. An der Strecke, die der Schah und die Farah vom Bahnhof nehmen werden. Polizisten auf BMW-Motorrädern und in weißen Mänteln fahren in militärischer V-Formation vorbei, proben die Eskorte für das Kaiserpaar. Ein kleiner Bub in Lederhosen steht neben ihnen, zupft der Frida so fest am Rock, dass er ihr glatt ein bisserl runterrutscht, und schreit: „Papa! Fahrende Mäus!" Der Stadtrat, Maler und Kunsthändler Geissendörfer, der es sich nicht nehmen hat lassen, mit seiner weißen Mercedes 600-Limousine selber mitzuproben – freilich im zugeknöpften Trachtenjanker und mit den wenigen verbliebenen, nach hinten geschleckten Haaren und Vollbart –, hört, was der Bub für einen respektlosen Ausspruch von sich gegeben hat, verzieht aber keine Miene, genießt es, in der Öffentlichkeit zu stehen und endlich mal nicht grüßen zu müssen. Den Blick starr auf den Mercedes-Stern gerichtet, der wie ein Fadenkreuz auf den dicken, weißummantelten Hintern des vor ihm fahrenden Polizisten zielt.

Einen Tag vorher wird in der Reichstagshalle der Schäfertanz geprobt, dass man sich am nächsten Tag nicht zum Affen macht. Die Druckerpressen laufen heiß mit Plänen 1 : 50 und 1 : 100, auf denen die Stellungen vermerkt sind, wo die Schandi mit Schießgewehr und Funk auf Terroristen und Querulanten lauern. Auf jedem Turm ist ein Schutzmann mit Funkgerät, Fernrohr und Büchsen gesessen, weil jeder weiß: „Der Schah ist eine gefährdete Person!"

Erwischt hat es dann von den 12.000 Rothenburgern sechs Perser. Die wären freilich zu Jubelpersern mutiert, obwohl sie Studenten waren, wenn man sie hingelassen hätt. Dieses halbe Dutzend hat am Goethe-Institut in Rothenburg Deutsch gelernt, unweit des Hotels Eisenhut, in dem der Schah mit Farah Diba … Also hat man sie kurz vor dem 30. Juni, diesem sagenumwobenen Tag, auf Kaffeefahrt geschickt, nicht, dass sie plötzlich doch noch erkennen, dass foltern gar nicht so pfundig ist.

Es hat aber durchaus so was wie Verstimmungen angesichts des Schahbesuchs gegeben. Sowohl von ganz unten, als auch von ganz oben; je nachdem, wo du stehst. So ist der Einsatzleiter, Polizeichef Borstorff, im Sicherheitsgespräch auf den SPD-Oberbürgermeister Ledertheil zugegangen und hat vorsichtig-bestimmt gefragt, ob er denn nicht anordnen könnt, dass die Leut die Fensterläden von ihren Fachwerkhäusern zumachen, weil seine Untergebenen ein bisserl nervös sind, dass da einer rausschießen oder eine Bomben auf den Schah schmeißen könnt. Weil viele Leut wirklich einen ziemlichen Brass auf den Kaiser und seinen Regierungsstil gehabt haben. Jetzt, wo du gesehen hast, wie die mit dem König umgehen, verstehst du sicher auch, warum.

Der Ledertheil ist allerdings einen Schritt zurückgetreten, wie die Sicherheitsbehörden auf ihn zugekommen sind, und hat davon abgesehen, die Fenster der Fachwerkhäuser schließen zu lassen. Weil ihn die Frida, wie sie nach der Schnapselei wieder gradaus schauen hat können, ganz lieb darum gebeten hat. Aber verzählts das bitte nicht ihrem jetzigen Tschamsterer. Womit der Ledertheil bei seiner lockeren Entscheidung nicht gerechnet hat, das waren der König und seine Tochter Aurelia.

Nervös waren an dem Tag auch noch andere – und damit mein ich nicht nur die Paula Pirner, die bereits vorhergesehen hat, dass sie in der Nacht von Dienstag auf Mittwoch kein Auge zutun würd –, wobei ich aus Gründen des Persönlichkeitsschutzes nicht genau sagen kann, wer. Weil, wer will schon bei einem paranoiden Hotelier wohnen? Was ich aber verraten kann, ist die Gschicht, die's wegen der Nervosität gegeben hat, und dass dem sein Hotel auf dem Weg vom Schah, der Farah und den Motorradpolizisten vom Bahnhof zum Hotel Eisenhut gelegen ist. Auf alle Fälle hat sich ein Journalist von der *Frankfurter Rundschau* ein Zimmer reserviert gehabt in unbesagtem Hotel. Er hat sich zwar, wie alle anderen Journalisten, beim Bundespresseamt akkreditieren lassen und ist vom Verfassungsschutz durchleuchtet worden, was ihm auch einen Platz auf dem Marktplatz bei der Rede vom König gesichert hat, aber das hat ihm in dem Fall wenig geholfen. Wie er mit seinem Koffer ankommt aus Frankfurt, denkt er nix Böses, checkt ein, schenkt der Rezeptionistin ein Lächeln und gibt dem Hoteljungen ein paar Mark, weil der seinen Koffer über die Treppen nach oben gewuchtet hat.

Der Hotelier hat eigentlich nur gesehen, wie der Journalist die Empfangsdame angesprenzelt hat. Jetzt kannst du meinen: eifersüchtig, weil er die Rezeptionistin selber ganz pfundig gefunden hat. Auch. Aber vor allem hat er trennscharf beobachtet: Der ist aber braun = kriminell. Interessanterweise hat er das früher nie gedacht; eine Schande, dass Hemdfarben viel ungenierter durchs Leben laufen wie Hautfarben. Sage und schreibe drei Minuten hat der Mann hirnen müssen, bis ihm klar geworden ist: Perser! Aber: Erkenntnis für die Katz, immer noch sehr verdächtig, da sonnengeküsst. Dass der Schah selber auch kriminell sein könnt, darauf ist der Hotelier freilich nicht gekommen.

Die Alarmglocken in seinem Gehirn haben gar nicht mehr aufgehört zu schrillen, dass er gemeint hat, ihm zerreist's den Schädel. Also hat er die Schandi gerufen. Und die haben die Kripo informiert. Und weil sie eh grad in der Gegend waren, haben sie zehn Minuten, nachdem der Journalist sein Hotelzimmer bezogen hatte, bei ihm angeklopft. Und: Pappnase! Kein Perser, sondern ein Frankfurter.

Der Schwedentrunk

„Ich nehme an, wir sind noch beim Ehebruch?", fragt der König. Die Flucht nach vorn scheint ihm jetzt das Mittel der Wahl.

„Wenn Sie so möchten", sagt Reza generös, zieht an der Zigarette und bläst dem König Rauch in den Mund, wie es Kiffer mit einem Joint gelegentlich zu tun pflegen. Der Rauch beruhigt den König keineswegs, heitert ihn auch nicht auf. Er stinkt: abstoßend, vulgär, widerlich.

„Dann verstehe ich nicht ganz, warum Sie die Mundbirne in Händen halten", sagt der König und fragt sich, ob die Frage intelligent war.

„Das werden Sie schon noch verstehen."

„Ich verlange eine Erklärung! Soll ich etwa mit einem Mann Ehebruch begangen haben?"

Reza wirft die Zigarette zu Boden. Drückt sie mit der Ferse aus. Der König spürt, dass Kenan zu ihnen herüberschaut.

„Da ich keine Frau bin, kann ich wohl schlecht mit dem Teufel Unzucht getrieben haben."

Der König spielt darauf an, dass Frauen, denen im Mittelalter vorgeworfen wurde, mit dem Teufel Sex gehabt zu haben, das grausige Folterinstrument als Vaginalbirne eingeführt wurde. Er denkt: Mund – Birne – vaginal. Und muss an die letzte Nacht mit Farah denken. Was ihm schon wieder ein bisserl Kraft gibt. „Oder wollen Sie gar ernsthaft behaupten, ich wäre in dieser Konstellation der Teufel?"

„Wer weiß?", sagt Reza. Hält die Mundbirne hoch. „Mund auf."

Der König hält den Mund geschlossen.

„Mund auf!“, sagt Reza, schon ein wenig lauter, dreht an der Schraube des Geräts, die birnenförmigen Schaufeln schließen sich, bilden das Folterobst. „Mund auf!“

Der König erstarrt.

Reza schiebt ihm die Mundbirne ins Maul. Zerreißt seine Oberlippe. Der König fährt vor Schmerz zurück. Einauge packt ihn am Hinterkopf. Der König sieht aus dem Augenwinkel, wie Kenan sich aufrichtet. Erschreckt den Mund aufreißt, als würde ihm das Foltergerät hineingeschoben.

Der König schmeckt metallisches Blut auf der Zunge, Rost. Das Metall dehnt seine Kiefermuskulatur. Der König hört sich selbst atmen, röcheln. Sein Kiefer knackst.

Reza hat die Mundbirne jetzt weit genug in dem König seinen Mund eingeführt. Dreht an der Schraube. Seine kalte Hand immer noch an dem König seinem Hinterkopf. Der Kiefer knackst erneut.

Da stoppt Reza. „Und, waren Sie im Schlafzimmer Ihrer Majestät?“

Und an diesem Punkt spürt der König, dass mit Reza etwas geschieht. Eine erstaunliche Verwandlung. Er scheint sich mit dem Schah zu identifizieren, den „Ehebruch“ persönlich zu nehmen. Was sich in seinem verzerrten Gesichtsausdruck und dem zum Zerreißen gespannten Tonfall manifestiert.

„Ich verscheeheee ja ...“, röchelt der König.

Jetzt richtet sich Kenan ganz auf. Setzt sich an den Rand der Streckbank. „Chef!“, sagt er überraschend klar. „Wenn Ihnen der Verdächtige etwas mitteilen soll, müssen Sie ihm schon die Mundbirne herausnehmen.“

„Wohl wahr“, sagt Reza erstaunlich schnell und schraubt an dem Foltergerät herum. Zieht es König ruckartig aus dem Mund.

Es knackst laut, in der Ecke fiept eine Ratte und Kenan zuckt zusammen. Er steht etwas mühevoll auf, geht zum trockenen Zug, der in einer Auswölbung der Kammer steht; ein Konstrukt mit einem Seilzug, an dem der Gefangene an der Decke aufgezogen und auf die Folter gespannt wird; neben dem Henkersschwert und dem Keuschheitsgürtel. Wägt kurz ab und nimmt den Keuschheitsgürtel. Dreht und wendet ihn, während er zu Reza hinübergeht. Und sagt: „Das sieht mir doch wie ein feines Stückchen aus. Bei weitem geeigneter als dieses Teil, dass einem die ganze Arbeit frisst."

Der Große fühlt sich übertölpelt, möchte es sich aber nicht anmerken lassen. Ihm bleibt nichts anderes als zuzustimmen. „Ja, die Deutschen haben schon immer gewusst, wie man foltert", sagt er. Zieht sich eine Zigarette aus der Schachtel, zündet sie an und legt die Mundbirne auf den Boden. Er nimmt Kenan den Keuschheitsgürtel ab.

„Angesichts dieses Gegenstandes –" Der Schmerz im Mund stoppt dem König seine Worte. Aber er zwingt sich weiterzusprechen, öffnet den Mund dabei so wenig wie möglich: „Erlaube ich mir noch einmal die Frage: Sind Sie verheiratet?"

Reza stößt den Rauch lautstark aus. Schweigt eisern. Dafür beredter Blick.

„Verzeihen Sie mir." Der König macht eine kurze Pause, schielt zu Kenan hinüber. „Lassen Sie mich erklären."

Kenan nickt, ohne die Antwort seines Chefs abzuwarten.

„Warum ich diese Frage stelle."

Reza glotzt ihn an.

„Hätten Sie an meiner Stelle Ihrer Frau diesen Keuschheitsgürtel angelegt?", fragt der König.

„Was, an Ihrer Stelle?", fragt Einauge barsch zurück.

Wenn er die Oberhand nicht mehr hat, scheint auch die Identifikation mit dem Schah wieder weg zu sein, denkt der König. „Sehen Sie. Ihre Majestät hielt sich mit mir in der Suite des Hotel Eisenhut auf. Und wenn …"

„Selbst wenn sie das tat", unterbricht ihn Reza, „heißt das noch lange nicht, dass Sie das Recht dazu hatten!"

„Gehen wir einmal davon aus, dass ich das Recht dazu hatte."

„Warum sollten Sie?", fragt Reza, jetzt wieder ganz der eifersüchtige „Ehemann".

„Haben Sie von Ihrer Majestät Gegenteiliges vernommen?"

„Von welcher Majestät? Farah Diba? Oder dem Schah-in-Schah?"

Reza öffnet zuerst die Handfesseln und dann die Fußfesseln vom König.

„Wenn ich etwas Gegenteiliges gesagt hätte, wüsste ich das sehr wohl", sagt der Befreite überzeugt.

Reza knurrt. Und spuckt ein „*Dayyus*!" in Richtung vom König aus. Worauf Kenan zusammenzuckt.

Jetzt war das von Reza vielleicht eine impulsive Gemütsäußerung, eine spontane Beschimpfung. Von der er sogar annimmt, dass der König gar nicht weiß, was sie bedeutet. Weiß der aber: Es ist ein ziemlich heftiges, vulgäres Schimpfwort, das Männer verunglimpft, die ihre Frau nicht unter Kontrolle haben. Die Mullahs, die ja bekanntlich die Feinde des Schahs sind, meinen damit jene Männer, denen es wurscht ist, wenn Frauen ihr Kopftuch locker um den Kopf gebunden haben. Weil aber schon der Vater vom Schah komplett gegen das Kopftuch war und der Schah das auch ist – und die Farah Diba ja ohnehin ohne herumspaziert –, läuft das ganze beim Kaiser des Irans von vornherein ins Leere. Trotzdem ist jetzt der Zeitpunkt gekommen, wo der König entscheiden muss, wie er sich verhält. Weil, wenn einer seiner SAVAK-Agenten ihn darstellt wie einen, dem die Frauen gleichgültig sind, dann … Andererseits sagt man *Dayyus* auch zu Leuten, die keine Eifersucht verspüren oder sogar vor der fremdgehenden Ehefrau die Augen verschließen und dies tatenlos zulassen. Dass das sogar eine Idee von Freiheit sein könnte, wie bei den Hippies zu jener Zeit – der Gedanke liegt dem Reza vermutlich ziemlich fern.

Der König schreitet also zu Reza hinüber. Holt mit der flachen Hand aus. Und brettert ihm eine, dass es nur so durch das Kellerverließ hallt. Reza fliegt die Kippe glutspritzend aus dem Maul. Er hält sich die Hand vor die Nase. Nimmt sie wieder herunter. Das Blut spritzt heraus. Dem König ins Gesicht. Warme, wieder metallisch schmeckende Tröpfchen. Reza leckt sich über die Lippen, grinst irre, ein blutrünstiges Monster.

Alles für den Schah!

Auf jedem Turm sitzt also ein Polizist mit Fernrohr und Schießgewehr, jedes Fenster ist polizeilich erfasst. Alle, die an der Anfahrtsstrecke wohnen, also vom Bahnhof zum Eisenhut, werden angewiesen, keine Auswärtigen und Fremden in die Wohnung zu lassen. Da ist die König Mutti ganz froh, dass sie für die Frida, die in der Galgengasse wohnt, wo der Schah und vor allem die Farah vorbeifahren werden, keine Fremde ist.

Und so sitzt die König Mutti am Abend des 30. Mai 1967 in der Wohnung von der Frida, samt der ganzen Salon Soraya-Blasen. An diesem historischen Abend, der in die Annalen eingehen wird, flüstern die vier Damen nur, weil sie sich so unglaublich verschworen vorkommen.

Und dann ist's so weit.

Kein Auto weit und breit. Kein Lüfterl traut sich zu wehen. Sogar der Mond versteckt sich hinter den Wolken. Nur der junge Rettungssani mit dem Oberlippenbart langt ein paar Mal nach seiner Zigarettenschachtel in der Hosentaschen, steckt sie aber immer wieder zurück. Lehnt sich genauso oft an seinen Sanker, der mitten in der Pampa an den Gleisen steht. Stellt sich mindestens einmal die Minute aufrecht hin, als würde er vor dem Kaiser salutieren. Aber die einzigen, die das mitbekommen, sind die Strommasten, der Jägerstand, die toten Birken und die Wühlmäus.

Heute aus Steinach kein Zug mit Touristen aus Japan, China oder Spanien. Und auch keiner aus Rothenburg.

Da, endlich, braust ein Zug vorbei. Leer. Die Vorhut. Um zu checken, ob Bomben auf den Schienen liegen. Dann ein zweiter. Wackelt noch mehr als sonst, die Lokomotiven schnaufen aufgeregt ihre weißen Wolken in den schwarz-gefleckten Himmel, haben's pressant. Eskortiert von einem Polizeibully mit rotierendem Blaulicht.

Es naht das fleischgewordene Märchen. Orient und Okzident vereint. Eine Ode an den feuchten Traum eines jeden Spießbürgers und seiner frigiden Ehefrau. Der Herrscher auf dem Pfauenthron und seine Gattin aus dem fernen Morgenland.

Jetzt ruckeln sie an den paar Kleinhäuslern und Brennholzstapeln in „Hartershofen“ vorbei. Durchqueren den Bahnhof „Schweinsdorf“ ohne Halt. Wo sie hoffentlich das Schild nicht gelesen haben, sondern sich in ihrer Vorfreude auf das mittelalterliche Rothenburg und den jubelnden Pöbel sonnen oder sich für den Ausstieg fertig machen. Farah mit einem Blick in den Spiegel: Die Frisur sitzt. Der Schah mit einem Blick auf seine Schuhe: Das Leder glänzt. Kuhleder, weil: Moslems und Schweine. Und Schweinsdorf: harām, unrein. Und der Schah ist doch dermaßen gebildet, war in einem Schweizer Internat, wo er Deutsch gelernt hat. Hätten sie das Ortsschild bloß überhängt.

Währenddessen steht der König in seinem Bad, bereitet sich auf seinen Einsatz vor. Wie seine Tochter. Die mit ihren Genossinnen bei einem Treffen vom Sozialistischen deutschen Studentenbund den morgigen Tag noch einmal durchfieselt.

Der König schleckt sich die Haare mit Kamm und Gel nach hinten. Zieht die Krawatte fest um den Hals, wie immer ein bisserl zu fest; der Druck bringt ihn in Hochform. Die Anna kontrolliert, wie er ausschaut. Verzichtet darauf, ihm ein Bussi zu geben, dann würd ihr der Abschied noch schwerer fallen.

Kaum, dass der Sanitäter den Windzug nicht mehr spürt, knackt das Funkgerät: „Zentrale an 1029, bitte kommen.“

„1029 hört.“

„Sofort nach Rothenburg in die Zentrale, in den Milchhof.“

„Verstanden.“

Kurz nach dem rotierenden Blaulicht ist der Rettungssani im Milchhof. In der Zentrale. Mit einem fahrenden Operationssaal, mit Blutkonserven, steht im Fall des Falles bereit für das persische Kaiserpaar. Ein Hollywood-Thriller ist nix dagegen. Unglaublich. Spannend. Terroralarm!

22:35 Uhr
Im hermetisch abgeriegelten Bahnhof von Rothenburg fährt derweil der Zug auf die Sekunde genau pünktlich um 22:35 Uhr ein. Da soll noch einmal jemand was über die Bahn sagen. Pfeilgrad hält er an der Markierung, die zuvor für ihn hingepinselt worden ist, nicht, dass der Lokomotivführer noch an dem roten Teppich vorbeifährt. Aus unzähligen Birnen brennen 4.000 Watt runter, dass sich der Schah vorkommt wie daheim in der Großen Salzwüste. Eine mit rotem Samt ausgeschlagene Treppe wird ans Abteil hingefahren, nicht, dass der Schah und die Farah morgen Muskelkater haben. Zahllose Blitzlichter flammen auf, Film- und Fernsehkameras surren.

22:39 Uhr
Der König setzt sich seinen Hut auf, schleicht aus der Wohnung, um rechtzeitig zum Eisenhut zu kommen. Bei so viel Kontrollen könnte das ein bisserl dauern.

Am Rothenburger Bahnhof öffnet sich die Tür des Zuges. Und da sind sie! Euer Hochwohlgeboren schreiten über den 30 Meter langen blutroten Teppich. Alles, was Rang und Namen hat, will sie begrüßen, das Namedropping erspar ich dir jetzt lieber. Zumal dann auch noch der ganze Rattenschwanz der Delegation der Kaiserfamilie und ihres Geheimdienstes dazukommen würd. Nur diese vier sollen noch erwähnt werden: Generalleutnant Mohammad Fazeli und Oberst Mohammad Amir Biglari, ihres Zeichens vom FBI trainierte „Djanbaz-Garde“ des persischen Geheimdienstes. (Warum die den König nicht in die Zange genommen haben? Weil, wie soll man zwei Mohammads im Dialog und überhaupt unterscheiden? Außerdem darf man den Mohammad nicht bildlich darstellen, ist mir gesagt worden.) Dann die Schwiegermama vom Schah, Frau Banou Diba, die es nicht weiter gebracht hat als bis zur Hofdame; also quasi qua Heirat degradiert, was sie dem Schah bis heute nicht verziehen hat. Und auch der Staatsminister Dr. Dr. Hundhammer nebst Gattin ist zu nennen, in Vertretung für den Ministerpräsidenten. Vom Hundhammer hat's nicht erst an seinem Grab 1974 geheißen: „A Hund is er scho!“ Und zwar nicht wegen dem Namen – das wär mir ein zu billiger Joke. Ich hab dir ja schon erzählt, dass er '47 als Kultusminister wieder erlaubt hat, in der Schule zu prügeln. Und dann hat so manch einer nach seiner Anweisung geprügelter Schüler ein Hochbegabtenstipendium der Hundhammer-Stiftung erhalten. Dialektik auf bayerisch, wenn du so willst. Dem Schah und seinem Geheimdienst ist der Hundhammer zutiefst verbunden, vor allem im Kampf gegen die Roten – als ehemaliges Mitglied des Freikorps bei der Niederschlagung der Räterepublik in München, wo der Landauer Gustav, der Anarchist, doch glatt die Prügelstrafe in den Schulen abgeschafft hatte. Sachen gibt's ...

Auf alle Fälle kriegt die Farah einen Blumenstrauß, ohne Dünger fürs Wasser, der sonst immer so unkommod am Stil klebt und den du fast nicht runterkriegst. Die Politikerblasen heißt den Herrscher des Irans und sein Weib auf dem Territorium des Freistaates Bayern willkommen. Der sogleich in die kugelsichere Limousine steigt. Gesichert vom Tross vom Auswärtigen Amt, dass du meinst, du stehst auf der A9 im Stau. Die streng abgeschirmte Strecke geht erst durch die nach dem niederwohlgeborenen Nazi-Bürgermeister Ludwig Siebert benannte Straße, dann durch die Galgengasse. Dort spitzt die König Mutti aus dem Fenster und sieht die Nasen von der Farah durch die Autoscheibe blitzen. Weshalb sie fast in Ohnmacht fällt und nur durch einen Schnaps wieder reaktiviert werden kann. Ob sie es überlebt hätt, wenn sie gewusst hätt, was ihr Sohn vorhat?

Jetzt ist der König in der Klostergasse angekommen. Zwei Streifenwagen, ein Käfer und ein VW, stehen quer auf dem Kopfsteinpflaster. Ein junger und ein alter Polizist stehen dazwischen, rauchen.

Der König lupft den Hut, sagt: „Grüß Gott.“

Der junge Polizist greift nach seiner Maschinenpistole. Der Ältere ebenfalls. Mustert den König durch schmale Augenschlitze. Dann sagt er „Grüß Gott!“ und winkt den König durch.

Der Junge schaut seinen Vorgesetzten an und fragt: „Warum jetzt das?"

Und der antwortet: „Weil ich ihn kenn. Ich hab ihn die letzten Tag schon gesehen. Das ist ein Einheimischer."

„Aso", sagt der Junge.

22:42 Uhr

Genau in dem Moment, wo sich der König zischen den Polizeifahrzeugen durchschiebt, schiebt sich der Tross durch die Georgengasse, auf die sich in dem Moment nicht einmal eine echte Maus traut.

22:44 Uhr

Der König setzt jetzt den ersten Schritt in die Herrngasse. Er ist ein bisserl über der Zeit, nur ein paar Sekunden. Aber das kann bedeuten, dass sein Plan nicht funktioniert.

Der erste Polizist, der den König erspäht – wieder ein junger Bereitschaftspolizist, diesmal aus der Nürnberger Nordstadt –, zuckt zusammen, wie er den Schatten ums Eck schleichen sieht. Er umklammert seine Maschinenpistole. Richtet sie auf den König. Und ruft: „Halt! Wer da?"

Das alarmiert auch seine Kollegen. Die ebenfalls zur Waffe greifen. Und es folgt ein Schauspiel wie einstudiert. Vier Polizisten gehen mit erhobenen Maschinenpistolen auf den König zu. Er kann genau in das Dunkel ihrer Läufe schauen. Was ganz gut ist, weil er so nicht zu sehr auf den Boden schaut, aber den Kopf nicht zu sehr hebt. Genau die richtige Mischung aus Demut und Selbstbewusstsein.

Die vier Maschinengewehre sind gleich beim König angekommen, der diesmal seinen Hut lieber nicht abnimmt. Keine falsche Bewegung. Sondern Hände hoch. Er sagt: „König. Aushilfskellner."

„Weisen Sie sich aus", sagt wieder ein Jungsporn zackig. Weil er ein komisches Gefühl hat. Weil er den König zu kennen glaubt. Irgendwo in seinem Hinterkopf ist ein vernebeltes Bild gespeichert, weil sein Cousin auf der Jakobsschule in Rothenburg war.

Aber er kriegt den Nebel vor lauter Aufregung nicht weg. Und auch der Nieselregen, den die Wolken in dem Moment vom Himmel sprühen, schafft es nicht, ihn zu verscheuchen.

„Darf ich?", fragt der König, weil er den Ausweis in seiner Manteltaschen hat. Gleichzeitig deutet er mit einem Ohr und den immer noch erhobenen Händen nach unten.

„Moment!", sagt der Einsatzleiter. Geht zum König. Stellt ihn an die Wand. Die Läufe der MPs sind auf ihn gerichtet, nervöse Finger am Abzug. Eine Zuckung kann da tödlich sein. Der junge Wachtmeister klopft ihn ab.

Dröhnende Motoren nähern sich. Das kaiserliche Ehepaar samt ihrer Armada. Die Scheinwerfer durchleuchten den Platz vorm Eisenhut, was eigentlich gar nicht geht, weil ja eh schon alles ausgeleuchtet ist. Die kugelsichere Limousine hält. Agenten von der SAVAK, namentlich Reza und Kenan, umringen sie. Schauen sich in alle Richtungen um. Als die Luft rein zu sein scheint, was sie aber nicht ist, weil der König ja ganz in der Nähe ist, halten Sie die Tür auf und Schah und Schahbanu steigen aus. Gehen zum Eingang des Hotels, über dem der eiserne Hut hängt.

Kurz bevor Farah eintritt in das geschichtsträchtige Haus, dreht sie sich noch einmal um. Und pfeilgrad in dem Moment schaut auch der König über seine Schulter. In ihre Augen. Diese unwiderstehlichen rehbraunen Augen. Ihre Blicke treffen sich. Beide Gehirne sind für einen Moment betäubt, vereint, wissen nicht, wie ihnen geschieht. Und ab da kann die Farah an nichts mehr anderes denken als an den König, weshalb sie beim Empfangsbrimborium mit der Paula Pirner auch ein wenig deppert dreinschaut.

Der König indes, der sich vom vielen Abklopfen vorkommt wie ein durchgeweugelter Kuchenboden, darf endlich einen Passierschein herausziehen. Ausgestellt auf seinen Namen: Mitarbeiter Hotel Eisenhut, Kellner.

(Du wirst dich fragen, wie der König da jetzt wieder dazugekommen ist. Vielleicht erinnerst du dich, wie der Adi vor fast genau 32 Jahren im Hotel Eisenhut diniert und ihm die Paula

Pirner den Apfel geschält hat. Den sie ihm aber nicht schälen hätt können, wenn ihn der König nicht vom Rössner am Marktplatz gekauft hätt, weil der ja an alle, nur nicht an das Schweinderlgesicht von Kreisleiter verkaufen wollt. Und damals hat ihm die Pirner Senior versprochen, dass er was gut hat bei ihr. Wie der König vom Schahbesuch gehört hat, war ihm sofort klar, was er zu tun hatte. Er ist zur alten Pirner und hat ihr gesagt, dass er immer schon mal als Kellner arbeiten wollt, wenn ein Kaiser da ist. Die hat rumgedruckst. Er hat sie an ihr Versprechen erinnert. Und daran, dass es jetzt vielleicht nimmer so gut kommt, wenn er der Zeitung erzählt, wie wichtig es ihr damals war, dem Adi den Apfel zu kredenzen, und ihrer Tochter, die unschuldige Frucht zu schälen. Schlussendlich hat die Pirner Senior ein Wort mit der Pirner Junior gesprochen und die hat ihrem Oberkellner aufgetragen, sich drum zu kümmern. Der hat dem König den Passierschein ausstellen lassen. Als eine seiner letzten Handlungen, weil: Halbperser. Also nicht tragbar. Und in dem ganzen Trubel der letzten Wochen hat die junge Pirner auch schon wieder vergessen, dass sie das überhaupt veranlasst hat. Weil, alles für den Schah!)

Irgendwie schafft es der König noch in die Küchen, wo der Sohn vom Stachowiak, weil, slawisch hat ja jetzt nix mehr ausgemacht, schon am Vorbereiten ist. Ein Mittagessen, dass du denkst, du bist nicht im Hotel Eisenhut, sondern in irgendeiner Eckboazn. Die Staatskanzlei spendiert Leberknödelsuppen, Schweinshaxen und zum Dessert gibt's Fruchtsalat. Ja, wenn s' meinen. Weil, du erinnerst dich: Moslems kein Schwein und auch keinen Wein – den die anderen dann im Georgszimmer litern werden, wo natürlich auch der Stadtrat nicht fehlen darf.

Der König hat sich vom Gschaftln der anderen – die Madln polieren hektisch das Besteck, weil's die Kellnerin z'spät bestellt hat, andere drapieren Margeriten und Rosen fürs Georgszimmer – nicht stören lassen, hat nur seinen Mantel an den Haken und seinen Hut darüber gehängt. Ist schnurstracks durch die ganzen Sicherheitsleut in den zweiten Stock. Und da war er dann kurz überfordert, weil der Aufzug mit dem Schah, der Farah und der Paula Pirner stecken geblieben ist. Allerdings war er in guter Gesellschaft. Weil, der Polizeichef ist mit einem roten Schädel vor der hartnäckig geschlossenen Aufzugstür gestanden, auch der Mann von der Pirner, der wie immer nix gesagt hat, und die Pirner selber ist im Aufzug beim Schah gesteckt und hat für einen Moment sogar ihr debiles Grinsen eingestellt.

Sofort ist der Aufzugsgeneralinspekteur gerufen worden, aber der hat gewusst, warum er einen Tag vorher in Urlaub gefahren ist. Weil, du weißt schon, einen Kopf kürzer.

In dem ganzen Gewusel, wo jeder helfen wollt und simgscheid – für die Preußen unter euch: siebengescheit – gewusst hat, was jetzt am besten zu tun wär, hat sich der König unbemerkt nach oben geschoben. Und schwupps ist er in der Suite verschwunden und hat sich gemütlich auf das pfundige Klo gesetzt. Also dahin, wo selbst der Kaiser zu Fuß hingeht. Gelernt ist gelernt.

Der König hat noch nicht gespült gehabt, da hat er schon gehört, wie draußen die Eingangstür von der Suite aufgegangen ist. Wie sie wieder jemand zugemacht hat.

Dann ist die Klotür aufgegangen. Und der Schah ist vor ihm gestanden.

Der König hat ganz bewusst erst einmal gar nicht zu ihm hingeschaut. Ist aufgestanden, hat sich die Hosen raufgezogen und die Spülung gedrückt.

Und dann haben sich die beiden das erste Mal in ihrem Leben ganz wahrhaftig getroffen. Jeder den anderen, von dem zumindest einer seit seiner Geburt gewusst hat, dass es ihn gibt.

Aufgehängt

„Aus dir werde ich schon noch herausquetschen, wer du wirklich bist", zischt Reza dem König ins Ohr. Der sieht die Daumenschrauben vor sich. Seine zerquetschten Finger, mit denen er letzte Nacht …

„Kleiner, beweg dich her!“, brüllt Reza durch das blutrote Taschentuch vor seiner Nase. „Jetzt ist Schluss mit Jammern und Ausruhen!“

Der König will hinüber zu Kenan gehn, ihm hoch helfen.

„Und du bleibst, wo du bist!“, plärrt Reza den König an.

Der König tut jetzt lieber, wie ihm befohlen. Auf halber Strecke hört er einen markdurchdringenden Schrei von Kenan. Er dreht sich um. Sieht, wie sich Kenan die verletzte Hand hält, muss sich gewohnheitshalber mit ihr aufgestützt haben. Auf dem gespitzten Hasen. Dem Kleinen laufen vor Schmerzen Tränen über das Gesicht. Sein aus zwei Taschentüchern improvisierter Verband ist durchgesuppt: gelb, rot.

„Ihr Kollege braucht sofort einen Arzt.“

„Du wirst mir heute noch gestehen, in welchem Auftrag du das persische Reich und damit unsere Majestät geschändet hast“, sagt Reza.

„Jetzt fangen Sie schon wieder damit an.“ Der König schnauft genervt aus. „Hatten Sie heute Morgen das Gefühl, Ihre Majestät sei nicht wohlauf? Also ich hatte das gegenteilige Gefühl …“

„Ich scheiße auf deine Gefühle!“, brüllt Reza, wirft sein blutiges Taschentuch in den Ofen. Zündet sich eine Zigarette an. Geht auf den König zu. Dem sein Handrücken pulsiert noch von der letzten Kippe, die ihm Reza darauf ausgedrückt hat.

Der König flieht zu den Schandmasken. Kunstwerke. Eisern glotzen sie ihn an. Das blutige Stofftaschentuch beginnt auf der glühenden Ofenplatte zu schwelen. „Wissen Sie, wer die in alter Zeit tragen musste?“, fragt der König und greift nach der Maske für die Hausdrachen.

Reza zieht an seiner Zigarette, weiß es natürlich nicht.

„Geschwätzige Frauen.“ König zeigt auf die großen, spitzen Ohren, die denen von Reza erstaunlich ähnlich sind. „Die großen Ohren versinnbildlichen, dass die Delinquentin alles hört.“

Reza tippelt von einem Fuß auf den anderen.

„Die Brille, dass sie alles sieht.“

Reza zieht zweimal hintereinander an der Zigarette.

„Die große Zunge, dass sie alles weitererzählt."

Kenan lehnt noch an der Streckbank, lässt Reza nicht aus den Augen.

„An wen erinnert sie das?"

Da glaubt der König, zu sehen, wie Kenan das Wort „SAVAK" stumm ausspricht. Er legt die Schandmaske wieder auf die Erhöhung in der Wandnische. Nimmt die nächste. Mit Hörnern und einer riesigen Schweinsnase. „Für Männer, die ihre Nase überall hineingesteckt haben."

Reza drückt seine Zigarette auf dem Boden aus. Zerquetscht sie mit seiner Ferse.

„Oder denen man Hörner aufgesetzt hat."

Vielleicht ist es die Schweinsnase, vielleicht die Summe aus allem. „Schluss jetzt!", zischt Reza.

„Wollen Sie nichts mehr zum Thema Ehre hören?", fragt der König. „Wie wichtig sie früher war, um in einer Gesellschaft bestehen zu können?"

Reza reagiert nicht, sagt: „Kenan." Zeigt auf den König.

Kenan geht zu ihm hinüber. Nimmt ihm die Maske mit der gesunden Hand ab. Stellt sie auf den Absatz im Rundbogen der Gewölbemauer.

Dann zeigt Reza auf den trockenen Zug. Reflexartig rollt der König mit den Schultern und hofft, dass es Reza nicht gesehen hat.

„Weitsicht kann ich nicht als eine Ihrer Stärken verbuchen. Haben Sie schon einmal daran gedacht, was passiert, wenn die Öffentlichkeit erfährt, wie Sie den Schah von Persien behandeln?"

Reza reagiert nicht.

„Dann wäre keine Resozialisierung mehr möglich. Fall sie es überhaupt …"

„Ruhe!", schreit Reza und packt jetzt selbst mit an. Seine Fingernägel schneiden in dem König seinen Bizeps.

Reza führt ihn zum groben Seil, mit dem Fleischerhaken daran. Dreht dem König die Handrücken um, presst sie aufeinander. Der muss die Zähne zusammenbeißen, weil die Brandwunde so noch mehr schmerzt.

„Festhalten." Kenan greift nur halbherzig zu. Was an seiner verletzten Hand liegen kann. Oder an großer innerer Verstimmung.

Reza verschnürt dem König seine Hände mit den Fesseln. Zieht sie zu fest zu. Der König spürt, wie das Blut stoppt. Das Seil, das von der Decke hängt, führt zum trockenen Zug, wickelt sich um die Rolle in der Mitte, die durch das große Holzrad an der Seite gedreht wird. Darüber das Wappen Nürnbergs: ein halber Adler und die verblichenen Farben Rot und Weiß, die sich weiter über das gesamte Foltergerät ziehen. Die Ratte fiept.

Der König steht jetzt mit dem Rücken zum Fleischerhaken. Die Kerzen lodern auf, ein Windzug hat sich aus dem Ofen geschlichen, Mühsam und die Ratte sind still. Reza hängt die Fesseln in den Haken. Befiehlt: „Hoch!" Und stellt sich vor den König.

Kenan setzt das Rad ächzend in Bewegung. Dem König seine Arme werden nach oben gezogen. Kenan schafft es kaum, beißt aber die Zähne zusammen, weil er weiß, dass alles besser ist als Reza zu zwingen, selbst am Rad zu drehen.

Beim König schiebt sich die Spannung von der Schulter in die Rückenmuskulatur. Die Arme verdrehen sich, brennen. „Stoppen Sie, Reza!", sagt er.

Reza hebt die Hand. Kenan nimmt seine vom Rad.

„Was wollen Sie eigentlich von mir hören?"

„In welchem Auftrag Sie handeln."

„Im Namen des iranischen Volkes natürlich."

Reza hebt erneut die Hand. Kenan dreht das Rad. Und der König hatte eine Verschnaufpause, damit sich seine Muskeln und Sehnen ein wenig an die Dehnung gewöhnen konnten. Das Brennen wird stärker. Seine Füße verlassen den Boden. Er versucht, die Arme locker zu lassen und die Muskeln anzuspannen, wie er es geübt hat.

Die Hälfte der Distanz zur Decke hat der König überwunden. Er weiß nicht, wie lange er noch durchhalten wird.

Reza klebt mit seinem einen Auge in dem König seinem Gesicht. Versucht, den Schmerzgrad zu deuten, den die Folter beim König verursacht. Der atmet tief durch. Versucht, sich zu entspannen.

„Soll ich gestehen, dass ich im Namen der Liebe zu meinem Volk handle? Wie sollte ich das bitte beweisen?"

Kenan stoppt. Reza geht nicht darauf ein, weist Kenan an, weiter zu drehen. Also keine Verschnaufpause. Der Schmerz wird beißender. Unerträglich.

„Arbeiten Sie für die Kommunisten?", fragt Reza.

„Was hätten bitte die Kommunisten davon", ächzt König, „wenn ich eine Nacht mit Farah Diba verbringen würde." Dann versagt seine Stimme. „Und den Rothenburgern dabei zusehe, wie sie Schafe spielen?", stößt er unter Schmerzen aus.

Kenan zieht wieder. Dem König sein Oberkörper legt sich nach vorne. Er kann Reza jetzt nicht mehr ansehen. Die Sehnen sind zum Zerreißen gespannt, die Schulterblätter treten wie spitze Schneiden hervor. Er atmet ein, atmet aus. Hofft, dass die Decke gleich erreicht ist. Da stoppt der Zug.

„Was ist?", fragt Reza.

„Das Seil ist am Ende angelangt", sagt Kenan. Leise, aber ruhig und bestimmt.

„Das ist aber schade!", sagt der König betont ruhig. „Jetzt wäre ich gerade warm." Und denkt: Kann das wirklich sein?

Er ist froh, dass seine Muskeln eine Pause bekommen, bevor sie den Zug nicht mehr aushalten. Wobei eine Pause in seiner brenzligen Situation eigentlich die falsche Formulierung ist, weil es ja immer noch höllisch brennt. Außerdem glaubt der König nicht, dass das Seil am Ende angelangt ist. Er glaubt eher, dass der Kenan weiß, was auch er weiß – dass Einauge aufgrund seines zweidimensionalen Sehens nicht sieht, das Kenan noch nicht die ganze Schnur aufgewickelt hat. Weil er ja nur den König sehen kann, aber nicht was dahinter passiert.

Reza setzt einen Fuß nach vorne.

„Ich gestehe", sagt der König sicherheitshalber.

Das scheint Einauge egal zu sein. Er ahnt, dass Kenan nicht mehr auf seiner Seite ist. Gibt ihm eine schallende Ohrfeige. Worauf der das Seil loslässt.

Und der König zu Boden fährt.

Reza stoppt ihn. Dem König seine Arme werden nach oben, über seinen Kopf gerissen. Die Sehnen dehnen sich wie ein Bungeeseil an der Tower Bridge in London. Die Muskeln spannen sich an, werden hart wie Adis Kruppstahl. Aber innen drin steckt eben ein Mensch und kein Windhund, keine deutsche Eiche, weshalb der König lautstark losbrüllt.

Reza zündet sich eine Zigarette an. Kenan atmet im Hintergrund hörbar ein- und aus. Reza schaut den König von unten an und fragt spöttisch: „Was gestehen Sie, Ihre Majestät?“ Dann legt er den Arm um dem König seine ausgekugelte Schulter. „Wir können doch offen miteinander sprechen.“ Hängt sein ganzes Gewicht daran.

Beißender Schmerz fährt dem König in die Schulter. „Ahhh!“, stöhnt er leise auf.

„Was gestehen Sie, Ihre Majestät?“

„Dass Sie es nun doch geschafft haben, mir ein Geständnis zu entlocken.“

„Lass ihn runter“, sagt Reza erstaunlich schnell.

Kenan tut, wie ihm befohlen. Nimmt dem König seine gefesselten Hände vom Fleischerhaken. Währenddessen füllt Reza Wasser in einen Holzeimer. Trägt ihn herüber.

Dem König seine rechte Hand bitzelt. Bei der kleinsten Bewegung wird der Schmerz in der Schulter noch unerträglicher. Er spürt, wie die Muskeln um die Schulter herum anschwellen. Würde sie jetzt gern in dem Wasserbad kühlen. Weiß aber, dass das nicht möglich ist, dass er die Schulter nicht in den Eimer bringt. Da würde gerade mal sein Kopf reinpassen. Sein Kopf?

Der Schwindel übermannt ihn, er darf jetzt nicht kollabieren. Also will er sich auf den Stuhl mit dem Armesünderlöffel niederlassen.

Doch gerade, als er sich nach unten bewegt, schlägt ihm Reza gegen die Schulter, er jault laut auf, verliert das Gleichgewicht, fällt zu Boden, auf die Schulter. Schwärze. Nacht.

Der König erwacht von einem Schwall kalten Wassers. Er weiß nicht, wo er ist. Sieht Kenan über sich stehen. Den Holzeimer in der Hand. Die Katze Mühsam schleckt ihm mit ihrer rauen Zunge über das Gesicht. Die Ratte flitzt hinter Reza vorbei, der die Schandmaske mit der riesigen Schweinenase krachend nach ihr wirft.

„Auffüllen", sagt Reza.

Kenan steht da, verschränkt die Arme.

Also läuft Reza mit dem Holzeimer los. Bringt ihn wieder, randvoll. Dann setzt er sich auf den Stuhl mit dem Armesünderlöffel. Über den König. „Gestehen Sie?"

Der König richtet sich auf, der Schmerz fährt ihm in die Schulter. „Soll ich Ihnen berichten, dass ich mich in das Schlafzimmer meiner eigenen Gattin geschlichen habe? In diesem lächerlichen Rothenburger Hotel? Weil ich bei der Wirtin Paula Pirner noch einen Wunsch frei gehabt habe aus der Zeit, als der Freund meines Vaters, Adolf Hitler, bei ihr zu Gast gewesen ist und sie dringend einen Apfel benötigt hat? Und ich ihn ihr gebracht habe? Wollen Sie das hören?"

Der König ist erstaunt, wie aufgebracht er ist. Gerade richtig, also nicht richtig wütend. Gerade so, dass er noch genügend Haltung bewahrt. Weil, ein Kaiser bewahrt Haltung.

Reza packt den Kopf vom König, reißt ihn nach unten. Und steckt ihn ins Wasser. Das den König kalt umhüllt. Er hat das Gefühl, dass es ihm gleich den Kopf zerreißt.

Der Sauerstoff in seinem Blut wird immer weniger. Weniger, weniger, weniger, weniger …

Auf dem Höhepunkt der Macht

Schah Reza Pahlavi und Bartholomäus König stehen sich gegenüber. Beide haben seit ihrer Kindheit gelernt, Haltung zu bewahren, ihr Innerstes keinesfalls nach außen zu kehren. Es braucht viel, um sie aus der Fassung zu bringen. Aber jetzt: leibhaftiger Doppelgänger. Im Bad der Suite des Hotel Eisenhut, im romantischen Rothenburg ob der Tauber. Jagdszenen um sie herum: auf den Kacheln, der Badewanne, der Spiegelumrandung. Und sogar auf den Handtüchern und Waschlappen; frisch aus Paris. Es liegt sicher nicht an den Bildln auf Fliesen und Frottee, dass der Jagdinstinkt bei den zwei Mannsbildern umgehend erwacht. Allerdings hat sich der König die letzten Monate auf genau den Moment vorbereitet. Der Schah dagegen nicht.

Wie ein Samurai, der Football spielt, stürmt der König am Schah vorbei. Der stoppt ihn kurz mit seiner harten, erstaunlich durchtrainierten Schulter, dass dem König ein Stöhnen entfährt. Worauf die Farah besorgt auf Farsi fragt, ob es ihrem Schah gut gehe, und der König möglichst unbesorgt auf Farsi antwortet, dass es ihm gut geht. Er nennt sie sogar bei ihrem Kosenamen. Der an dieser Stelle nicht verraten werden soll, weil, das ist ja ein Roman und keine *Neue Post*. Der Kosename verwirrt die Farah kurz, weil sie ihn so selten hört, also genau genommen nur, wenn der Schah kurz vor … Aber das ist jetzt ebenfalls zu intim, als dass es an dieser Stelle offenbart werden soll.

Mit der Farah ihrer Verwirrung hat der König nach dieser verbalen Zärtlichkeit gerechnet. Er stürmt nach draußen und brüllt: „Da ist ein Mann, der sich als mein Doppelgänger ausgibt!“

Du glaubst nicht, was darauf passiert.

Die Sicherheitsleut rennen dem Schah die Bude ein als wäre es Montag beim *Aldi*. Keiner nimmt Rücksicht auf den anderen, obwohl genau das dringend erforderlich wär. Der König, der jetzt ja eigentlich der Schah ist, steht zwischen den nackerten Frauen an der Wand und dem Engelskopf auf dem Kopf des französischen Himmelbetts, was das Kopf-an-Kopf-Rennen zwischen König und Schah ganz gut widerspiegelt. (Von wegen „Schutzengel“, wie es die Paula Pirner in einem Interview mal behauptet hat.)

Wenn du glaubst, der entscheidende Moment ist jetzt vorbei, dann hast du dich ganz arg getäuscht. Weil, die Sicherheitsleut – SAVAK, die kennst du ja bereits, Verfassungsschutz und Polizei – haben auf einmal *zwei* Schahs vor sich und wissen nicht, wem sie glauben sollen. Und wenn du auf Befehle konditioniert bist wie der Pawlow’sche Hund mit seinem Futter und der Klingel, dann brauchst du klare Anweisungen. Heißt für den König: so authentisch wie möglich sein. Er brüllt noch einmal „Ein Betrüger!", diesmal auf Farsi. Und zeigt ins Bad, wo der Schah sich die Schulter reibt, vom Zusammenstoß mit dem König seiner Schulter.

Und genau diese Kombination aus völlig unmajestätischem Schulterreiben – weil, welcher Kaiser reibt sich schon die Schulter? – und dem König seinem Farsi lässt die SAVAK, den Reza und den Kenan, lospreschen. Die deutschen Sicherheitsorgane sollen auch mithelfen, weshalb der König auf Deutsch – hat der Schah ja in der Schweiz gelernt – und mit einer Portion oberbairischem Einschlag, der dem Schwyzerdütsch durchaus ähnelt, brüllt: „Im Bad ist er, der damische Sauhund, der sagt, er wär i." Und weil immer noch ein paar dumm rumstehen – das dürften die Amis sein –, gibt er auch denen einen verbalen Arschtritt mit den Worten: *„There's a terrorist*!" Weil, so ein Terrorist geht immer. Und damit sie richtig spurten, legt er noch ein *„An anarchist!"* nach. Damit kannst du von den amerikanischen Herren sogar deine Schwiegermutter festnehmen lassen.

Die gierige Meute stürzt sich auf den Schah von Persien wie auf einen Straßenputzer in Isfahan, der einen Witz über den Schah seine große Nasen gemacht hat. Sie zerren den Schah-in-Schah nach draußen. Mit den Armen auf dem Rücken. Und er diffamiert sich selbst, indem er im Wechsel Flüche auf Farsi, Deutsch und Englisch raushaut, die wir aus Jugendschutzgründen jetzt lieber nicht wiedergeben.

Wie der Schah dann endlich in der Zwangsjacken steckt und in den weißen Pantoffeln auf dem Weg in den gleichfarbigen Krankenwagen ist, weil, ein bisserl Klischee muss sein, entschuldigt sich der Sicherheitsapparat beim König: *„Sorry"*, die amerikanischen Cops. „Wir bitten vielmals um Entschuldigung", die deutschen Wachtmeister. Und Reza wie eine unterwürfige, läufige Hündin: *„Bebakhshid*!" Da weiß der König schon, dass er's mit dem später nicht leicht haben wird.

Dann schließt sich die Tür zur Suite. Der König setzt sich aufs Bett, winkt die Farah zu sich, die nimmt verwundert auf seinem Schoß Platz, und sie genießen den nächtlichen Blick auf das

Taubertal. Von dem man nix sieht, weil: Regen, Nacht, Nebel und bewölkt dazu. Die Szenerie tät sich anbieten, um ein bisserl Sex einzubauen, aber du liest ja keinen Groschenroman, sondern einen Tatsachenbericht. Stattdessen legt die Farah ihren Kopf auf dem König seine Schulter. Weil sie seinen Blick von vorhin, von vor dem Eisenhut noch in ihrem hübschen Kopf hat, muss sie ihn gar nicht anschauen. Von draußen hören sie die Sirene des Sankers, in dem der Schah sitzt.

Dann geht der Lärm der Welt. Ein frischer Duft steigt dem König in die Nase: Minze. Und ein ähnlicher frischer Duft steigt der Farah in die Nase: Tauberminze.

Aber es ist nicht nur die Minze, die was mit der Farah und dem König anstellt. Auch die Qual des ewigen Scheins, die Begehren der Außenwelt lösen sich jäh auf. Das drückende Gepäck fällt von ihnen ab wie nach einer Sprengung im Steinbruch im Steinbachtal. Irgendwie schaffen sie es, die Kleider von ihren erschöpften Gliedern zu streifen und ins Bett zu steigen. Während draußen ein prasselnder Regen niedergeht. Im Tal das Wasser der Tauber anschwillt, den Schlamm unter sich, die Stämme und Äste, Fische und Bisamratten verschlingt. An der Gipsmühle zu einem tosenden Rauschen ansteigt. Wie eine Kreuzotter in die hellblaue Schandtauber sticht. Sich mit ihr vereint, verschmilzt zu eschenholzfarbigem Schieferstein. Und die zwei Menschen unter dem Engel am Kopfende von ihrem Himmelbett fallen in einen traumlosen Schlaf.

Am nächsten Morgen klopfen die Regentropfen auf das Dach des Storchenzimmers, das ein Stockwerk über dem Schlafzimmer liegt, während das Wasser in der Tauber langsam zurückgeht. Und auch, wenn das Storchenzimmer eigentlich dafür da sein sollte, dass sich die Farah Diba dort oben ankleidet, tut sie's nicht, weil sie Störche nimmer sehen kann.

Die Farah und der König gehen also vor dem Frühstück in den Taubenschlag rauf. Dort verfrachten sie den ausgesägten und angemalten Sperrholz-Storch in den Schrank. Dann setzen sie sich unter das langgestreckte, niedrige Fenster in die ledergepolsterte Sitznische. Auf dem Tisch vor ihnen das lindgrüne Service mit roten Rosen. Der König und die Farah beißen in ihre knusprigen Semmeln, an der Farah ihrer Oberlippen bleibt ein Erdbeermarmelad-Bardderl hängen und die Semmelbröseln landen auf ihrer weißen Stoffserviette. Wenn das die König Mutti gewusst hätt …

Unter dem milchgrauen Himmel, im Tal, wo das Wasser der Tauber immer noch rostig braun fließt und der smaragd-orangene Eisvogel auf dem Stecken an der Gipsmühle sitzt, mit einem kleinen Fisch im Schnabel, steigt der Dampf von den Baumwipfeln auf.

Den Empfang beim Bürgermeister Ledertheil im Rathaus mit seiner faden Rede, in grottigem Persisch, bei der die zwei fast eingeschlafen wären, sparen wir lieber aus. Genauso wie das darauffolgende Geschenk: der Rothenburger Friedenstaler in Gold. Wie auch den Gang über den 3,50 mal 6 Meter großen Perserteppich aus feiner, blasenübersäter Kinderhand in den zweiten Stock, wo sie sich in das Goldene Buch der Stadt eintragen.

Danach hätte die Farah am liebsten noch einmal unter dem Barockengel in der Suite gedöst bis zum Mittagessen. Aber da hat der König auf einmal richtig Lust gekriegt, Sparifankerl zu machen und die Sicherheitsleut zu tratzen. Außerdem wollt er seiner Mutti, trotz allem, eine kleine zusätzliche Freud machen. Also hat er der Farah vorgeschlagen, shoppen zu gehen, was damals natürlich noch nicht so geheißen hat, aber der König war seiner Zeit immer schon ein bisserl voraus, wie du weißt.

Sie sind also die Treppen runtergegangen, auch wenn im Aufzug stecken zu bleiben nicht ohne Charme gewesen wär. Die Sicherheitsleut werden ganz fickrig, weil das überhaupt nicht auf der Agenda steht. Überall hörst du's rauschen, knacken und murmeln. Der Funkkanal ist überlastet, glüht förmlich, wie der Schah und die Farah in das Menschenmeer vor dem Eisenhut eintauchen und nicht einmal auf die Regenschirme warten. Jubel brandet auf. Der Schah überrascht, weil er pfeilgrad die Herrngasse runterläuft, als tät er da wohnen, seit er Kind war. Die Sicherheitsleut sind hinter ihnen her wie ein aufgschreckter Mausdreck. Der Mutter winkt der König ganz besonders herzlich zu, wie er sie neben der Frida, dem Hannahle und der Erika kreischen sieht als würden die Beatles auf der Herrngasse spielen.

Die Sicherheitsleut wuseln um sie herum. Immer wieder presst sich ein Fotograf durch die provisorisch errichtete Sicherheitsabsperrung aus Beamten und Agenten und es blitzt, blitzt und blitzt. Der König kommt aus dem Grinsen gar nicht mehr heraus. Farah Diba neben ihm, ein ebenso strahlendes Lächeln auf den Lippen, einen Hut – oder ist's ein Tuch – auf dem Kopf, darunter spitzen die schwarzen Haare, streng nach hinten gekämmt, raus. In ihrem Rosé-Kostüm schaut sie aus wie ein französisches Mannequin.

Zwischen Eisenhut und Kunsthaus Schweitzer kommen Protokoll- und Kriminalbeamte dann so richtig ins Schwitzen, obwohl's ein kühler Tag ist und genieselt hat. Eine Gruppe junger Leut, dem König seine Tochter ist noch nicht dabei, durchbricht die Sicherheitskette, skandiert „Nieder mit dem Schah", verteilt Flugblätter. Die SAVAK stürzt sich auf sie, noch keine Zaunlatten dabei. Der König aber hebt seine Arme beschwichtigend, gnädig, zur Verwunderung aller: „Lassen Sie sie gewähren." Nimmt das Flugblatt, faltet es zusammen und steckt es in das Innere seines Sakkos.

Die „linksgerichteten Studenten" werden trotzdem abgeführt, und nicht gerade zimperlich, so wie es auch heute das berüchtigte bayerische Unterstützungskommando USK tun würd.

Schon sind sie am Kunsthaus Schweitzer in der Herrngasse. Die Schahbanu tritt ein, verschwindet förmlich zwischen Porzellan und Bronze. Sie wiegt einen niedlichen Porzellan-Pudel in ihren Händen, legt ihn zurück und nimmt stattdessen einen Hush Puppie. Porzellanvogerl und Krügerl folgen, da ist schon wieder ein Aufsehen vor der Tür, drückt sich schon wieder jemand durch die Phalanx aus Reportern und Sicherheitsbeamten. Man sieht niemanden, hört nur: „Ich bin der Besitzer. Bitte lassen Sie mich ein!"

„Das kann jeder sagen!", sagt ein junger, muskulöser Sicherheitsbeamter, bis ihn ein Stadtpolizist eines Besseren belehrt.

Und so kann Herr Schweitzer Farah Diba im Laden beraten und 1.000 Mark in wenigen Minuten verdienen.

Der Rest vom Vormittag ist schon erzählt worden. Bis auf die Fotosession im Burggarten. Ein Gewusel um die zwei inmitten der offiziellen Knips-Manege, die obsolet war, weil die Fotografen schon am Burgtor über sie hergefallen sind. Der König und die Schahbanu lächeln professionell. Eine Berührung vom König hier, eine Berührung von der Farah dort – sorgt für die notwendige Gelassenheit.

Und dann hat es der Schah sogar geschafft, den Bartholomäustag zu klonen – und das jetzt nicht, weil der König und somit sein Namensvetter durch die Stadt flaniert ist. Nein, eigentlich wär der Schäfereitag erst wieder am 24. August gewesen, wie jedes Jahr. Aber wenn so ein Kaiser nach Rothenburg kommt, dann muss ihm was geboten werden. Und wer hat ahnen können, dass dann, wenn's drauf ankommt, nicht der Schah neben der Farah stehen würd, sondern der Bartholomäus König. Dem hätten sie den Schäfertanz sicherlich nicht extra nochmal gezeigt, der hat ihn schon so oft in seinem Leben gesehen, dass er ihm bei den Ohren herausgekommen ist.

Was vielleicht auch der Grund war, warum das Folgende bei der Vorführung passiert ist: Die Rothenburger haben sich also in ihr Schäfertanz-Gewand gepresst, das bei nicht wenigen Mannsbildern, die in ihren Lederhosen des 18. Jahrhunderts dahergekommen sind, oder bei den Weiberleut im Biedermeier-Kleid immer enger geworden ist. Dass die Biedermeier-Kleidl hundert Jahr jünger gewesen sind, hat man gar nicht gemerkt, weil die Weiberleut insgesamt, wie so oft, jünger waren als die Mannsbilder, wenn auch keine hundert Jahr.

Der Zug formiert sich also. Vorne die ehemaligen Rothenburger Stadtsoldaten in den blauen Uniformen und weißen Hosen der Bayerischen Landwehr. Dann marschieren die Musiker in ihren weißen Hemden, roten Westen und kurzkrempigen Hüten los, bewaffnet mit Pfeifen und Tuba. Kniestrümpf in gwixten Haferlschuhen unter der kniebundigen Krachledernen, damit sich der

Schah auch vorkommt wie zu seiner Zeit im Internat in der Schweiz. Anschließend die Oberschäfer, Wirt und Wirtin, in fast dem gleichen Outfit wie die Musikanten, mit Becher und Krug. Und die Jungschäfer mit den Bürgerstöchtern, die sich bei ihnen freudestrahlend untergehakt haben, weil sie jetzt ihrem Coverboy und Traummann Schah Reza Pahlavi endlich zeigen können, was sie draufhaben. Da passt der romantische Blumenstrauß ganz gut, in dem sicherlich irgendwo noch eine Kornblume steckt.

Der Marktplatz ist bummsvoll. Und der König vulgo der Schah sieht die ganze Zeit Leut, die er kennt. Die Mutter, das Hannahle, die Frida, die Erika, sogar seinen Vater. Endlich haben sie wieder jemanden zum Anhimmeln. Und wen himmeln sie an? Ihn, den König. Was er ja schon ein bisserl kennt, als Herr Direktor. Aber vergleichbar mit dem Zinnober jetzt ist das natürlich nicht. Und dann noch die fesche Farah Diba neben ihm. Die Prinzessin aus dem Morgenland in all ihrer Westlichkeit, aufgestiegen aus dem Volk. So fern und doch so nah. Da macht's auch gar nix, dass es den ganzen Tag schon regnet wie ansonsten nur in Filmen, wenn eine Beerdigung ansteht.

Jetzt marschieren die exilierten Londoner Buckingham-Palastwachen auf dem Marktplatz ein, gefolgt von den Musikanten und den Oberschäfern mit dem gstinkerten Schafbock in ihrer Mitten. Dann erst kommen die Tänzer, die Männer mit den Stecken mit den bunten Stoffbändern. Die Musikanten bleiben auf den Steinstufen vor dem Fenster des Café Prezel stehen. Die Rothenburger Stadtsoldaten *in front of*; Gewehr bei Fuß.

Auf das Pfeifen des Oberschäfers fangen die Tänzer zum Hoppeln an, neben sich die Tänzerinnen. Links, rechts, links, rechts hüpfen sie vorwärts. Wie Kinder. Hoppeln, trampeln, stampfen, tanzen. Die Kleider wogen grün, lila, dunkelrot und hellbraun, die langen Bändel der altmodischen Hüte schwingen auf den Busen hin- und her. Und dann geschieht das Unglaubliche: Einer der Musiker nimmt seinen kurzkrempigen Hut ab und kratzt sich am Kopf. Und vor dem König seinen Augen verwandeln sich die Frauen in ihren Biedermeierkostümen in Schafe und die Jungschäfer in Böcke. Keine alten Böcke, junge Böcke. Und diese Böcke und Schafe vollziehen nun den Freudentanz. Die Hufe klackern auf dem Kopfsteinpflaster. Die Schafsköpfe folgen dem wollenen Hintern vor ihnen, dass es eine wahre Freud ist. Die Rothenburger und die Touristen, die natürlich nicht fehlen dürfen, klatschen und grinsen, weil's grad so pfundig ist. Die tanzenden Schafe huldigen dem Schah und der Farah Diba, wie sonst nur dem Schäfer.

Der König verzieht keine Miene, weil auch der Schah keine Miene verziehen tät. Lauscht unauffällig, ob er zu dem Mähen des einen unwiderlegbar realen Schafsbocks auch das Mähen der tanzenden, wallenden und wogenden Schafe hört. Aber er hört nur das *Umpfdada* der Pfeifer und Trommler, das Klatschen der Hände und den Pfiff des Oberschäfers, den gellenden Befehl, der die Schafsköpfe dazu bringt, sich anders zu formieren. Zu einem Quadrat, einem „W", einem Kreis, mit den Stecken nach oben. Der König fragt sich, wie die Tänzer die Stecken nur so gut halten können mit ihren Hufen, sie nach vorne, nach hinten, zur Seite schwingen lassen. Klatsch! Klatsch! Klatsch! Im Takt der Bläser und im Klacken der Schafs- und Bockshufe auf dem Kopfsteinpflaster des Rothenburger Marktplatzes. Er schaut in die Menge, sucht die Mutter, den Vater, schaut, ob er irgendeinen Ausdruck des Erstaunens ob der verwandelten Jungschäfer und Bürgerstöchter entdecken kann. Aber da ist nix, überhaupt nix.

Da schreit seine Aurelia: „Nieder mit dem Schah!"

Und das Hannahle haut ihr pfeilgrad den Schirm auf den Schädel, dass sie nur noch Sternderl sieht. Was die Aurelia nicht davon abhält, mit ihren Kommilitonen die Flugblätter in die Menge zu schmeißen, die der König zwei Tage vorher in der Schule für sie kopiert hat.

Sekunden später sind deutsche Landespolizisten parat und führen sie im Polizeigriff, Kopf nach vorn unten, ab, dass es in den Schulterblättern brennt wie dem König nach dem trockenen Zug. Nein, nicht das Hannahle, weil sie der Aurelia den Schirm auf den Schädel geschlagen hat, quasi Körperverletzung, sondern die Aurelia, weil sie den Schah beleidigt hat. Wenn die Sicherheitsleut wüssten, wie die Pfleger den echten Schah in der Psychiatrie niedergezwungen haben, dann Prost Mahlzeit!

Ein Jungbulle, der's besonders gut machen will, weil, gelernt ist gelernt, schlägt der Aurelia auch noch ins Genick. Das ist sogar der König Mutti zu viel und sie begehrt auf, worüber sie selbst am meisten erschrickt. „Die hab ich schon lange beobachtet!", wehrt der Jungbulle ab und alle sind s' sofort wieder stad. Weil, argumentativ überlegen, der Junge.

„Der Schah ist eine besonders gefährdete Person", hast du die letzten Wochen überall in Rothenburg ob der Tauber gehört. Daran muss jetzt auch der Bartholomäus König denken, wie er in seinem feschen Anzug unter den Altanen des mittelalterlichen Rathauses steht, die nicht weniger fesche Farah Diba neben sich. Die Frau, von der sogar seine Mutter träumt, und die letztlich der Grund ist, also seine Mutter, warum er jetzt da steht, an der Stelle vom Schah.

Die Schandmaske

Der König glaubt, die Stimme von der Farah zu hören. Durch eine dicke Wand aus Wasser. Ist er tot? Ersäuft von Einauge, von Reza, von seinem eigenen Geheimdienst?

„Lassen Sie sofort meinen Mann frei!"

Jemand tupft ihn im Gesicht ab, trocken. Viel zärtlicher als die König Mutti nach dem Baden.

Er schaut sich um. Riecht Minze. Das kann nur Farah sein. Er spürt, dass er auf etwas Weichem liegt. Macht die Augen auf und schaut in ihre mandelbraunen Augen.

Saxndi, denkt der König.

Jetzt liegt er tatsächlich wieder im Schoß Ihrer Majestät. Wie erst wenige Stunden zuvor. Und wieder schauen sie sich in die Augen, als hätten s' das schon immer getan.

Er schnauft fest ein. Luft! Selbst die kurze Bewegung seines Brustkorbs lässt den Schmerz wieder in seine Schulter schießen. Farah streichelt ihm über die Stirn.

Der König trennt sich von der Farah ihrem Blick, unwillig, aber das muss kurz sein. Schaut hinter sie.

Da stehen Einauge und Kenan. Zwei zerrupfte Agenten, die von zwei anständig gekleideten Agenten mit Anzug und Krawatte festgehalten werden. Was für einen Unterschied ein paar Stunden machen können.

„Führt sie ab!", befiehlt Farah.

„Einen Augenblick bitte", sagt der König.

Er richtet sich auf. Versucht, sein Stöhnen zu unterdrücken. Farah greift ihm unter den Arm. Langsam geht er zur Nische mit den Schandmasken. Seine Beine zittern, sind kurz davor einzuknicken. Farah neben ihm. Vor der Maske mit den großen Ohren, der langen Zunge und der eisernen Brille bleibt er stehen, greift mit der linken Hand danach. Schlurft zu Reza und Kenan. Befiehlt dem Agenten, der Reza hält: „Loslassen!" Und setzt ihm die Schandmaske auf, sanft, fast zärtlich.

„Raus", flüstert er ganz leise.

Aber Reza bewegt sich nicht.

„Raus!"

Schon öffnen die Agenten die Tür. Führen Reza nach draußen. Durch Rothenburg.

Dann wendet der König sich an Kenan. „Sie können gehen, mein treuer Diener."

Der Kleine schaut ihn erstaunt an. Der Agent, der ihn hält, lässt ihn los.

Und auch Kenan geht. Alleine. Durch die Tür des Burgverlieses und hinaus.

Dann lächelt der König Farah an. Gibt ihr ein Bussi. Sie wird rot. Die SAVAK-Agenten schauen weg.

Bevor sie sich auf den Weg in das Sanitätszentrum im Milchhof machen, um die Schulter des Schahs wieder einrenken zu lassen, wendet er sich noch einmal an seine Agenten: „Rufen Sie doch bitte im Bezirkskrankenhaus Ansbach an. Der Mann, der sich als Schah von Persien ausgegeben hat, ist ein Verbrecher."

Dann nimmt der Schah die Farah an der Hand.

Und sie verlassen das Burghotel.

Am nächsten Morgen lassen sie auch das romantische Rothenburg ob der Tauber hinter sich. Das noch heute von diesem Tag spricht wie von einem Film – und das noch heute ausschaut wie eine Filmkulisse.

Was, du glaubst mir nicht?

Dann fahr doch hin und schau es dir an.

ENDE

Dank

Für diesen Roman habe ich mich ausführlich in Rothenburg umgehört. Sowohl bei den Menschen als auch in Büchern. Wenn irgendetwas nicht stimmt, kannst du das gerne in Rothenburg erzählen.

Und dabei kommt man natürlich nicht vorbei an den Rothenburger Gschichtli der 2019 verstorbenen Gertrud Schubart. Wer ihre Werke kennt, wird wissen, wo ich sie nacherzähle und/oder mich von ihnen inspirieren habe lassen.

Bedanken möchte ich mich ganz besonders bei Dr. Markus Hirte, Stephan Michels und Anja Bergermann für die fruchtbare und respektvolle Zusammenarbeit. Bei J. Bei dem Verleger Michael Volk mit dem pfundigen Humor, dass er sich auf diese Sparifankerl eingelassen hat. Bei meiner versierten und unermüdlichen Lektorin Martina Dolhaniuk. Und natürlich bei allen Buchhändler*innen, die den „falschen Schah" empfehlen und mich zu einer Lesung einladen. Mein Leib und meine Seele danken den Mitarbeiter*innen in der Bildungsstätte Wildbad, die sehr um mein leibliches und geistiges Wohl besorgt waren, allen voran Christoph Friese. Weiterhin danke ich Peter Bräunlein, Herrn und Frau Bohmann und Oliver Gussmann.

Und natürlich habe ich mich für einen Roman, in dem es um Schauspiel, Hochstapelei und Mimikry geht, inspirieren lassen von Kolleg*innen, Tageszeitungen und der Regenbogenpresse:

- Dante Alighieri: Göttliche Komödie, nach der Übers. v. Karl Witte, Berlin 1916.
- Thomas Bernhard: „Ich bin ein Geschichtenzerstörer": Acht unerhörte Begebenheiten, Berlin 2008.
- Bertolt Brecht: Alfabet, 1934. Aus: Bertolt Brecht: Ein Kinderbuch, Berlin 1965, 5. Auf. 1981, S. 58 ff.
- Farah Diba-Pahlavi: Erinnerungen, Übersetzerinnen: Karla Bartosch u. Frida Hagestolz, Köln 2006.

- Fränkischer Anzeiger, 17. April 1935, 27. / 28. Mai 1976, 31. Mai 1976, 1. Juni 1976.
- Ryszard Kapuscinski: Schah-in-schah – Eine Reportage über die Mechanismen der Macht und des Fundamentalismus, Frankfurt a. M. 1908.
- Erich Kästner: Wahre Geschichten, in: Das Erich Kästner Lesebuch,
Zürich 1978.
- Matthias Künzel: Die Deutschen und der Iran – Geschichte und Gegenwart einer verhängnisvollen Freundschaft, Berlin 2009.
- Erich Nietzsche: Also sprach Zarathustra, in: Ders.: Werke in drei Bänden, München 1954, Bd. 2.